第二／現代性：
五四女性小說研究

劉乃慈著

臺灣 學て書局 印行

序言

　　台灣女性主義文學、文化批評約莫從上一世紀的八〇年代中期開始發展，在九〇年代蔚為學院風潮。這股學術趨勢先後不斷地鼓舞著外語學門以及中文學門的眾多師生加入研究的行列。我在中文學門現代文學的訓練背景裏，吸收西方女性主義理論與女性主義文學批評，自然而然地也會將研究興趣以及關注焦點投置於現代中文女性文學創作上。

　　回顧以往的閱讀和學習經驗，我發現當代女性文學批評是如此精彩豐富，相形之下，早期女作家作品要不是被冷落就是研究成果明顯不足。因為如此，我再次重新閱讀早期的女性文本，此中並且觸發了我的研究契機。我認為，以女性主義文學批評來論析當代女性創作並非難事，若要用在詮釋研究早期女作家文本似乎不簡單。西洋理論與中文文本的適用性，當代方法運用在早期創作的契合度，乃至於觀點的掌握、詮釋的立場，在在考驗研究者的判斷能力與處理能力。西洋女性主義文學理論之於中文女性文學研究批評傳統的建立，其中可能開創的貢獻以及可能產生的侷限，都需要被審慎重視。就這樣，懷著一股自己也莫名其妙的熱情，我希望在女性主義文學批評的基礎上重新檢視現代中文女性創作，為第一批以現代中文書寫的女性創作，也就是五四女性文學，尋求一個更合適的定位。

我認為研究早期的女性文學不應該與當時的文學文化脈絡隔絕，也不應該片面地以性別意識來檢視分析。因為前者失之輕薄，後者亦流於概念化的草率。無論是哪個時期的女性文學，一樣需要在研究的同時被歷史性地對待，而不是只做為學術流行趨勢的取樣而已。這是我給自己的期許，在共時性與對照性閱讀中為五四女性創作尋求一個較適切的評論。當然就連書名「第二／現代性」取其「第二性的現代性」以及「第二種現代性」的雙重意涵，我甘冒「第二性」這個女性主義大不諱之詞，以污名反污名的策略就是一個相當大的挑戰。不敢說自己做到了幾分，但這本書的確是我的一個努力嘗試。在更大意義上，它激發我研究女性文學的思考活力以及繼續叩問的熱情。

　　這本書是由我的學位論文稍事修改而成。論文成書出版，最令人傷腦筋的莫過於論文書寫格式的僵硬所造成閱讀上的不適。我最初原有調整體例之意，然而經過再三考量，最後還是選擇維持原貌，主要還是因為了不破壞原來的理路與整體架構。還望有興趣的讀者多多包含。至於關乎研究的其他種種，正文中已有詳細說明，我於此不再贅述。

　　從構思、撰寫、完稿以迄成書，我想所謂的快意自適大抵如是。論文寫作其間所有可能發生的周折，如慶典儀式般一一經歷。關掉電腦、遞出定稿的那一片刻，焦躁辛苦不復見，唯存滿懷真心的感激。我要特別感謝我從大學到研究所的指導教授范銘如老師。她那有別於傳統中文學門的教學、極富啟發開創以及邏輯思辨的研究訓練，對我而言是一種脫胎換骨的學術

洗禮。爾後繼續前進學習的日子裏，我還是不斷地受益於她當初的殷切教導。課堂上的認真嚴謹與課堂後的可愛隨和是老師教學的最大特色，也因此與我們這些學子有份難得的亦師亦友的情誼，更讓我感動和珍惜。至於李元貞老師則是無形中督促我不可停怠的力量。在論文進行的過程中我們有過幾次激烈的爭辯，彼此在學術意見上的相左和僵持愈加激越我的思考，從中獲益匪淺。我發現，向來以嚴肅嚴格著稱的李老師，有著許多學者難及的寬容大度，以及她常常不小心洩露的對學生的關愛。而在我的學位論文口試過程裏，中研院近史所游鑑明老師的細心審查與詳盡提問，是另一種專業的學術示範，我非常感謝她的用心和鼓勵。

另外，論文撰寫期間曾先後獲得「台大婦女研究室婦女與性別研究」、「行政院文建會現代文學研究」、「財團法人婦女權益促進發展基金會女性議題研究」的研究獎助。這樣的肯定，在書寫屢屢陷入困頓踟躕時，像是意外響起的陌生人的掌聲，溫暖而彌足珍貴。我非常感謝這些在專業領域上耕耘許久的先進前輩們的善意與提攜。學生書局鮑邦瑞先生的肯定還有編輯陳蕙文小姐的多方協助，是這本書得以出版的要因；從大學到研究所的同窗好友東杉，不時在緊要關頭充當救火先鋒隊，提供我許多技術性的支援，容我在此一併致上最誠摯的謝意。

最後，我更要感謝家人長期的關心和鼓勵，並將此書獻給我的父親劉志興先生和母親李錦鳳女士。我很幸運（當然也十

分汗顏），在成長的過程裏一直有著他們在精神上以及物質上全心全力的支持。第一次，我如此深刻的體會到，心無旁騖地專注於自己的理想是一件多麼幸福而奢侈的事。

感念的心，不以文字為終始。

劉乃慈　謹誌
二〇〇四年六月　淡水

第二／現代性：
「五四」女性小說研究

目　錄

第一章　「五四」論述──現代性的追求

　　中國自十九世紀中葉以降，無論在政治軍事抑或經濟文化各層面，莫不是經歷著一連串革命性的轉變；許多史學家或社會學家都以「現代化」這個詞語來形容這樣的過程。及至二十世紀初，「五四」以石破天驚之姿批判傳統、迎向未來，肇端於清末的現代化進程至此更加名正言順、刻不容緩地展開。❶

---

❶　關於「五四」的時間範圍，現今已產生許多不同的定義。最初所謂的「五四運動」一詞，僅指一九一九年五月四日，北京學生抗議日本二十一條無理要求的愛國示威運動。隨後一般人提到「五四運動」時，往往將影響整個事件的前因後果合爲一談，大體而言就是指涉發生在一九一七年到一九二一年之間的相關事件。再者，關於五四運動的範疇是否應當包括學生和知識份子發起的社會政治運動？以及自一九一七年即展開的新文學、新思想，也就是被後來所統稱的「新文化運動」？上述幾點的詳細解釋以及更複雜的問題討論，可參見周策縱的說明，《五四運動史》（台北，龍田出版，1984年），頁1~7。至於本書所界定的「五四」時間、內容範疇定義，採取目前中國現代文學史所劃定的五四文學時間爲主。亦即自一九一七年文學革命以迄一九二七年的中國現代文學的整個內涵。這一點我將在書中第一章末尾說明研究目的以及論文架構時再做進一步解釋。

不同階層的中國人民在愛國情操的感召下，努力以民主、科學
精神在文化上展開全盤大規模的現代化改革，企望建立一個新
國度。❷中國的現代化呼聲促使學生運動與勞工運動抬頭、國
民黨改組、中國共產黨及其它政治社會集團誕生；另外，白話
文學的建立、新社團的改革觀念風行，催化了舊家庭制度的沒
落以及女權意識的興起。❸在種種破舊立新的論述中，新文化

---

❷ 關於五四新文化運動的論述專著，可參閱周策縱著、楊默夫編譯《五四
運動史》(台北，龍田出版，1984年)，該書對於五四運動的定義、發生
經過以及闡釋和評價皆有詳盡說明。另外，從歷史層面探討五四現代性
的問題，亦有不少學者指出，早在一九八五年左右中國已經開始五四運
動的歷史前兆了。詳細可參閱Charlotte Furth著、陳若水譯〈五四的歷史
意義〉(May Fourth In History)，收錄於周陽山編《五四與中國——知識份
子與中國現代化》(台北，時報出版，1985年)，頁284~294。另外，從史
學角度來比較現代化過程可參閱Cyril E. Black, *The Dynamics of
Modernization: A Study of Comparative History.* (New York: Harper & Row,
1966), pp,1~5.

❸ 知識界新力量的凝聚，促成《新青年》和《新潮》在「五四」之後的幾
個月內改組和擴大。《新青年》本來沒有什麼正式的機構，自一九一七
年以來只有一個組織鬆懈的編輯委員會。爾後當「新青年社」成立，他
們在一九一九年冬季發表一篇〈新青年雜誌社宣言〉，該宣言的發表，
代表一種國際性的理想社會主義和自由主義的混合，這是當時一次世界
大戰結束後，許多西方領導知識份子共通具有的思想。另外，《新潮》
集團亦在一九一九年改組成為一個社團，並且擴大工作綱領。除了出版
月刊之外，還開始出版叢書，包括翻譯西方的書籍。新工業家所給予的
經濟資助，不但使《新潮》社能從事出版工作，而且還遭送會員到國外
留學深造。請參閱周策縱著、楊默夫編譯《五四運動史》(台北，龍田出
版，1984年)，頁275~316。

改革的典範及動力多是從西洋的自由主義(liberalism)、實驗主義(pragmatism)、功利主義(utilitarianism)、無政府主義(anarchism)以及各式各樣的社會主義(socialism)思潮而來。無可諱言地，二十世紀「五四」階段的中國，基本上就是一個追求現代化、西化的歷程。❹

　　「現代化」是源於西方工業革命與資本主義所啓動的經濟和社會變化的產物。簡單來說，現代化是使一個國家民族或社會達到具備現代性的理想指標，但是，這個概念自使用之初就不單局限在經濟，它更廣泛地包括政治、社會等範圍。「現代」是包含了人類精神、價值觀念的心理狀態，同時也意味著人類社會、環境的生存條件。❺理論上，現代化可分爲兩種型態：一是由於外力衝擊或制度環境的外在分化所產生的外部誘因；二是來自於心靈所集結的內在動機，使之產生現代價值與態度的要求。❻

---

❹　另外再補充一點的是，一九一五年以後國外的政治局勢也是加促中國現代化的重要原因。第一次世界大戰期間以迄結束，民族主義和民主政治的推行漫延在全球，特別是亞洲地區；威爾遜的政治理想，例如他提倡的廢除秘密外交、保障小國的政治獨立、民族自決等，都獲得中國知識份子的擁護。歐洲興起的政治潮流，例如新興共和國的增加、女子選舉權的爭取、創制權和複決權與罷免權等議會方式的建立，以及工業民主(industrial democracy)等等，都增強了中國人振興國家的希望。

❺　F. LaMond Tullis, *Politics And Social Change In Third World Countries* (New York: Wiley, 1973), pp.2~4.

❻　全寅永〈近代中國現代化的性格與其結構(1860~1920)〉，《中國現代化

　　以二十世紀初的中國為例，現代化的過程促使中國境內萌發了「民主」、「科學」以及「個人主義」與「愛國主義」、「人道主義」等各種論述或意識型態。這些話語帶動我們對整個中國社會、文化產生新的認知與新的定位。因此，就外在衝擊或制度環境所產生的外部誘因來看，「五四」新的價值取向表現在比如教育、軍事、經濟、文化、生產等各方面逐漸向西方的工具理性模式來靠攏。現代中國是逐漸地強調在一個理性化、制度化的結構下所形成有效率、有進步觀念的社會。至於因人類意識聚結而成的內在動機，我們可以在伴隨著中國新文化運動而起的現代文學革命裏，找到鮮明強烈的「感時憂國」精神以及浪漫的「個人主義」特質。

　　五四追求現代化的強烈使命感，固然激發中國知識份子懷抱西潮的勇氣，卻也同時設下許多機制，窄化「現代」的多重潛力。新文化、新文學運動的推展，改造了封建傳統裏許多不人道的吃人禮教，但是知識份子熱情激越的救亡意識，也使他們過度膨脹西化的效益，忽略所謂現代化運動中可能產生的缺陷。「婦女」身為新文化運動中改造的客體，又是推動的主體，正是五四論述中洞見與盲點的最佳呈現。當性別成為文明進化的象徵，成為歷史書寫的隱喻，一時間「傳統」與「現代」被賦予性別色彩，抽象的歷史階段從而變得形象化。某些個人或群體便成為某一時代的典型代表，最明顯不過的就是裹小腳的

　　論文集》（台北，中央研究院近代史研究所，1991年），頁62~63。

舊式婦女成爲中國封建罪惡的標誌，而受過西式教育的知識女性則與中國的未來緊密連繫在一起。現代國家機器的運作確實爲中國婦女提供一個較爲開放的自由空間，但另一方面主導文化也同時造成性別解放的重重障礙。因爲，過度強化解放婦女之於國家民族的價值，容易簡化「性別」的實質內涵而淪爲現代性表述裏的人文概念，埋下日後只談男女形式平等不談性別差異所導致的匱乏與薄弱。而當性別解放本身受到外部環境的種種局限，自然也影響民族國家主體的不健全形構。

　　很明顯地，二十世紀中國的婦女解放與國家解放之間，彼此形成必然的邏輯關係與等量齊觀的議題，「女性」與「現代性」之間產生的正／反對話，更有待我們再深入思考。在中國現代文學的「五四」版圖早已拼合、文學成就大抵論定之際，作爲文學讀者的我們不妨透過五四女性小說的發聲，試圖在歷史經驗與文學想像的脈絡裏，針挑出可能卻未受重視未得充分發展的走向。五四造就中國第一批現代女作家——集合性別、國族等現代性特質——成爲新歷史的最佳見證人，五四女作家對「現代性」的辯證與琢磨，或許可以成爲我們眺瞰甚至建構中國主體性的另一扇窗口。

　　作爲一份完整論文的第一個研究篇章，本書一開始必須鋪設、說明重要的理論架構。在第一節的部份，我首先要處理二十世紀初在東／西文化強烈碰撞過程裏，中國特殊的政治社會環境如何與西方自文藝復興以來衍生而出的現代性概念結合，並且另行衍繹出不同的現代性內涵。顯而易見地，不論「民主」、

「科學」抑或「感時憂國」、「個人主義」，這些重要指標無一不透露出中國救亡圖存的熱切激情，一一成爲新文化與新文學追求現代性的具體內涵。民主它可以是一種政治形態作爲表象思考而存在；它也可以與科學、個人主義以及感時憂國的精神同時成爲「人」的主體哲學的各種再現形式。科學思維、科技文明的追求，更是詮釋現代性的最大特徵——「理性化」的表現。唯有先闡明中國新文化以及新文學運動所追求現代性的幾個重要特質，釐清中／西現代性內涵的異同，才能凸顯五四思潮背後的新意識型態和新歷史觀。

其次，我們更有必要進一步討論五四時期「婦女」這個最複雜的現代性符碼。新中國將傳統對婦女的壓迫視爲現代化抗爭的焦點，而改善婦女的境遇更是作爲一個現代健全國家的象徵。身爲價值度量與政治訴求的載體，五四時期關係婦女問題的論述有哪些？「婦女」在啓蒙思想教育以及社會解放運動的推波助瀾下，如何解放？哪裏解放？而又何以當我們仔細分析性別主體與現代國家、文化形構錯綜複雜的糾結關係時，婦女解放事實上是再度陷入另一種新的困境？透過「婦女」不斷地琢磨、辯證中國的現代性內涵，或許我們可以從中針挑出一些隱而未彰的線索，顯微那些歷來研究裏所忽略的端倪。

第一節　　新文化運動的現代性表述

　　就西方定義而言，「現代性」(Modernity)是指從文藝復興，特別是自啓蒙運動後所發展出來的歷史與文化精神。其特徵就是以理智來評判一切，或正如韋伯所謂的「解除世界的魔咒」(disenchantment of the world)。目前，現代性的內涵與意義雖然在國際學術界裏仍有爭議，但普遍地皆認可「現代性」是一種自覺的求新求變意識，它既是一種時間觀，更是一種精神。首先，現代性概念是一種時間意識，或者說是一種直線向前不可重複的歷史時間意識；一種與循環的、輪迴的或者神話式的時間認識框架完全相反的歷史觀。除此之外，現代性還代表了一種精神(ethos)，也就是不斷地改造世界的內在要求，不斷地發現新的科學知識來改造世界的理想衝動。在此意義上，現代性其實具有拆解與重建的雙重取向；它注重的是以當前對過去持批判的態度，並且藉助新知識和新發現以構築更美好的未來。❼

　　西方的現代性內涵可以概括在下述三方面：「主體」的哲

---

❼　按雷蒙・威廉斯(Raymond Williams)的研究，英文中的 "modern" 來自法語的 "moderne" 和後期拉丁文裏的 "modenus"，詞源學上可溯源自拉丁文裏的 "modo" 一字，意指「此刻」。十九世紀以前，一直存在著modern及其相關字詞的負面意涵，自十九世紀特別是二十世紀開始，modern出現正面意涵：類近於「改善的」(improved)或「令人滿意的」、「有效率的」。雷蒙・威廉斯《關鍵詞》，劉建基譯，(台北，巨流出版，2003年)，頁248~249。

學、「表象」的思想，以及「理性化」的歷程。❽首先，現代性包含一個以「人」作爲主體的「主體哲學」(philosophy of subjectivity)的肯定。文藝復興時期是爲人的覺醒和再生，正如笛卡兒所宣示的「我思，故我在」一言。爾後，自然法學派宣告人是「權力」的主體，而藝術家或道德學家則重視人作爲「價值」的主體。是故，以人作爲認知、權力和價值的主體，這個最根本的肯定成爲日後整個人類文化、科學、藝術、社會制度、政治制度的基礎精神。

其次，現代性包含一種「表象」(representation)的思想。所謂表象，re ／ presentation，即是再 ／ 呈現。在近代世界形成的時候，人發現自己是主體而自然世界是客體，因此主體必須透過建構種種表象來認知客觀世界。透過主體觀察的「印象」，對外在世界形成的「概念」甚至「理論」，這些都是一種表象、一種再現。「表象」具有「代表」與「表演」的雙重意義；整個現代世界所追求的東西都是表象的文化。例如藝術——繪畫。古希臘時代的藝術如神殿、雕刻等，都是人們生活周遭的

---

❽ 參閱佘碧平《現代性的意義與局限》(上海，三聯出版，2000年)；沈清松著〈從現代到後現代〉，《哲學雜誌》一九九三年四月號，頁14~17；蔡錚雲〈現代性的兩個面向——從黑格爾到馬克思與韋伯〉，《從現象學到後現代》(台北，三民出版，1995年)，頁117~138；黃瑞祺《現代與後現代》(台北，巨流出版，2000年)，頁47~48、53~57。Jürgen Habermas, *The Philosophical Discourse of Modernity: Twelve Lectures.* translated by Frederick Lawrence. Cambridge: Polity Press, 1987.

東西，中世紀的藝術亦是生活的一部分。然而，繪畫之於近代社會卻不再是生活的表現，而是為了「表象」這個世界而畫（為藝術而藝術）。近代繪畫的最終目的是要置於畫廊或博物館供人展覽參觀；當藝術品置於博物館內才有價值，博物館本身就是一個表象文化的最具體說明。簡單來說，繪畫，一方面代表這個世界（如最初的畫作），一方面也上演這個世界。再例如權利。洛克在〈政府二論〉談到權利的問題，提出「代議士」的制度，代議士本身就是表像思想的很好說明。雖然我們每一個人都是權利的主體，但是這個社會是需要以濃縮的方式進行整個政治的歷程，因此我們需要有代議士做「代表」發言。至於代議士們在議會裏的討論，就是濃縮地上演整個社會行進的方向，他們制定的法律就是社會日後運作的規範。因此，代議士既是代表，也是上演整個社會事件、權利的運作。

　　最後，「理性化」的歷程更是現代性不容或缺的重要一環。這個精神主要是由韋伯和哈伯瑪斯的社會思想傳統所提出來的。韋伯認為現代化最重要的特徵就是現代性，而所謂的現代性就在於理性化。哈伯瑪斯承繼這個論點，認為「理性化的歷程」就是走向一種有規律的控制，而這種有規律的控制過程開始於專業的分殊。例如他指出科學、藝術和規範三者的分立。科學追求知識，知識的價值就是「真」；藝術追求品味，品味就是「美」；規範要求的是「正義」，透過法律與道德的規範，要求形成正確的行為。哈伯瑪斯指出，社會的現代化後來會與文化的現代化產生分離的情形，主要也是建立在這三者的分離

之上。藝術有自身的法則，不需遵循其他約規，而藝術本身的批判精神也會對現代社會產生反省與批判。簡言之，現代性的特點就在於重要部門本身的獨立發展，以及專業化的構成。另外，現代性裏所謂的理性是指「工具理性」而非「價值理性」。科學和技術特別助長了工具理性的膨脹，按照能否達到有效目的來決定是否合乎理性的標準，如此造成人類喪失值得獻身的理念依歸，「價值理性」愈顯萎縮。❾理性化的另一個重要特性，即現代範疇裏如科學、藝術背後都有一個後設的論述結構來支持。換句話說，科學敘述本身有一套證成自己的方式；例如對實證主義而言就是「追求客觀知識」；對狄爾泰的人文科學來說就是「追求意義的主體的實現」；對黑格爾的哲學而言就是「精神的發展」等等。這種將理性「整體化」的過程，是自十八世紀以來思想家的信念或策略。他們將理性、主體性等概念，作爲理解一切時代、一切社會、一切文明和一切理論的眞正本質。由此，我們開始接觸到作爲一種普遍主義的知識體

---

❾　韋伯關於價值理性與工具理性的理論，是用來區分不同社會行動（social action）的兩個概念。基於一種對於某一價值或價值體系的信仰而導致的社會行動，就是屬於價值理性。這種信念從何而來是另一個問題，它可能是出於某興倫理、美學、宗教或其他的理由，但是它的建立必須經過理性思考，用韋伯自己的話來說就是這種信仰是「有意識的」。工具理性的社會行動則不然，它所基於的價值可能是經過理性選擇的，也可能是未經過理性選擇的，但達致這一價值的手段是理性的，也就是說以最小的代價最大程度地達致所選定的目標或價值。

系的現代性。❿

　　綜合上述，我們約略可以了解「現代性」概念產生於西方歷史發展過程中的社會，它作爲抽象的和普遍實用的社會發展指標以及相互關聯的過程。這些象徵文明的、進步的重要指標，對二十世紀初瀕臨亡國滅種的中國而言，無疑具備「解除迷咒」的功能。五四新文化運動者，他們率先喊出「民主」─推翻封建政體，以及「科學」─揭露封建迷信的口號。不論是政治型態的改革抑或思想體系的重建，配合當時世界潮流而汲取的現代思想，在在給予中國嶄新的視野和遠大的希望。

　　中國新文化運動最初以一九一五年九月五日創刊的《新青年》（原名《青年雜誌》）爲陣地，以陳獨秀、李大釗、吳虞等人爲主要撰稿人，由此掀起一場思想啓蒙運動。它的主要目的是思想改革，推動者首先推崇西方的「科學」與「民主」觀念，提倡懷疑精神與個性解放，藉此攻擊中國傳統的孔孟倫理教條、風俗習慣以及社會和政治制度。陳獨秀在《新青年》創刊號發表的〈敬告青年〉一文中呼籲「吾國欲脫蒙昧時代，當以科學與人權並重」。又如在〈本志罪案之答辯書〉一文，可以明顯看出他樹立「民主」與「科學」作爲整個五四新文化運動

---

❿　工業現代性其具體的內容涉及資本的構成與資源的動員、生產力的發展和勞動力的提升、中央政治權利的建立和民族同一性的形成、政治參與權、都市化的生活方式和正規教育的普及、價值與規範的世俗化等等。請參閱Peter Berger等著、曾維宗譯《飄泊的心靈——現代化過程中的意識變邊》（台北，巨流出版，1983年），頁143~167。

的改革旗幟：

> 他們所非難本志的，無非是破壞孔教，破壞禮法，破壞
> 國粹，破壞貞節，破壞舊倫理(忠孝節)，破壞舊藝術(中
> 國戲)，破壞舊宗教(鬼神)，破壞舊文學，破壞舊政治(特
> 權人治)，這幾條罪案。……這幾條罪案，本社同人當然
> 直認不諱，但是追本溯源，本志同人本來無罪，只因擁
> 護那德莫克拉西(Democracy)和賽因斯(Science)兩位先
> 生，才犯了這幾條滔天的大罪。要擁護德先生又要擁護
> 賽先生，便不得不反對國粹和舊文學。大家平心細想，
> 本志除了擁護德賽兩位先生之外，還有別項罪案沒有？
> 若是沒有，請你們不要專門非難本志，要有氣力和膽量
> 來反對德賽兩先生，才算好漢，才算是根本的辦法。⓫

五四新知識份子挑戰舊規與重新評估一切的精神，使他們把矛
頭首先對準孔孟之道與封建禮教。並且進一步把西方民主政
治、科學知識與反封建禮教和破除傳統迷信緊密結合在一起，
促進中國人民的思想解放。以下我將從五四新文化改革呼聲裏
所強調的「現代」表述──「民主」、「科學」等特質，說明
新文化運動的具體意涵。

⓫　陳獨秀〈本志罪案之答辯書〉，《民國叢書‧獨秀文存》(上海書店，據
　　亞東圖書館一九二八年影印版)，頁362。

一、民主──自由與人權的伸張

　　「民主」的呼聲，最首要在於推翻中國封建君主政體，建立一種由自由行動的獨立主體所組成的現代社會。圍繞著民主觀念連帶產生的是主體自由的人權要求。首先，五四新知識份子提倡民主模式，批評儒家思想裏「君／臣」和「父／子」的互為觀念。新知識份子攻擊儒家思想，並不是一味全然針對孔子的教義或經典。⓬確切地說，我們從新文化改革者陳獨秀、吳虞、魯迅等人的論點可以發現，「民主」是在於揭露幾世紀以來，統制者及其官僚加諸在人民身上的宰制和殘酷的倫理教條。基本上，新文化推動者主要是攻擊以儒家思想為核心但卻腐敗停滯的傳統，也就是以孔子的原始理論或假冒孔子的理論為基礎的不公平原則與制度。⓭

⓬　在此說明的是，五四新文化運動初期被知識份子所攻擊的儒家思想，大多是晚近士人的詮釋，這些詮釋或攻擊雖然不是言之無物，但都不必然涉及孔子的整個理論或精神。而被攻擊的儒家思想是否是孔子自己的精神或是後來儒家的學說，仍舊存疑。本章節的主題在於說明五四時期產生民主呼聲的歷史背景與演進過程，至於「新學」與「儒學」的是非糾葛則另為一個研究問題。

⓭　以新文化推動者所鼓吹的自由與人權的民主精神為例，在古老的中國並非沒有這樣的傳統存在過。事實上，孔子思想蘊含平等的特質、孟子強調民主、墨子的兼愛與平等的概念亦有相似之處。五四「打倒孔家店」的口號並非如表面字義上的一概否決論，其實對傳統或儒家思想是有所批判亦有所取用的。詳細討論可參閱周策縱《五四運動史》第十二章〈新思想與傳統的重估〉以及第十三章〈新思潮與後來的論戰〉（台北，龍田

從「民主」的要求聲中，五四知識份子認為現代社會應是由個人行動的獨立個體所組成，法律和倫理應該傾向於保護個人的自由及權利。以陳獨秀為例，他雖然看出孔子的教義有些仍然相當有價值，但他反對毫無辨別地全盤接受儒家思想。因為它畢竟是封建時代的產物，不適合中國邁入現代社會的需求。儒家思想統整下的君主政體，是由封建社會結構中的家庭與民族所組成；個人只被當作家庭、宗族的一份子，並非社會與國家的獨立個體，更遑論享有個人的權利。這些封建時代的倫理規範已不能適用於現代的民主主義社會。❶❹

　　其次，伴隨民主而加劇的「自由」與「人權」的觀念，讓現代中國人首次確立人作為主體的生命價值。中國封建君主專制政體下，人民由奴隸般的身份邁向民主政治自由獨立個體的過程，其中經過循序漸進的轉變。君主統治時代，中國在政治上追求大一統，思想上則強調尚同；儒家學說以群體為本位的文化，所謂的「修齊治平」就是強調個人服從集體、服從國家。❶❺中國知識份子背離傳統封建士大夫的既定人生軌道，始自辛

出版，1984年），頁431~451、459~480。

❶❹　陳獨秀〈孔子之道與現代生活〉，《民國叢書·獨秀文存》（上海書店，據一九二八年亞東圖書館影印本），頁113~124。

❶❺　五四新知識份子並非一味非難歷史，他們相信在漫長的帝制時代裏，王權並非隨時鞏固不搖，而個人也並非完全絕對受壓抑的。周作人指出，小品文的興盛必須在王綱解紐的時代；郁達夫進一步發揮說明，王綱解紐的時候，個性一定必平時發展的更活潑。可參閱瑪利安·高利克(Marian Galik)著、陳聖生等譯〈胡適、周作人、陳獨秀：中國現代文學批評的

亥革命時期，他們從家族倫理關係的鎖鏈掙脫出來，引吭高唱自由的頌歌。⓰在西方，當新興資產階級樹立起自由的精神旗幟，他們進一步發現做爲主體的人。但是，中國在辛亥革命時期的自由口號聲裏，卻產生了「國民」。「國民」的出現，在當時確實具有相當進步的意義。因爲它突破了封建社會結構裏國家與個人之間不可或缺的中間層次——氏族，而直接以「國民」的概念將個體生命與國家聯繫起來。如此，人民心目中的國家已不再是傳統意義上的君主專制，而是現代意義的民主國家。人不再是君王的奴隸，他做爲國民而存在，這是辛亥革命時期對個體生命價值的自我確認。⓱

　　然而，如果透過辛亥時期的輿論文章，我們可以發現當時

肇始〉、〈郁達夫的唯美主義批評〉，《中國現代文學批評發生史：1917~1930》(北京，社會科學文獻出版社，2000年)，頁14~20、頁107~109。

⓰　具有現代概念的民主一詞可能是在十九世紀由日本傳入中國，當時使用民主一詞的人包括康有爲、梁啓超、譚嗣同及王韜。參閱家博（J. Bruce Jacobs）〈民主與中國知識份子〉，《文化中國》（加拿大Burnaby，文化更新研究出版委員會，1991年10月號）。另外，關於近代中國民主觀念的演進還可參閱張玉法〈二十世紀中國的自由主義〉，《近代史學會通訊》（台北，中國現代史學會出版，1997年6月號）；鄭永年〈中國的民族主義和民主政治〉，《中國社會科學季刊》（香港，香港社會科學服務中心出版，2000年夏季號）；方維規〈議會、民主、共和的概念在西方與中國的嬗變〉，《二十一世紀》（香港，香港中文大學出版，2000年4月號）；謝放〈戊戌前後國人對民權、民主的認知〉，《二十一世紀》（2001年4月號）。

⓱　請參閱劉納〈在比較中尋找變革的軌跡〉，《嬗變——辛亥革命至五四時期的中國文學》（北京，中國社會科學出版，1998年），頁247~278。

所謂的「國民」沒有做為國民的自由權利,只有做為國民的責任。**⑱**事實上「國民」屬於國,屬於群,他並不擁有自己。從嚴復將約翰・穆勒(John Stuart Mill)的《自由論》(On Liberty)一書書名改譯為《群己權界論》,以及在〈述黑格爾唯心論〉文中他闡述個體與自由的關係:「**本一己之自由,推而為天下之自由**」、「**向者禽獸自營之心德 一變而為人群愛群之心德**」,很明顯可以看出嚴復是從群/己關係來理解自由的。或者如梁啓超在〈新羅馬傳奇〉裏高呼,個人面對國家民族的危難時應該「**將頭顱送定,把精神留定**」,一國之民可能尚未享受到自由權利之際,就已需先盡犧牲的責任。辛亥革命時期的歷史條件,令群/己的關係顯得相當嚴竣和絕對。縱身革命的人們被強烈的政治激情灼烤著,其他作為個人主體的正當需求,都受到抑制。辛亥時期的「國民」意義,在生命價值的實現上,似乎僅在"利群"與"自我犧牲"當中。

　　眞正講求自由、人權的民主意義的來臨是在五四時期。替代辛亥革命的群體意識,新文化運動不僅在批判傳統,它更是形成一個新的思想,如魯迅所說的「立人」思想。**⑲**或者如郁

---

⑱　見金觀濤、劉青峰〈近代中國「權利」觀念的意義演變──從晚清到《新青年》〉,《中央研究院近代史研究所集刊》(台北,中研院近史所出版,1988年12月號),頁209~260。

⑲　尚處晚清時期,文化界有心之士就提倡個人的解放,其中表現的最突出的是魯迅。他在一九○七年發表〈文化偏至論〉,文中考察了世界文明,他認爲「歐美之強,莫不以是炫天下者,則根柢在人」,而「中國在昔,

達夫所言，「人性的解放」、「人的發現」就是確立每個生命的存在價值：

> 五四運動的最大成功，第一要算 "個人" 的發見。以前的人，是為君而存在，為道而存在，為父母而存在，現在的人才曉得為自我而存在了。我若無何有夫君，道之不適於我者還算什麼道，父母是我的父母；若是沒有我，則社會、國家、宗族等哪裡會有？ ❷⓪

「人」不再只是家族倫理鎖鏈中的一環，也不再只是四萬萬國民中的一份子，「人」作為實在的個體生命並受到合理的尊重。在辛亥過渡時期，民權、人權都是參與過問政治的途徑，而五四所要求的「人」的權利，已是關注主體生存、溫飽和發展的表現。

綜合上述，我們可以發現，當人民從傳統封建政制底下由奴隸的身份轉變到辛亥革命時期的國民的地位，從「君天下」

本尚物質而疾天才矣，先王之澤，日以殄絕，逮蒙外力，乃退然不可自存。」所以魯迅結論道「是故將生存兩間，角逐列國事務，其首在立人，人立而後凡事舉；若其道術，乃必尊個性而張精神。」唯有如此「外之既不後於世界之思潮，內之仍弗固有之血脈」，「則國人之自覺至，個性張，沙聚之邦，由是轉為人國。」可以說魯迅在一九〇三年提出「改造國民性」的問題，就表現出立人的思想了。請參閱溫元凱、倪端著，《中國國民性改造》(香港，曙光圖書出版，1988年)。

❷⓪ 郁達夫〈中國新文學大系·散文二集·導言〉，趙家璧主編《中國新文學大系》(香港，文學研究社印行，據1935年上海良友圖書影印版)。

到「國家」這樣的群體概念，事實上都還懷抱一種大漢主義的意識在其間。但是到了五四階段，新文化改革者淡化著國家的觀念，儘管新文化的發難是起因於推動者對國家民族的危亡感，但是在改革的進程中，他們「**因為對於偏隘的國家主義的反動，大多養成一種 "世界民" 的態度**」。❹他們以「人」的概念將個體生命與最大的群——「人類」的關係直接連繫在一起。五四知識份子不但突破置於國家和個人之間的家族層次，而且也泯除了置於全人類與個人之間的國家界線，認為自己是全人類的一員。郭沫若在回憶自己五四時期的思想情況時，表示「**我自信是熱愛祖國的。**」不唯郭沫若，現代改革者無一沒有改善中國現實與民族命運的熱切願望，許多人並且投身反帝反軍閥的群眾愛國運動中。但是，五四時期的中國知識份子對民族國家的觀念，不似辛亥時期甚至更早以前的大漢民族意識那般偏狹。❹五四的啟蒙先驅如陳獨秀、李大釗等人，在號召愛國主義的同時，已經在倡言世界主義了。陳獨秀相信「**世界主義之實現**」，李大釗甚至推測了「**世界聯邦進行的程序**」。

新文化推動者期望以人類一體化的理想來溝通生命，期待

---

❹　周作人〈舊夢·序〉，《周作人代表作》(北京，華夏出版，1997年)，頁361。

❹　中國現代民族主義首見於一八九○年代戊戌維新時期，但是戊戌一代所謂的民族國家觀念大半仍為中國「天下主義」陰影所籠罩。見孫隆基〈從「天下」到「國家」——戊戌維新一代的世界觀〉，《二十一世紀》(香港，香港中文大學出版，1998年4月號)。

人與人、民族與民族之間熙融的關係，這是民主進步觀念的表現。❷從國民到人，我們不難理解「人」的意識是如何地覺醒與演進。五四時期民主的意涵是以人作爲「權力」的主體、作爲「價值」的主體，表現現代性包含一個以「人」作爲主體的「主體哲學」的肯定。

二、科學——理性啓蒙的號召

　　五四新文化改革冀望獲求自由理性的解放和個體生存的價值，同時也希望以現代的科學觀念和方法，對過去文化做通盤的檢討。推動者不承認外在權威，對舊日的事物持懷疑態度，對傳統觀念進行強烈的批判，「科學」成爲他們衡量一切的尺度。在他們看來，科學代表客觀的、邏輯的、分析的、因果的、一致性的；科學特別具備理性思維以及啓蒙的功能，被視爲是中國救亡圖存的利器。

　　基本上，在洋務運動時期，中國對「西方科學」已持肯定的接受態度；而洋務運動以迄五四運動的這段期間，關於西方科學的討論則一直圍繞在「如何接受」以及「接受程度」等問

---

❷　五四之後，雖然知識份子亦十分關注國際關係，卻不再持有「世界民」的態度。關於五四前後的世界主義思潮可參閱陳方正〈論中國民族主義與世界意識〉，《二十一世紀》(香港，香港中文大學出版，1993年10月號)；程農〈重構空間：一九一九前後中國激進思想裏的世界概念〉，《二十一世紀》(香港，香港中文大學出版，1997年10月號)。

題來進行。大體而言，民國以前對西方科學的接受方式可以由下列四種途徑來進行：第一，政府設立編譯機構；第二，軍事學校與專業技術學校的開辦；第三，派遣幼童留學；第四，設立科技教育機構與翻譯館。上述四種學習科學的方式還是以翻譯西方學術著作爲主，但這樣的情況到民國成立以後即大有不同。自清廷廢科舉制度開始，留學日本、歐美的學生日益增加，他們取代傳統知識份子的學習模式，對西方文明文化的認識無疑是直接且生動的。而此時的知識份子對科學的解釋亦由以往「師夷長技以制夷」的實用論，提升到科學作爲文明、文化的精神。總括而言，西方科學地位從洋務運動階段的製洋器的「器用」（中體西用）層次，經過維新運動的科學「制度化」（廢科舉、立學堂），到五四新文化運動的「思想」層次（必須學，並且最值得學）臻至最高峰。❷❹

　　當國體之興亡與科學之有無產生必然的密切關係，科學成爲「知識」的同義詞，更成爲再造中國文化的方法。五四知識份子服膺笛卡兒的懷疑精神與伏爾泰的反偶像崇拜，帶著批評和否定的態度，訴諸理性、自然、人文與美學。他們認爲五四新文化運動就是中國的「文藝復興」或「啓蒙運動」。❷❺尼采

所謂「重新評估一切價值」的宣示，正好投合了五四時期的「懷疑主義」思潮。胡適在〈新思潮的意義〉一文中特別標榜尼采這句話，認為「這幾個字便是批判的態度的最好的解釋」，並且還說：

> 我的思想受了兩個人的影響最大，一個是赫胥黎，一個是杜威先生。赫胥黎教我怎樣懷疑，教我不信任一切沒有充分證據的東西。杜威先生教我怎樣思想，教我處處顧到當前的問題，教我把一切學說理想都看作待證的假設，教我處處顧到思想的結果。[26]

胡適正是從懷疑主義出發，提出「大膽假設，小心求證」的治學方法，試圖將思想學問建築在理性思維的基礎上。他堅持所有推論都必須要有證據，無法證明的都必須懷疑；提倡以歷史的進化，或用杜威的術語「發生學的方法」即注重起源與進化的方法來研究。[27]

　　在推崇科學精神的潮流裏，中國的歷史、經典、宗教、文

　　國的啟蒙運動相提並論。事實上，這兩者在根本上有極大不同。歐洲啟蒙運動是新興的中產階級推翻封建制度的貴族，而中國是各種社會力量結合對抗舊勢力。周策縱《五四運動史》(台北，龍田出版，1984年)，頁491。

[26] 胡適〈介紹我自己的思想〉，《民國叢書·胡適文存》(上海書店，據亞東圖書館一九二八年影印版)，頁397。

[27] 胡適《中國新文學運動小史》，《台北，台灣啟明書局出版，1958年》，頁42。

化各方面都受到批判與重估；以懷疑精神爲基礎的理性思考，可說是五四先驅的普遍傾向。㉘正是在這種思潮的推動下，當時的史學界還出現過一個影響甚大的疑古學派。錢玄同自稱疑古學派，顧頡剛陸續出版了多卷《古史辯》，都對古史提出許多質疑、考辯；從史學的治學角度而言這是一種進步。而周作人提倡民俗學，嘗試以現代人類學的觀點來研究風土民情，重新估定傳統制度，也是屬於懷疑主義思潮的一個部份。再者，達爾文主義也是強烈影響中國社會思想的科學理論之一；當時大多數的知識份子都強調達爾文的進化論，他們用這種理論作爲攻擊傳統的利器。例如戴季陶鼓吹互助，以爲生命既然是不斷地鬥爭，那麼互助便是提昇人性的最好方法。㉙另外，科技與控制自然也被視爲西方先進文明的重要一環，吳稚暉尤其宣揚控制和改良工具方法，他相信「科學萬能」可以達到物質福利的成就。很明顯地，五四一代對科學的著迷，除了它具備經驗主義和實證色彩的「眞」本質，更因爲科學是臻至「善」與「美」的根本基礎。唯有追求科學的眞，才能進一步營造善與美的境界。

五四對科學理性精神的崇尚，也很明顯地反映在當時的報紙副刊上，滲透到現代的新的審美意識裏。例如被周作人稱爲

㉘ 請參閱王晴佳〈中國二十世紀史學與西方──論現代歷史意識的產生〉，《新史學》(台北，新史學雜誌社，1998年3月號)。

㉙ 周策縱《五四運動史》，(台北，龍田出版，1984年)，頁478。

是中國日報副刊之始祖老店的《晨報副鐫》，不僅設立「科學談」、「地質淺說」等欄，還從創刊開始就以極大篇幅和頻繁連載的形式刊登自然科學理論，介紹科學史及科學家傳記資料、科普文章等等。❸顯見「科學」在當時象徵著具有時代特色的人生理想。我們可以從五四作家的文化構成與修養，發現他們在作品中表現的理性科學精神。魯迅、胡適等人都曾生動地憶述當初接受「天演論」學說的新鮮和振奮；胡適不僅撰寫有關科普的文章，還從「物競天擇適者生存」選取「適」字用作自己的表字及筆名。

　　最後再補充說明的是，五四的科學號召不僅是運用科學方法，更在於科學精神的發揚，這一點正好說明中國新文化運動的現代性表述——「科學」與「民主」之間的根本關聯。此處科學精神與形上學屬於主觀、直覺、神性、感性的精神不同；科學的精神是屬於客觀世界，與理性、事實、驗證等實理相關。中國新文化運動推動者大致上是以科學精神來解釋民主的精神；他們認為以自由、平等、博愛為主要內涵的民主精神，就是求真的科學精神在政治、經濟、社會各層面具體而直接的體現。在這樣的邏輯下，「民主」與「科學」成為建構一個現代社會秩序的必備要素。我們於是不難明白，何以五四一代人邏輯地主張科學的人生觀即為民主的人生觀，因為其主要原因正

---

❸ 劉為民〈五四文學革命中的科學觀念〉，《二十一世紀》(香港，香港中文大學出版，1999年6月號)，頁135~147。

在於科學的精神發揮其道德作用，影響時人對他們的生活產生「現代」的態度。

第二節　新文學的現代性想像

　　中國現代文學的肇始和發展與中國邁向民族國家的進程同步，「文學」在二十世紀初期特別被視爲體現中國現代性的一個重要符碼。一九一七年初由《新青年》揚起「文學革命」的呼聲，這一場新文學運動在本質上是以「革新政治」作爲前提。當時以陳獨秀爲代表的知識份子，在探索民族出路的過程裏重新檢討，他們指出解決中國問題的關鍵首先是道德，其次是文學。例如陳獨秀強調「今欲革新政治，勢不得不革新盤踞此政治者精神界之文學」，把革新文學當做革新政治的根本基礎。❸他們將文學問題提到民族問題之前，面對內憂外患，他們期望以文學的力量改造民族精神，從而敦促民族自強。

　　自二十世紀初開始，每當封建政治、軍事的變革遭受阻扼失敗，總會有部份知識份子從民心、民氣、民智等精神文化層面尋求救國的可能。當時有志知識份子認爲，中國的積弱與落

---

❸　在此之前，李大釗於一九一六年的〈《晨鐘》之使命〉一文裏，亦表現對新文學寄予熱烈期望：「由來新文明之誕生，必有新文藝爲之先聲……而後當時有眾之沉夢，賴以驚破。」見《民國叢書·守常文集》(上海書店，一九四九北新書局影印版)，頁162。

後有許多徵兆和病因，而所有因素的最根本，歸咎於國民素質的低劣所造成。至於國民素質之所以沉痼不振，則又是因爲傳統文化和民族基因的影響。❸這是一個溯因探源的演繹模式，這樣的演繹模式導出曾經獲得廣泛認同的推理邏輯：倘若不變革中國的文化精神、不重建民族的文化心理、一切改革都將流於浮面。因此當中國知識份子視思想、文化、精神爲拯救中國的首要方法，他們對文學便懷著變民心、振民氣、開民智的殷切期望。早於陳獨秀十多年前，梁啓超就有「今日欲改良群智，必自小說界革命始，欲新民，必自新小說始」這樣的呼籲。而當陳獨秀將文學與救國、文學與社會進步事業緊密聯繫之後，當時許多知識份子亦贊同文學即是民族復興與社會進步的先聲。胡適將文學看作「新思想新精神的運輸品」，他首先著眼於文學形式的改良，就是因爲「認定文學革命須有先後的程序」。五四時期在文學革命旗幟下爲先驅者助陣的傅斯年，將文學啓蒙／文學救國的邏輯表述的相當清晰：

> 到了現在，大家應該有了一種根本的覺悟了：形式上的革新就是政治的革新──是不中用的了，須得有精神上的革新──就是用政治的思想的革新──去支配一切。物質的革命失敗了，政治的革命失敗了，現在有思想革命的萌芽了……把這思想革命運用成功，必須以新思想夾在

---

❸ 楊念群〈戊戌維新時代關於“習性”改造的構想及其意義〉，《近代中國社會生活與觀念變遷》(北京，新華書店出版，2001年)，頁11~25。

新文學裏，刺激大家 感動大家，因而使大家恍然大悟。
㉝

　　五四先進知識份子前仆後繼地尋找民族出路的歷史進程
中，文學的現代變革一直背負著「救國救民」的需要。誠如李
歐梵在中國現代文學的研究專論中所言，「**中國現代文學之所
以現代，是因為它將知識與政治意義結合，宣揚進步和現代化
不遺餘力**」。㉞正因為如此，「文學」在百廢待興的文化歷史
情境下，每每被視為是通往現代化的重要途徑之一。在新文學
作家與推動者眼中，五四代表的進步內涵，就是對中國舊文學
傳統那種腐敗專制遺產的顛覆。他們致力民主科學、倡言理性
啟蒙，強調中國的「現代文學」的地位是透過現代性而得以與
「世界」並列。因此，中國現代作家藉由創作，在小我層面
展現個人主義、主觀主義的精神解放；在大我層面，一種感時憂
國的愛國情緒又讓他們將此訴諸「中國人民」，通過語言和文
學為美好的新中國催生。可以說，正是整個五四的歷史條件，
觸發了新文學在「感時憂國」以及「個人主義」這兩個層面想
像中國的現代性。

㉝　傅斯年〈白話文學與心理的改革〉，《傅斯年選集・輯一》（台北，文星
　　出版，1967年），頁134。

㉞　李歐梵〈追求現代性（1895~1927）〉，《現代性的追求》（台北，麥
　　田出版，1996年），頁287。

一、感時憂國的道德使命

　　研究中國現代文學的重要學者夏志清在其專著《中國現代小說史》中特別指出，中國自一九一七年以後的「新文學」特色，不僅是語體文的普遍採用、吸收西方文學的格調和寫作技巧，最重要的是在作品中所表現出來的「感時憂國」的道德使命。❸現代的中國作家十分關心國家的處境以及命運，他們在作品中竭力刻劃社會的黑暗和腐敗，並且希望藉由西方國家或蘇聯的思想、制度，挽救日漸式微的中國。雖然現代的中國作家與西方作家同樣關注現代人的精神病貌，但西方作家是將國家的病態擬為現代世界的病態，而中國的作家則視中國的困境為獨特的現象，「所以中國作家的展望從不踰越中國這個範疇」。夏志清認為中國現代文學的特點就在於它的「感時憂國」的精神，這種愛國熱情產生「一種愛國主義的地方觀念」，讓中國作家力圖在作品裏呈現對自己所處的現實環境的了解。

　　在指出中國現代文學裏特有的感時憂國精神的同時，夏志清並且仔細地將中國現代文學的愛國主義與傳統的儒學道統做一區分。他指出，發生在中國二十世紀初期的憂患意識與愛國精神，其間已歷經了相當程度的轉變。鴉片戰爭(1839~1842)發生以前，中國一直是懷著唯我獨尊的文化優越感：

---

❸　參閱夏志清著〈現代中國文學感時憂國的精神〉，《中國現代小說史》（台北，傳記文學社出版，1979年），頁533~552。

　　每當異族入主中國的時候，儒家思想的士大夫，滿懷復
　　國的決心，鄙視入侵的蠻族。但當局勢穩定下來以後，
　　鄙視異族的觀念也就慢慢消失，士大夫照樣侍奉新朝。
　　（頁534）

古代知識份子能夠在改朝換代之後繼續效忠新君，其原因就在
於儒家的政治理想，即便是異族朝廷也可照樣實現。根據中國
傳統史家的觀點，一個朝代的滅亡是因爲佞臣當道、君主昏庸，
當政者未能力行儒家仁政愛民的政治理想所致。所以，中國傳
統文學的諷刺對象只針對那些違反聖賢禮教、社會法則的人物
或風俗而已。至於儒家的政治理想，從未成爲作家筆下譏諷的
對象。夏志清以十九世紀初李汝珍所著的《鏡花緣》爲例，指
出書中即使在批評中國最不人道的習俗時，作者仍然保留中國
讀書人固有的自尊，認爲這些惡習是由於乖離了中國文化的最
高理想之故。這是十九世紀中期以前中國諷刺小說的代表。

　　到了十九、二十世紀之交，中國的諷刺作品發生了不同的
變化。夏志清以著名的《老殘遊記》爲例，認爲作者作者劉鶚
的思想雖是儒家的，但其中已受到西方思潮的影響。劉鶚將滿
清式微之際的中國比喻作一艘破漏欲沉的船，備受內亂及叛變
的摧殘。小說裏的老殘儼然是一位合儒、釋、道三家思想與西
洋唐吉訶德式俠義於一身的仁者；他希望憑藉西方的技術挽救
中國脫離險境，但也不抹殺中國的傳統文化。這樣的特點適足
以回應晚清之際張之洞的改革看法。張之洞提出「中學爲體，

西學爲用」的主張，正顯現儒家政治理念不再處於自我獨尊的地位。當時有不少知識份子認爲，中國之新生固然在於保存中國傳統文化和政治理想，但對儒家經籍所不能解決的問題，就必須以西方學術來彌補。

　　時至二十世紀初期的「五四」階段，又顯然是屬於另一個新的時代，知識份子不再相信中國傳統文化是完美無缺的。從當時重要代表作家——魯迅的作品可以看出，「**憑靠作者敏銳的觀察以及現代的觀念，他奮力將中國社會各階層黑暗腐敗的情狀都表現了出來**」。在他的第一篇小說〈狂人日記〉(1918)裏，藉一位狂人之口，將中國描述成一個吃人的國家；大家表面上滿口仁義，骨子裏卻是罪惡滔天：

> 你們可以改了，從真心改起！要曉得將來容不得喫人的人，活在世上。你們要不改，自己也會喫盡。即使生得多，也會給真的人除滅了，同獵人打完狼子一樣！——同蟲子一樣！**㊱**

上述這段話雖出自狂人之口，卻無疑是作者自己的意見。魯迅認爲，中國傳統的一切道德教化、嘉言懿行，亦即李汝珍與劉鶚所據以批評社會和朝廷腐化的立足點，都是一種爲了藉以掩飾中國黑暗封建的假道學。因此，自二十世紀初的五四階段開始，新知識份子由過去的文化優越感中覺醒驚悟，對中國傳統

㊱　魯迅〈狂人日記〉，《魯迅全集》(台北，谷風出版，1989年)，頁23~35。

的封建文化作一深切的批判和檢討。與此同時，他們大量引進西方進步的思潮、觀念和主張，從「文學研究會」提出「為人生而文學」、早期「創造社」的「為藝術而藝術」，到後期「創造社」和「太陽社小夥子」們的「革命文學」、「普羅文學」；從「自然主義」、「寫實主義」、「浪漫主義」到爾後的「社會主義」、「共產主義」……這些新名詞雖然五花八門、層出不窮，但是共同的目的都是為著災難方殷、企圖自振而力猶未逮的中國尋求富強之道。**❸❼**

　　不僅是強調寫實主義、現實主義的作家懷有感時憂國的使命，二〇年代推崇浪漫主義的文人亦是如此。郁達夫在〈寫完蔦蘿集的最後一篇〉短文中，目睹中國飽受軍閥割據、動亂不安的境況，沉痛地道出知識份子與政治脫節後的強烈疏離感：

> 自去年的冬天以來，我的情懷，只是憂鬱的累積。我抱了絕大的希望想到俄國去做勞動者的想頭，也曾有過，但在北京被哥哥拉住了，我抱了虛無的觀念，在揚子江邊，徘徊求死的事情也有過，但是柔順無智的我的女人，勸我終止了。清明節那天送女人回了浙江，我想於月明之後，吃一個醉飽，圖一個痛快的自殺，但是幾個朋友，又互相牽連的教我等一等。我等了半年，現在的心裏，還是苦悶得和半年前一樣。活在世上，總要做些事情，

---

❸❼ 李何林，《近二十年中國文藝思潮論》（各地生活書店出版，1939年），頁76~114。

但是被高等教育割勢後的我這零餘者，教我能夠做些什麼？❸

郁達夫的這篇短文，反映出二十世紀初期中國新知識份子一個共同困擾的問題：即使他們對社會黑暗的現實懷著沉痛的罪惡感，然而他們能夠做些什麼？這樣的問題，對傳統的知識份子而言似乎不那麼強烈地存在，因為科舉制度為古代士人搭建了一座溝通個人與政治社會之間的橋樑。知識份子對國家盡忠，為社會盡力，這種「經世致用」的承擔精神一直是中國幾千年來的傳統。清平時期他們常徬徨於忠孝難兩全的困境，動盪時期他們徘徊在仕與不仕的抉擇。所以，「學而優則仕」，古代知識份子的詰難不在於能做什麼，而在於怎麼做？

但自清末以降，中國頹敗的困境不時刺激五四文人感時憂國的道德神經，激發他們身為知識份子的職責意識。郁達夫在上述同一篇短文裏還寫道：

> 我若要辭絕虛偽的罪惡，我只好赤裸裸地把我的心境寫出來。世人若罵我以死作招牌，我肯承認，世人若罵我意志薄弱，我也肯承認。罵我無恥，罵我發牢騷，都不要緊，我只求世人不說我對自家的思想取虛偽的態度就對了，我只求世人能夠了解我心裏的苦悶就對了。（頁78）

---

❸ 郁達夫，〈寫完了蔦蘿集的最後一篇〉，《郁達夫全集》第五卷(浙江文藝出版，1992年)，頁77~79。

我們不難體會，作者的「零餘感」是源自他本人對社會的一種自覺，也就是害怕自己無法善盡對國家社會的責任之故。除了魯迅、郁達夫，二〇年代後期沈從文與老舍的作品也都善用諷諭的筆調，在愛國的題材下滿紙激憤悲怨，表現出中國特殊的現代氣息。

中國現代化的追求永遠面臨「現實」的壓力，因此它表現在兩個既相關卻又未盡相容的概念裏：一是文學的自主與文化的解放，二是中國做為一個統一的國家和民族的獨立。首先，知識精英要把中國傳統自儒家道德觀念的枷鎖中釋放，這樣的激情每每出現在五四理論家慷慨激昂的文章中。❸其次，文學改革不單是包括「新」的實驗，它同時隱含對傳統文化的重新評估及肯定。所以知識份子在追求現代、自主、獨立這些概念裏，其實是植基在民族富強的目的，延續著一份「對中國的統一的執迷」。❹因此，我們不難理解，中國對「現代」這個新概念，是著重在如何現代化？怎樣現代化？五四一代人在接受汲取自由主義價值觀念中，那種具有「中國」特色的現代性是結合了一股狂熱的民族主義，出自一種著眼於使民族富強的目的。

---

❸　例如《新青年》就是一個很重要的例證。

❹　夏志清《中國現代小說史》(台北，傳記文學社，1979年)，頁536。

二、個人主義的浪漫精神

　　除了追求富國強種，表現感時憂國的精神之外，五四知識份子無一不具有濃厚強烈的自我意識和個人觀念。他們主張在捍衛國家主權及其獨立的同時，不得犧牲個人的自由；個人主體的價值、意識的覺醒都成爲他們關注的重點。從一九一七年到一九二七年這十年的「知識革命」期間，中國的傳統文化不斷地遭受新一代基進知識份子和作家們在意識形態上的猛烈攻擊，自西方引進的「個人主義」觀念遂成爲五四推動者破除迷信及反抗傳統的辯護利器之一。❹因此，五四的個人主義可以被視爲是知識份子肯定自我、並與傳統社會的束縛規範決裂的一種精神狀態。❷

　　五四文人以覺醒的自我出現，他們的作品不乏描寫主角如

---

❹　在現代中國所說的「個人主義」，主要是源於西方 "individualism" 的觀念，而非中國本身的個人道德傳統。參見Win. Theodore de Bary, "Individualism and Humanitarianism in Late Ming Thought" in de Bary edited, *Self and Society in Ming Thought,* (New York: Columbia University Press, 1970), pp.145~248.

❷　雖然「個人主義」在中國現代歷史轉型期裏被視爲表現自我／社會、個人／群體對立的重要概念，但在五四時期卻已產生許多不同的詮釋。以魯迅、周作人以及胡適這三位新文化運動領導人爲例，他們分別從意志、情操和理智三個面向來詮釋個人主義的精神內涵。魯迅主張意志解放、周作人重視情操涵養，胡適則急於將西方輸入的個人主義強調成養成心智成熟、能獨立判斷行事的標的。詳細可參閱周昌龍〈五四知識份子的個人主義〉，《漢學研究》，一九九四年十二月號。

何擺脫規範、追求自我實現,建立並提升一個全新的人格。以最具代表的創造社領導人郭沫若爲例;在作者早期的詩作裏,他往往訴諸一個宇宙形象,充滿活力地表達其自我實現的意識:「我把全宇宙來吞了。我便是我了!」、「若是大自然的,定是上帝的顯現,而我亦是上帝的顯現,那麼我即是上帝,而所有大自然的一切現象,便是我的顯現。」㊽詩人的「我」具有無限創造力,可以視爲主體精神由內而外的心智輻射與熱情釋放。又如文學革命初期,文壇上許多日記體、書信體以及濃厚自傳性質的作品,無一不是充滿了個人自由解放意味的基調。李歐梵認爲這樣的現象「……都是青年人的那種自我憐愛和自我炫耀,而且都是用青年人的那種強烈的否定的眼光撰寫的……他們情感的噴溢是青春活力的一種表現」。㊹而這樣的主題又或者特別可以用廣義的「愛情」一詞來概括:

> 五四作家筆下最流行的人物形象常常是一對或者是三角之間的糾葛。個性的重要意義通過郁達夫和王映霞、徐志摩和陸小曼、丁玲和胡也頻這樣一些在愛情上飽受折磨的人物的那種愛情舉動和作風而得到人們的廣泛認同。愛情已經成爲新道德的一個總的象徵,很容易地取

㊽ 郭沫若〈天狗〉、〈早期的歲月〉,《郭沫若全集》(北京,人民文學出版,1982年),頁47、58。
㊹ 李歐梵〈追求現代性(1895~1927)〉,《現代性的追求》(台北,麥田出版,1996年),頁258。

　　代了傳統的那種禮法……在這場解放的大潮裏，愛情與
　　自由具有同等意義，在這個意義上，通過愛情和宣洩情
　　感、力量，個人就能夠真正成為一個充實、自由的男人
　　或女人。（頁258）

不論從「愛情」或是其他面向，作家透過文學表述個人主義的
各種型態，都可視為五四文人對「自我」的一種新論述。這種
昂揚的自我主體意識可以稱之為「浪漫的個人主義」。所謂的
「浪漫」，其實就是指個人主義的特質往往藉由一股高漲強烈
的情緒、情感而表達出來的。❹

　　　與「個性解放」、「主體自由」的特質相聯繫，二〇年代
的文學表現大都帶有強烈的「主觀主義」。換言之，即是透過
文學寫作以達至「自我實現」。文學革命後的中國現代文學，
其中一個重要的特色便是主觀成份的普遍存在；這與作者人格
自傳統的羈絆中解放出來，並且逐漸凸顯在作品中有關。如果
說五四文學框架裏的「個人主義」是代表作者自我人格的高漲，
那麼「主觀主義」便是個人主義的進化，它表現在個人對現實
的看法往往和既定俗成的約規相互衝突。五四文學所體現的自
我，是一個覺醒的主體，同時也是一個孤獨徬徨的戰士；魯迅
與郭沫若筆下都有這種文學形象。對五四一代人而言，「自我」

---

❹　李歐梵〈現代中國文學中的浪漫個人主義〉，《現代性的追求》（台北，
　　麥田出版，1996年），頁93。

被理解爲是具備經驗的主體，是行爲與感知的主體。❹在傳統中國文學裏，作者及其作品必須接受和參與社會文化所賦予的價值約規，因此作品不是模仿便是富含強烈的教誨性。五四文學革命強調文學需要具備原創性與個體性，就是爲了反抗打破這項傳統。圍繞著五四文學與其浪漫的價值觀：自我誠摯以及情感解放、自我建設並且不受外在約束，五四文人樂於將自我反映在他們的作品中，將藝術創作植基在個人主義主觀抒情的理念之上。

　　但需要再進一步作仔細區分的是，五四的個人主義是一種歷史性、意識形態上向封建傳統的決裂，並非如字面上、理論上所傳達的個人與群體的絕對對立。五四所謂的個人主義是根植於自我具備獨立主體但又與現代社會融合的一種人文主義特質中。我們可以從周作人〈人的文學〉一文略見概要：

> 　　我所說的人道主義，並非世間所謂 "悲天憫人" 或 "博施眾濟" 的慈善主義，乃是一種個人主義的人間本位主義。這理由是，第一，人在人類中，正如森林中的一株樹木。森林盛了，各樹也都茂盛，卻非靠各樹各自茂盛不可。第二，個人愛人類，就只爲人類中有了我，與我相關的緣故。……用這人道主義為本，對於人生諸問題，

---

❹　楊春時著〈文學的現代性與中國文學〉，收錄於宋劍華主編《現代性與中國文學》(山東教育出版社，1999年)。

　　加以記錄研究的文字，便謂之人的文學。❹

作者在這篇文章裏追溯了歐洲關於發現「人」的眞理的歷史，介定了「人」的本質，繼之對人道主義和人的文學加以說明。從〈人的文學〉乃至〈新文學的要求〉等文章顯見，中國知識份子將個人視爲是一種理性的生物，是人類的一員。因此，個人應該通過自己的情感和思想，緊密地將自我與人類、社會聯繫起來。

　　或許我們再來參考西方漢學家普賽克(Perušek Jaruslav)的解釋，可以對五四的「個人主義」特質更加清楚。根據普賽克的研究，他認爲五四時期的文學特徵是主觀主義的個人主義，而這個特徵之所以明顯，正是因爲當時中國的政治社會結構發生劇烈變動。❹簡單來說，五四時期對自我的專注，是個人主義的強烈關切再加上個人對現實的憂心所相結合而成。知識份子相信，歷史的衝突與動亂會將舊中國轉變成另一種具有新型態新文化的國家。知識份子對國家民族和社會政治前途的憂心雖然投映出極度深沉的痛苦感，但是他們的批判觀念則具有相當濃厚的主觀性。因此，可以說現實是通過作家個人的認識角度而被感知的；作家進一步把這種理想願景寄託在新的歷史闡

❹　〈人的文學〉，《周作人代表作》(北京，華夏出版，1997年)，頁17。

❹　Perušek Jaruslav, *The Lyrical and the Epic: Studies of Modern Chinese Literature*, Lee Ou-fan edited. (Bloomington: Indiana University Press, 1980), pp.23~38.

釋觀點上，並視個人可以扮演一個具決創力的角色，爲中國創造一個整體的文明、邁向光明未來而貢獻其力。這股個人主義與英雄式的氣慨結合努力改造歷史的力量，透過文學寫作向外界傳遞積極樂觀的信念，爲當時盛行的抒情風格更增添一種革命性的指標和價值。

綜合上述，我們便不難理解中國新文學裏「感時憂國」的道德使命與「個人主義」的浪漫精神這兩大特點實則互爲表裏。這也就是在不同環境條件裏，中國對現代性的解釋表現出與西方某些明顯的異質。自清末以降，日益增長的那種「偏重當代」的觀念，無論字面上還是象徵意義上，都充滿了一種迥異往昔的嶄新內容。從一八九八年的「維新」運動，到梁啓超的「新民」觀念，再到五四時期「新青年」、「新文化」、「新文學」等一系列宣言……「新」這個字詞幾乎伴隨著旨在使中國擺脫傳統的鐐銬，成爲一個「現代」的自由民族而發動的每一場社會運動與知識運動。因此，「現代性」在中國不僅含有對當代的偏愛之情，而且還有一種向西方尋求進步與新奇的前瞻性。新中國承繼的是西方工業文明資產階級所主張的若干常見含義：進化與進步的思想、積極地堅信歷史的前進、相信科學與技術、相信人道主義的自由與民主理想等等。中國對「現代性」這個新概念，是著重在如何現代化？或怎樣現代化？在接受汲取自由主義價值觀念中，那種具有「中國」特色的現代性是將個人的信念與一種狂熱的民族主義結合在一起，出於一種著眼

於使民族富強的目的。❹

　　另外需要再補充說明的是，西方自十九世紀開始產生兩種
「現代」的潮流，但這兩股分裂的現代性卻不必然在二十世紀
初的中國發生對立。卡理耐斯古(M. Calinescu)在其經典著作
《現代性的五種面向》(*Five Faces of Modernity*)書中第一章就
指出，所謂的現代性，一種是啓蒙主義經過工業革命後而造成
的「布爾喬亞」的現代性。❺它偏重科技的發展及對理性進步
觀念的持續樂觀，當然它也帶來了中產階級的庸俗與市儈。第
二種則是經由後期浪漫主義逐漸演變而來的藝術上的現代性，
也可以稱之為現代主義。後者是為反前者的市儈庸俗而執意採
取先鋒藝術的表現手法，強調藝術本身疏遠現實的距離感。所
以現代主義作家無法接受世俗的時間進步觀念，想出種種方法
來打破這種直接前進的時間秩序。例如波特萊爾的《惡之華》
到喬伊斯的《尤利西斯》皆是很好的證明。❺然而在中國，這
兩種現代性的立場並非完全對立。「布爾喬亞」的現代性經過
五四特殊歷史物質環境的改頭換面，加注了人道主義、革命改
良、民族主義等意識形態之後，變成了一種統治性的價值觀。
五四文藝必須服膺這種價值觀，於是在小說創作裏，我們可以
察覺到絕大部份的小說敘述模式亦逐漸反映了這種新的現代性

---

❹　夏志清，《中國現代小說史》(台北，傳記文學社出版，1979年)，頁146。
❺　Matei Calinescu, *Five Faces of Modernity*, (Bloomington: Indiana University Press, 1987), pp.3~4.
❺　同上註，pp.41~46。

的歷史觀。❷

第三節　婦女與中國現代性

中國現代性論述與中國婦女解放運動息息相關，後者明顯帶有變革社會以及社會變革的性質。清末面臨外強的侵略威脅，改革者將中國積弱的部分理由歸因於婦女人口的蒙昧與不事生產。因此「反纏足」、「興女學」等對女性資源的開發與再造，適以振衰起蔽，挹助國力。直至五四這一波全面反傳統的洪流中，婦女問題再次被檢討。與女性議題相關的貞操觀、納妾蓄婢、媒妁婚姻、家庭制度與三從四德的婦德等，一一成爲改革者大力攻訐的箭靶。❸解決婦女問題被視作打擊封建思

---

❷　李歐梵〈漫談中國現代文學中的「頹廢」〉，《現代性的追求》(台北，麥田出版，1996年)，頁191~200。

❸　對婦女問題的討論，在一九○○至一九一○年代所提出的是戒纏足、興女學、婦女職業權、參政權以及婚姻自由權；在一九一○到一九二○年代則爲男女同學、經濟獨立、社交自由、兩性問題、家庭問題以及生育問題等；至於一九三○到一九四○年代關注的重點是家庭教育、婦女動員、離婚問題、兒童問題以及婦女繼承權等。詳細資料可參閱《民國叢書・中國婦女問題討論集》(上海書店，據一九二三年新文化書社影印版)；中華全國婦聯會婦女運動史研究室主編《五四時期婦女問題集》(北京，三聯書局出版，1981年)；呂美頤、鄭永福著《中國婦女運動(1840~1921)》(河南人民出版社，1990年)；李又寧、張玉法主編《近代中國女權運動史料》(台北，龍文出版社，1995年)；陳三井主編《近代中國婦女運動史》(台北，近代中國出版社，2000年)。

想與禮教勢力的必要過程，亦是解救中國所不可或缺的重要步驟。

當性別與強國、強種、強身發展出必然的邏輯關係，「女性」與「現代性」之間所面臨許多正與反的相互對話，尤其值得我們再思考。教育的平等和普及讓婦女獲得汲取知識的權力和機會，然而政治體制的遞嬗，卻沒有相對地帶動主導意識型態的改變。作爲價值衡量與政治訴求的載體，「婦女」—這個最複雜的現代性符碼，「她」何以在解放與被解放之間不斷陷入困境？我們不禁要細思，「女性」究竟是被作爲主導的國家／男性作爲一個廣義的五四解放的圖騰？抑或只是作爲一個廣義解放的犧牲呢？性別主體與現代國家、文化形構錯綜複雜的糾結關係，應該是我們重新審思中國現代性內涵的要點之一。

一、五四婦女解放的歷史意義

許多現代化國家將傳統對婦女的壓迫視爲現代化抗爭的焦點，而改善婦女的境遇更是作爲一個現代健全國家的象徵。「五四」這一場反帝、反封建的民主愛國運動過程裏，伴隨群眾的思想解放以及對「人」的意識的覺醒，伴隨民主主義革命的時代要求，婦女作爲中國社會改革的要題之一，不但引起廣泛的注意，更成爲現代中國婦女解放進程裏空前的高潮。以下我將由五四啓蒙運動對婦女問題的關注，以及當時中國社會的婦女解放狀況做一簡述。

　　首先,就啓蒙思想對婦女問題的關注來說,新文化推動者以宣揚民主、科學自任,面對壓迫婦女的三綱五常、三從四德無不奮力以擊。一九一五年創辦的《新青年》,自創刊初始即以大量篇幅討論婦女問題,不失爲五四階段倡導婦女運動的代表性刊物。❺陳獨秀在一篇相當於發刊詞的文章裏就宣稱:

> 自人權平等之說興,奴隸之名,非血氣所能忍受。……女子參政運動,求男權之解放也。解放云者,脫離夫奴隸之羈絆,以完其自主自由之人格之謂也。❺

這種接近西方民主主義和個人主義的思想,在婦女問題上表現爲將女性個人的地位提升到與男性等同,婦女不再是家庭與丈夫的附屬品。文筆尖銳的魯迅,在〈我之節烈觀〉、〈我們現在怎樣作父親〉等文章,更是大力批判父權、夫權的專制,譴責表彰節烈的虛僞殘暴。周作人譯介二十世紀初日本婦運先驅與謝野晶子的〈貞操論〉,作者揭露封建道德要求女子爲丈夫保持貞節的專制與矯情。這篇文章一經發表介紹,立刻激起胡適等人的回應;抨擊禮法苛求女子卻放縱男子的不合理性。他

---

❺　以當時流行的刊物爲例,《新婦女》的宗旨在喚醒婦女作爲改革社會的手段,《女界鐘》也以「教育婦女,使她們參加建設社會的進步」爲目標。周策縱《五四運動史》(台北,龍田出版,1984年),頁394;李又寧〈《女界鐘》與中華女性的現代性〉,《近世家族與政治比較歷史論文集》(台北,中央研究院近史所,1992年)。

❺　陳獨秀〈敬告青年〉,《民國叢書·獨秀文存》(上海書店,據亞東圖書館一九二八年影印本),頁7。

們強調激發婦女的自覺意識，認爲應該以西方「人權」的觀念，作爲中國社會新道德的標準。

　　婦女除了解脫舊倫常、舊道德思想的束縛之外，女性享受社會資源、擔負社會責任的觀念也相繼受到鼓吹。茅盾〈解放的婦女與婦女的解放〉一文指出，婦女解放是讓女子由傳統的"賢妻良母"角色中解放出來，共同擔負改革社會與促進文化的責任。所以，婦女解放應從爭取男女教育平等以及改革家庭入手。李大釗運用唯物史觀分析女性受壓迫的根源，認爲考察婦女問題還應從社會制度、經濟制度中尋找原因。他認爲婦女解放不能只致力在第三階級（即中間階級）的婦女運動，而應對第四階級也就是勞動階層的婦女給予注意，二者有互相輔助的必要。他在〈戰後之婦人問題〉指出：

> 所以爲婦人問題徹底解決的方法，一方面要合婦人全體的力量，去打破男子專斷的社會制度，一方面還要合世界無產階級婦人的力量，去打破那有產階級（包括男女）專斷的社會制度。⑯

由上述可以很清楚地看出，李大釗明確地將婦女壓迫和階級壓迫二者之間的關係聯繫起來。另外，陳獨秀在一九二一年發表的〈婦女問題與社會主義〉演說中，也開誠佈公地談到「女子

---

⑯　李大釗〈戰後之婦人問題〉，《民國叢書·守常文集》(上海書店，據北新書局一九四九年影印本)，頁112。

問題，實離不開社會主義」、「離了社會主義，女子問題斷不
會解決的」。上述這些討論，不管其政治立場或所持之意識型
態爲何，無疑都促進推動婦女解放、女性自由、獨立等思想的
萌芽與發展。❺

　　以社會解放爲目標的婦女運動而言，五四時期女學生參與
愛國的社會運動是一個相當鮮明的標記。五四運動爆發的當天
晚上，北京女高師的學生聽到其他學校三十多名男同學因參加
反帝遊行而被捕的消息，她們認爲天下興亡，女子豈能無責？
因此衝破學校阻撓，到新華門前要求與男同學們一起入獄。接
著，女高師的學生又成立「北京女學界聯合會」，聯繫北京其
他女校學生一起罷課聲援，天津、上海等許多城市的女學生也
紛紛投入抗爭的行列。❺她們不顧世俗非議，拋頭露面走上街

---

❺　再附帶說明的是，五四知識份子亦時常引介外國學者討論婦女問題的文
　　章。除了上文提到周作人評介二十世紀初日本婦運先驅與謝野晶子的
　　〈貞操論〉，另外例如須林那(S.P. Schreiner)關於婦女與勞動、紀爾曼(C.P.
　　Gilman)關於婦女與經濟、愛凱倫(Ellen Key)及高德曼(Emma Goldman)
　　關於戀愛與結婚、貝培爾(August Bebel)關於社會主義與婦女、易卜生
　　(Henrik Ibsen)的娜拉與個人主義、山川菊榮的第四階段婦女論等等。大
　　體而言，無政府主義者與馬克思主義者主張廢家庭婚姻制，提倡自由戀
　　愛、公育、公廚，進以改造社會。自由主義者則是以個人主義的解放原
　　則，倡導自由婚戀、自由離婚，並以主體意識、精神自覺促進社會的改
　　革與和諧。見彭小妍〈五四的「新性道德」：女性情慾論述與建構民族
　　國家〉，《近代中國婦女史研究》第三期(台北，中央研究院近史所，一
　　九九五年)。
❺　請參閱呂方上《從學生運動到運動學生──民國八年至十八年》，(台北，

道，與男同學併肩參與遊行示威及演講宣傳的活動。女校學生打破男女界線，共同組織學生團體從事活動，不僅首開不分性別的社會運動的先聲，更是女知識青年第一次自發性地表達她們對國事的立場。㊾

　　其次，五四期間要求「男女平權」的呼聲日益高漲，最直接表現在女子爭取教育機會平等的要求。在傳統男女大防的限制下，近代女子學堂興辦之初，往往有「男人勿入」的規定。㊿但在五四新思潮影響下的婦女解放運動，對男女平權的首要要求就是男女教育機會均等，主張「男女共學」。一九一九年，甘肅省循化縣一位女青年鄧春蘭致信北京大學校長蔡元培，要求大學開放女禁，並以具體行動跋涉萬里到北京求學。她所草擬的〈告全國女子中小學畢業生同志書〉以及寫給蔡元培的信，隨即在京滬各大報上刊登，引起社會極大的迴響。同年夏天，

中央研究院近史所出版，1994年)。

㊾ 五四時期婦女參與社會運動，讓女性深切體會談團結才有力量的事實。往後幾年間，中國各地已成立了數十個婦女團體：女界聯合會、中華婦女協會、女子參政協會、女權運動同盟會等等。這些團體還創辦名目繁多的女報、女刊，提倡男女平等，宣傳婦女參政的權利，初期因愛國運動的聯合，發展到後期已由社會目的轉爲政治作用。詳細可參閱談社英《中國婦女運動通史》(上海，上海書店，1990年)。

㊿ 女學堂章程中規定「凡堂中執事，上至教習提調，下至服役人等，一切皆用婦人」，「自堂門以內，永遠不準男子闖入」。請參閱舒新城著，《近代中國教育史料》，「民國叢書，第二輯」(上海，上海書店，1990)，頁162~163。

北京一位女學生王蘭亦向北大教務長陶孟和提出入學要求。不久，蔡元培發表談話，同意北大招收女學生。一九二〇年寒假後，王蘭、鄧春蘭等九位女性以旁聽生身份進入北大，從此打破大學不能男女同校的清規戒律。爾後，南京、上海、天津、廣州、廈門一帶，不少公私立大學相繼招收女生，爲實行男女平等教育向前邁進一步。❻二〇年代教育機會平等權的爭取，爲稍早女學堂式的「女國民」教育再向前推進，落實女性於教育上享有與男性同等的資源。❻

簡單來說，五四婦女解放的歷史意義，就好比一九一八年刊登在《新青年》專號裏的易卜生戲劇《傀儡家庭》：女主角娜拉最後離開丈夫、投入社會，追求自我生命。娜拉的勇敢行逕正是五四新女性文化及個人主體覺醒的象徵。她們奮鬥爭取各種基本權利，她們離鄉背景至各省大學接受教育，男男女女自由自在地栖居在一起。她們或成爲教師、或爲作家、或爲記者、或爲藝術家、或爲社會運動者，都爲活出各自理想中的自由浪漫而努力。

---

❻ 參閱呂方上〈五四時期的婦女運動〉，陳三井主編《近代中國婦女運動史》(台北，近代中國出版社，2000年)，頁177~187。

❻ 另外，伴隨婦女權利的提出和女子獨立人格的覺醒，過去「父母之命，媒妁之言」的婚姻制度當然引起許多年輕女性的強烈反彈。批判舊式婚姻制度，鼓吹自由戀愛與婚姻自主的聲浪也就不斷地出現。普遍反映了當時知識界對於自由、自主意識的重視。

二、現代性的女性想像

就上文的討論我們可以發現，在五四這樣一個時空背景下，產生了民主、科學或者個人主義與愛國主義、婦女解放的人道主義等各種論述或意識型態。這些話語帶動我們對整個文化、社會重新產生新的認知與定位。例如民主與科學的關聯的建立，在教育、軍事、經濟、文化、生產上逐漸地向西方工具理性的模式來靠攏，強調一個理性化、制度化的機構下所形成的有效率的、進步的社會觀念。或者，在經過五四新文化運動之後逐漸形成的現代中國的「主體性」的觀念。這樣的主體性是經過各種西學知識的淘洗，西方各種政治、經濟訓練的衝擊之後，再來重新定義什麼是中國？什麼是中國人？以及什麼是中國的男性和女性？這些主體性的問題逐漸浮現在我們的文學以及知識的論述上。它形諸於外的，是一個政治的表徵，一個對於國家政治社會的位置的認同。而形諸於內的，是一個更趨向內心化的主題，例如對於性別重新產生的認識。所以，國族化的主體、心理化的主體以及性別化的主體等等，都是我們探討五四現代性想像的重點。

五四啟蒙、全盤西化的呼聲，固然開啟中國迎向新潮的勇氣，卻也同時埋下許多機制，窄化「現代」的多重潛力。近幾年來的中外研究紛紛指出，應該重新思考五四思潮背後的一個新的意識型態和歷史觀，並且釐清西方的現代性對中國造成的影響，特別是在與中國特殊政治環境的結合後發生的轉換和改

變。誠如王德威在挖掘晚清「被壓抑的現代性」研究中所言：

> 如今端詳新文學的主流「傳統」，我們不能不有獨沽一
> 味之嘆。所謂的「感時憂國」不脫文以載道之志，而當
> 國家敘述與文學敘述漸行漸近，文學革命變成革命文
> 學，主體創作意識也成為群體機器的附庸。❻❸

在我們或者過份樂觀於現代性敘事，如何可以用來建立肯定一
個現代民族國家的命題，也許也應該警覺中國文學的現代性已
經被化約成十分狹隘的路徑，脫離不開政治救國的主流。❻❹

這樣的洞見與盲點，我們又特別容易在「婦女」這一個性
別群體上顯見。事實上，歷來討論五四時期在中國現代文、史
上的研究和成就裏，皆不免一廂情願地強化中國現代婦女解放
的歷史意義，然而，「性別」這一實體的指稱往往被簡化為現
代性表述裏的人文概念。從晚清到五四以來，推崇女權，強調
女學，在這樣的過程裡，我們常常看到性別的解放和國家的解
放、性別主體的解放和國家主體解放，成為等量齊觀的議題。
然而，在強調女性解放與國家解放之間互動的過程裏，產生國

---

❻❸　王德威〈沒有晚清，何來五四？〉，《如何現代，怎樣文學？》(台北，
　　麥田出版，1998年)，頁27。

❻❹　除了王德威的研究以外，這樣的批評還可參閱王曉明〈一份雜誌和一個
　　"社團"——重評五四文學傳統〉，《批評空間的開創》(上海東方出版，
　　1998年)；思想方面可參閱李澤厚〈啟蒙與救亡的雙重變奏〉，《中國現
　　代思想史論》(台北，風雲時代出版，1990年)。

家日漸強大，而剛被解放的女性卻又馬上陷入另一種新的困境。例如，「反纏足」論述的重點在於康健女性體魄以爲強國保種；振興女子教育的理由亦無涉乎權利義務，而是倚重知識的實用性裨益婦人增產富家。❻

　　婦女解放與國家民族前途形成矛盾及弔詭，缺乏自發性以性別覺醒爲中心的運動，埋下日後只談男女形式平等不談性別差異的匱乏與薄弱。劉人鵬在晚清以迄五四的國族與婦女關係的研究中認爲，晚清以迄五四關於國族與婦女的修辭效應裏，複雜交錯著帝國／國族／性別的權力關係，隱藏著當時的知識份子對「西方美人」的欲望。在現代化論述歷史敘事的交會口，「婦女」作爲符號與作爲實踐的主／客體，其中是隱藏著對弱勢主體的暴力。❻再者，例如吳怡萍以魯迅、茅盾、丁玲爲研

---

❻　參見林維紅〈清季的婦女不纏足運動〉，及呂士朋〈辛亥前十餘年間女學的倡導〉，收錄於鮑家麟編《中國婦女史論集》第三集（台北，稻鄉出版，1993年），頁183~246、247~261。另外，游鑑明在〈近代中國女子體育觀初探〉研究中更指出，中國近代女子體育自西方引進，由國民政府統籌規劃、管理，成爲教育之一環。參與者雖然以女學生爲主並且旁及一般婦女，但是這種以強國保種爲目的而提倡的女子體育，卻無法爲女性身體建立自主的空間。游鑑明〈近代中國女子體育觀初探〉，《新史學》第七卷四期，頁119~156。其他相關研究還有，林維紅〈同盟會時代女革命志士的活動〉，或鮑家麟〈秋瑾與清末婦女運動〉，收錄於鮑家麟編《中國婦女史論集》（台北，稻鄉出版，1988年），頁296~345、346~382。

❻　劉人鵬〈「西方美人」欲望裏的「中國」與「二萬萬女子」——晚清以迄五四的國族與婦女〉，《近代中國女權論述——國族、翻譯、與性別

究對象，討論中國二、三〇年代的婦女解放觀；文中歸結婦女解放常常與民族主義問題結合在一起，女性尋求另一種解放的可能結果卻往往受到政權及父權的雙重阻撓。[67]

　　另外，許多中外研究學者如周蕾、劉禾、孟悅、戴錦華等人亦指出，五四男作家討論女性問題時特別側重的社會價值取向。與人道主義、個性解放、民主科學一樣，「婦女」只是象徵性地滿足當時政治願望的一個意識型態籌碼而已。[68]例如魯迅〈傷逝〉中的女主角子君，雖然努力脫離傳統父權掌控，藉私奔獲得戀愛婚姻自由，卻又不幸地落入夫權至上的舊式婚姻模式。簡瑛瑛在〈叛逆女性的絕叫──中西「新女性」形象比

政治》(台北，台灣學生書局出版，2000年)，頁129~200。

[67]　請參閱吳怡萍著《北伐前後婦女解放觀的轉變》，國立政治大學歷史研究所碩士論文，1994年。二十世紀初以來的性別觀念與國家主義的關係，多有學者著文，其他例如：Ono Kazuko, *Chinese Women in a Century of Revolution*, 1850-1950, ed., Joshua A. Fogel (Stanford: Stanford University Press, 1989), pp.59~65.此書中的第四章 "Women in the 1911 Revolution" pp.54~92，不但對辛亥革命前後的女性參與建國的活動詳實描敘，更對男性革命家們吸收利用女性資源卻吝於分享權力的史實批判有加。Gail Hershatter, *Dangerous Pleasure: Prostitution and Modernity in Twentieth-Century Shanghai* (Berkeley: University of California Press, 1997); Meng Yue (孟悅), "Female Images and National Myth" in Tani Barlow edited, *Gender Politics in Modern China* (Durham: Duke University Press, 1993).

[68]　周蕾《婦女與中國現代性》(台北，麥田出版，1995年)；孟悅、戴錦華《浮出歷史地表》(台北，時報出版，1993年)；劉禾〈文本、批評與民族國家文學〉，《批評空間的開創》(上海東方出版，1998年)，頁295~316。

較〉專文中指出，〈傷逝〉的重點不在於它展示了魯迅對於婦女解放的看法，而是透過婦女解放這個主題揭示作者更迫切關注的核心「即中國婦女的解放並不是性別本身的問題，而是中國社會、政治、經濟問題的一部份」。⑥換句話說，魯迅透過子君這位中國娜拉傳遞他關注的重點在於中國經濟與社會的解放，而非社會結構底下生理性別與社會性別的權力關係。⑦因此，在現代文學之父魯迅的筆下，作為新女性代表的子君，不是被作者用來審判封建之罪惡，就是用以開闢男性大敘述的場域。

又如周蕾在其專著《婦女與中國現代性》一書中，對於歷來給予許地山的〈春桃〉的正面評價提出相反的看法。論者指出，即使女主角春桃被描寫成一個我行我素、不受禮教規範、堅強剛毅的「健康」女性，骨子裏，她卻還是完全服膺於傳統儒家父權秩序的中心法則。⑦小說描寫春桃除了「身子乾淨」，且暗示她在性方面並無越軌之舉；當李茂要還她龍鳳帖，表明二人從此沒有夫妻關係，春桃急急表明一夜夫妻百日恩，她始

---

⑥　簡瑛瑛著〈叛逆女性的絕叫──中西「新女性」形象比較〉，《何處是女兒家：女性主義與中西比較文學／文化研究》(台北，聯合文學出版，1998年)。

⑦　魯迅發表於〈傷逝〉之前的演說〈娜拉走後怎樣〉，文中強調「經濟權」的獲得才是娜拉最需要的，那是中國婦女解放的根本之道。

⑦　周蕾〈愛(人的)女人──被虐狂、狂想和母親的理想化〉，《婦女與中國現代性》(台北，麥田出版，1995年)，頁277~287。

終是李茂的妻子。周蕾對此批評道：

> 春桃的「德」令她的完美更加突出……她的行為又一次
> 向中國傳統婦女要求做出「自我犧牲」的投誠……許地
> 山的描述彷彿在說：這個收廢紙的女人，比誰都要貞潔，
> 比誰都要美善，亦比研讀儒家聖賢書的知識份子更忠於
> 儒家的行為規範。……原本小說因為將一位低下階層婦
> 女理想化，而為中國女性形象開拓途徑的可能性，在此
> 觸礁。原因是關乎中國婦女的女性特質，以及性別如何
> 被這個文化樽節所討論，早在上述「非性欲化」以及道
> 德使命的描寫過程裏被終止了。（頁286）

無疑地，許地山對春桃這個角色無懈可擊的理想化描繪，確實
可以為當時婦女形象匯注一股新氣息；但是很明顯地，這種處
於邊緣地位而極度完美的女性形象，一樣是透過刪削她的性別
(sexuality)來形塑的。

　　正如五四著名女作家廬隱直言不諱地挑明，婦女解放運動
最先總是由男性來提倡，而女性總是處於某種「被解放」的地
位。❷在曾為婦女處境代言的新文化先驅者筆下，我們看到女
性的問題得以浮出檯面，但是也同時有所側重以及被刪削。五
四男性大師只一味地將婦女作為封建罪惡的結果、推翻帝制的

---

❷　廬隱〈"女子成美會"希望於婦女〉，《廬隱散文全集》(河南，中原農
　　民出版，1996年)，頁159~160。

理由，至於男性中心的文化環境如何強制著女性的生存，似乎不是他們所關注考察的內容。五四男性知識份子，總是期待女性擁有足夠的勇敢熱情走向社會，很可惜的是他們普遍地注意到現代女性生活的社會性層面，而對一個性別主體內在實際的需求，卻無法從一個女性主體的視點出發，透徹的理解與細膩地表達。❼❸我們很難替男性辯稱推動現代中國的改革，不是為了重新鞏固父權社會結構的完整；就如女作家盧隱所言，中國婦女的解放，本身就是一件弔詭並且令人沮喪的事實。

三、女性的現代性想像：研究目的、方法及論文架構

儘管二十世紀已在後現代一片炫爛華麗光影中走入歷史，喧騰紛擾整個世紀的國族主體、性別論述並未就此告一段落。二十世紀初，五四造就中國第一批現代女作家—集合性別、國族等現代性特質—成為新歷史的最佳見證人，五四女作家對「現代性」的琢磨與辯證，或許可以成為我們眺瞰中國主體形構的另一扇窗口。本論文以五四女性小說為研究對象，選取二○年代在中國文壇已具創作成就與地位的女作家為主，她們分別是陳衡哲、蘇雪林、盧隱、凌叔華、馮沅君、冰心和石評梅（以

---

❼❸　殷國民、陳志紅〈娜拉走後怎樣？——談幾位男性作家筆下的知識女性形象〉，《中國現當代小說中的知識女性》(廣州，廣東高等教育出版，1990年)，頁60~80。

出生年代先後順序作排列），共計七人。論文所涵蓋的「五四文學」時間採取目前學界對中國現代文學史分期的劃定，亦即自一九一七年到一九二七年之間。此中，又以二〇年代末至三〇年代初的一小段時間爲「五四文學」影響的後續觀察。總括本論文對五四女性小說研究的時間界定在文學革命以迄三〇年代初期，所持理由有下列幾點。首先，以一九一七年爲論文研究的起始，除了是年爲推動白話文學革命的歷史意義之外，更重要的是中國第一篇白話小說的出現，五四女作家陳衡哲的〈一日〉，就是寫於一九一七年。陳衡哲的短篇小說〈一日〉(1917)早於文學史所公認的魯迅〈狂人日記〉(1918)，不僅重寫中國「現代」文學史的歷史記錄，更是作爲象徵現代女性文學創作的精神標竿。其次，五四女作家的文壇活動時間幾乎集中在二〇年代，自三〇年代開始她們的創作量明顯銳減。我以三〇年代初期做爲研究觀察的終迄，主要原因在於本文的最後一章章旨在於討論五四女性小說對後續女性創作的影響。也就是說由五四女性小說開展的「第二現代性」特質，它如何在往後三、四〇年代的女性文學裏繼續深化與變化？緣此，我需要將五四女作家們在創作後期亦即三〇年代初期的作品，一併納入本文的分析和討論範圍。這些文本既不與論文主旨相互矛盾衝突，尤有甚者，它們更可以加入三〇年代女作家創作的行列，與之唱和共鳴。而這樣的結果更暗示著，歷來我們對現代女性文學史的分期主要仍是依附比照一般文學史的劃分，這樣的定論可能需要再進一步的推敲與商榷。

　　選定「**第二／現代性**」爲本書研究主題，其目的與用意就在於重新閱讀歷來易受漠視的「五四」時期的女性小說創作，並藉此嘗試論證中國五四文學裏不同的現代性想像。如此，本論文題目「**第二／現代性**」的意旨不言自明。簡單地說，就是五四「女性」這個有別於男性的「第二性」（在此我希望暫時泯除這個詞彙的任何負面貶抑之意）的身份位置，五四女作家們解讀的與同時期男性文人標舉的中國現代性之間有何不同？五四女作家們的意見可否提供我們在一個共時性與對照性的閱讀過程中，發掘中國文學現代性想像的其他可能？因此，「**第二／現代性**」它同時含括了二十世紀初中國「**女性的現代性**」以及中國「**第二種現代性**」的企圖。

　　「**第二／現代性**」同時也預示了本文的研究方法。我對五四女性小說的閱讀，首先是在五四文學的現代性表現的架構下，採取主題式的女性主義文學批評立場。諸如性別主體與國家、民族、階級的關係，女性對愛情、親情的琢磨等等，圍繞著五四的種種現代性論述，「女性」與「個人主義」、「感時憂國」可能的對話內容都是本論文的研究範圍。因此，視各章節之主題選取適用的女性主義文學批評理論，或許較爲恰當。

　　再者，在一特定的時代框架和社會階級中研究一群女作家，我們不應該將她們與主流文學、文化論述隔絕孤立起來。因爲這樣的作法往往會導致一種強化文化成規的批評。一樣地，研究五四女性小說需要在批評的同時被歷史地對待，置於一理論框架中，而不僅僅是作爲流行文化的片段。將五四女性

小說重新置回二〇年代中國的歷史語境下解讀，其目的就在於透過共時性與對照性閱讀，希望同中求異、異中取同，爲五四女性創作尋找一適當的歷史定位並彰顯其特出意義。這樣的詮釋立場，不僅是對五四女性小說所呈顯的女性自我以及女性寫作的發現和肯定，更是有益於增捕中國文學之現代性想像的深度與廣度。

　　本書的第一個研究篇章，明顯可見是以鋪設、說明主要相關的理論架構爲重點。第二章則以中國第一批現代女作家的養成，以及歷來對五四女性小說的評論和定位作爲闡述的方向。首先我要爬梳五四女作家的出生學養及文壇表現和經歷，說明中國第一批現代女作家的時代歷史意義。其次，正因爲她們是一批時代產兒，我要從感時憂國與個人主義這兩個方向，分述五四女性創作的表現。最後，我們需要再一次回顧審視歷來對五四女性文學的評論內容，並且分析這些批評所持的觀點立場。五四的文評標準，導致我們在閱讀中國現代文學的視焦或方法論上產生種種圍限。因此，女作家在與男性文本內容的一貫性話語中所出現的差異性，導致時人與後人的負面批評。分析五四女性創作的各種研究局限，得以再次確立以下幾章的論述重心。

　　在本書第三章，我繼之要討論五四女性文學對個人主義主流論述的質疑與建構。五四的現代性追求過程裏，浪漫個人主義激發五四一代青年積極爭取「主體自由」與「自我實現」。但是我們將從女性文本中看到她們對這兩個方向抱持的不同意

見。第一小節的部份我將詳細檢閱五四女性小說，特別是歷來不被注意或者過於輕忽的作品，從中我們可以發現新女性爭取主體自由後面臨的許多新困境。第二小節的重點則放在五四女性小說所展現出來的性別意識，如何對個人主義「自我實現」的內涵稍加修正或予以重建。面對自我生命裏的種種選擇權，五四女作家細膩剖陳新女性在開展創造生命新境界的衝動、掙扎和猶豫。文本不僅清楚折射二〇年代女性的處境，她們勇敢表達自我的女性觀，更爲日後女性自覺意識的濫觴。

第四章主要著眼於性別與國家、女性身體與民族主體之間的映證與辯證。當然，另一個企圖即在於打破中國現代文學史上定位五四女作家「閨秀格局」的偏見。五四女性小說對戰爭革命的描寫與革命女性形象的塑造，還有社會階級意識的萌發，相較同時期的男性文人，五四女作家表現感時憂國的責任使命亦不遑多讓。我們還得以從中發現女作家的愛國意識與主流觀念有所不同，這些適足以爲五四女性的家國論述的特點。其次，在一股不惜一切要把中國現代化的熱情中，深藏在五四人潛意識裏對現代性與民族主義的重重矛盾及焦慮卻在女性文本中得到了某種程度的釋放。五四女作家在創作裏傳遞了她們對西方世界與國族主義的錯綜複雜的情緒與看法。

至於最後第五章的部份除了總結以上四章論點，更希望藉由五四女性小說建構的「第二／現代性」，開展往後中國三〇、四〇年代女性文學的特質。五四女性小說的現代性想像事實上不僅持續影響往後三〇年代以迄四〇年代中國現代女作家的創

作特質，此中並且產生深化和轉化的趨向。這樣的發現無疑暗示我們對於歷來中國現代女性文學史的分期和定論，或許需要再細思與商榷。

　　中國新文學創作的女性人才輩出，但是很可惜地，彼時許多的女性創作者，其人其文皆如曇花一現。在時局的動盪、政治的壓迫以及主導文化、社會資源分配的結構體制下，我們至今更不復見當時女性創作的蹤跡。所幸，時隔半百，中國大陸在政治、社會、經濟、文化漸次鬆綁、復甦的情況下，這些自「五四」以迄四九年以前的女性創作，得已再次被憶起並重新出版。⑭顯影五四文壇的女作家人數並不算少，她們所觸及的問題，其前衛深入處，亦不亞於後之來者。透過五四女性小說，我們期待在一個共時性與對照性的閱讀過程中，發掘中國文學現代性想像的其他可能。

---

⑭　特別是在九〇年代，上海古籍出版社印行的「虹影叢書」，是有計劃的陸續出版一系列中國現代女性創作的重要書目。再者，如中原農民出版社出版的「中國現代才女文集」、華夏出版社的「中國現代文學百家」等等，都針對現代女性創作給予相當完整的整理和發行。可以說，這些女作家文集的重新出土，對不管是研究女性文學或是整個中國現代文學的研究者而言，是重要且難能可貴的資源。

第二章　現代女性文學的啓幕及定位

　　五四運動的歷史契機再加上近代婦女解放運動的催化，加速中國文壇第一批現代女作家的崛起；這一批富有才華的現代知識女性的創作，爲五四新文學注入別具風采的篇章。現今我們所謂「五四女作家」，就是因爲她們是一群生氣勃勃的時代女性而予以名之的。五四女作家群中，有先於魯迅及文學革命的號召、第一位以白話文體創作的陳衡哲。有最早響應五四運動因而被震上文壇、成爲新文學發軔期重要作家之一的冰心。作品充滿五四時代氛圍、以「問題小說」同冰心齊名的盧隱。還有爲人格獨立、婚戀自由熱情謳歌的馮沅君，以及凌叔華、蘇雪林、石評梅等各具五四氣息的女作家。儘管她們的創作起步時間不盡相同，反帝、反封建、爭取婦女自由解放的人生姿態也並不完全一致，然而，她們身上都程度不同地烙下五四的歷史印記。

　　五四女作家是中國現代史上第一批獲得發言權、講壇及聽眾的性別群體的文化代言人。優越甚至顯赫的家世背景，令她們享有高等教育與學識涵養，不僅成爲新時代女性知識精英，

並促使她們躋身現代文壇，參與許多文學活動。知識的進展、
眼界的開拓，再加上現代婦女在很大程度上的自由解放，五四
女作家與當時的男性文人一樣，作品承載著「感時憂國」與「個
人主義」的社會使命與現代精神。然而，女性的社會性別及其
社會位置，讓五四女作家在「為人」的表現裏，同時也察覺到
一些不同的問題。她們對主流文學與文化樂觀信奉、大力促銷
的現代性理念，不僅顯得遲疑與質疑，甚至進一步傳達了她們
自己的意見。五四女性文學展現出來的不同視域，卻也使得當
時不少文評家對她們發出「缺乏現實關懷」、「不夠堅決勇敢」
的訾議。以迄當代我們對五四女性文學的研究，無論是作品的
歷史意義抑或女作家的性別意識，仍不免詬詈她們的文學成就
有限以及思想意識上的雜質。

　　研究五四女性創作，我們不應以當時主流文學單一的品評
來判斷她們如何未能達到五四文學的現代性標準；也不應該一
味採取當代的批評理論，對照女作家及其作品意識的種種不
足。我們應該重新審慎考慮的是，在一個與五四文學傳統的共
時性閱讀以及對話過程裏，五四女性文學凸顯出那些個人局限
與社會條件的壓抑？換句話說，我們應該將五四女作家置放於
五四的歷史脈絡與文學語境中，重新濾析她們作品所傳遞的訊
息。五四女作家寫些什麼？如何寫？與之對照五四文學主流有
何同質／異質性？這些種種都將益助我們增修補充五四文學所
含括的現代性概念及其意涵。

　　本章「現代女性文學的啓幕及定位」，首先要爬梳五四女

作家的出生學養及文壇表現和經歷，說明中國第一批現代女作家的時代歷史意義。其次，正因爲她們是一批時代產兒，我要從感時憂國與個人主義這兩個面向，分述五四女性小說的表現。再者，她們在與男性文本內容的一貫性話語中又產生差異性聲音，何以導致時人與後人的批評？此爲本章第三節的討論重點。第二章貫串以上的說明及分析，方得以繼續闡釋往後幾章關於五四女性文學的現代性表述的問題。

第一節　　出生學養與文壇經歷

一、知識女性

五四女作家大都出身於官宦仕家抑或書相門第。❶陳衡哲、蘇雪林、凌叔華、盧隱的父親皆是前朝官要；冰心來自一個海軍軍官家庭；馮沅君、石評梅的父親則爲進士或舉人。正因爲這樣的家世背景，使得五四女作家們相對地享有較多的資源──自幼即接受傳統教育的薰陶，而在中國廣大婦女尙爲衣食溫飽愁擾的時候，她們大多數已進入正規新式學校，成爲中

---

❶　關於五四女作家生平及創作簡介，可參閱本章第一節末尾【表一】的部份。至於詳盡的作家生平小傳以及文學創作概覽，請見本論文之【附錄一】。

國官辦高等學府中最早的女學生。

　　五四女作家求學活動的地點大都在北京；她們不是就讀當時北京最高女子學府——國立女子高等師範學校，就是畢業於廣受稱譽的燕京大學。前者如蘇雪林、廬隱、馮沅君及石評梅，她們幾位還是就讀女高師時期的同學；後者如凌叔華與冰心。陳衡哲的求學背景與其他女作家們稍有不同，她在蔡元培創辦的上海愛國女校就讀後，一九一四年順利通過考試，成為第一批官費留學生。❷陳衡哲於當時美國最著名的五所女子大學之一瓦沙 (Vassar College)歷史系畢業後，接著又進芝加哥大學攻取碩士學位，回國先後擔任北京大學及四川大學歷史系教授。一九二〇年北大開放大學女禁之初，校長蔡元培即致電陳衡哲，聘請她為北大歷史系教授。陳衡哲首開風氣之先，成為中國現代史上第一位女教授。❸

　　不獨陳衡哲，其他女作家在接受古典文學、國學的薰陶以及新式學校的專業知識訓練後，她們其中有過半數者涵歐風沐美雨，負笈海外求學。五四女作家的留學生身份，是中國婦女由無才、無學、無職業的傳統附屬地位，轉向才學兼備的現代獨立女性過程中的最高精英。❹她們是中國婦女裏最早自主地

---

❷　陳衡哲〈我幼時求學的經過〉，《西風》(上海，上海古籍出版社，1997年)，頁94。

❸　閻純德〈陳衡哲〉，《中國現代女作家》(哈爾濱，黑龍江人民出版社，1993年)，頁313~314。

❹　請參閱孫石月著《中國近代女子留學史》第十一章〈近代留學女子的貢

爭取接受西方教育並且有著新思想、新觀念的一代，隨著高等
教育的發展，她們回國後又大多走上大學講壇，在教學、教研
方面作出相當可觀的成績。例如，馮沅君一九二五年自北大國
學門研究所畢業後，在一九二九年又赴法國進修；她考入巴黎
大學文學院專事古典詩詞的研究，於一九三五年獲博士學位，
歸國後在天津、河北、武漢等大學任教。❺再者，蘇雪林肄業
於法國里昂大學附屬藝術學院，回國先後在蘇州、上海、安徽
各大學執鞭。❻而冰心也取得美國威爾斯利大學(Wellesley
College)碩士學位，爾後相繼於燕京大學、北平女子文理學院、
清華大學任教。❼

　　另外，廬隱及石評梅兩人自女高師畢業後，分別在北京、
上海各所中學服務；廬隱並且擔任北京平民教育促進會的文學
編輯，親自編寫許多教材，致力推動平民教育。至於北京古城
豐富的文化環境再加上家世背景的薰陶，更是啓迪了凌叔華在
書畫方面的天資稟賦。一九二六年凌叔華從燕京大學外文系畢
業，以優異成績獲得該校金鑰匙獎，隨後便由北京故宮博物院

　　獻〉，(北京，中國和平出版社，1995年)，頁320~327。

❺　孫瑞珍〈馮沅君〉，閻純德主編《中國現代女作家》(哈爾濱，黑龍江人
　　民出版社，1983年)，頁117~118。

❻　閻純德〈蘇雪林：從《棘心》到屈賦研究〉，《二十世紀中國女作家研
　　究》(北京，北京語言文化大學出版，2000年)，頁50~51、55~56、59~60。

❼　冰心〈在美留學的三年〉，林樂齊、郁華編《冰心自敘》(北京，團結出
　　版社，1996年)，頁175~180。

聘請爲書法繪畫鑑審專員。❽凌叔華在書畫方面的才華素養不僅增益她在文學創作上獨樹一幟的風格，其專業知識更令她在往後旅居歐美各國的數十年裏，宣揚中國文粹不遺餘力。可以說，身爲中國現代知識女性，五四女作家們不但是文學創作者，更是專業的學術精英。她們在各自的專業領域裏奠定中國現代婦女的事業陣地，樹立五四一代的新女性形象。

二、初試啼聲

　　五四女作家在文壇上的初試啼聲，通常與響應白話文運動（如陳衡哲、蘇雪林）或推動五四學潮（如冰心、盧隱）有關。她們與當時的文學社團相過從，文學活動範圍自然也是集中在北京。除了以北京爲活動中心，她們在與學術團體保持密切關係的同時，也與政治拉開適度的距離。

　　一九一七年《留美學生季報上》刊登陳衡哲的作品〈一日〉，這是中國第一篇白話小說的創作。❾陳衡哲留學美國，於一九一五年即結識任叔永，當時任叔永與胡適一同擔任《留美學生季報》的主編，他們常邀請陳衡哲爲季報撰稿。這個時期的中國文壇正蘊釀著巨變。陳獨秀在一九一五年九月發表〈敬告青年〉一文，率先搖舉反封建文化的大旗，在美留學的胡適很快

---

❽　閻純德〈凌叔華〉，《中國現代女作家》(哈爾濱，黑龍江人民出版社，1983年)，頁445。

❾　陳衡哲〈一日〉，《西風》(上海，上海古籍出版，1998年)，頁8~19

起而應之，先是提出語言改革的「八不主義」，繼之於一九一七年在《新青年》第二卷第五期中發表〈文學改良芻議〉積極主張白話文運動。胡適的文學革命受到同在美國的學友梅光迪等強烈反對，另外，任叔永與朱經農等人亦有不同的意見。當胡適等人尙爲新文學問題而爭論不休之際，陳衡哲早以實際的行動嘗試白話文爲新的書寫方式。❿一九一七年，《留美學生季報》上刊登陳衡哲的〈一日〉，比現代文學史公認的新文學短篇小說開山之作——魯迅的〈狂人日記〉，還要早上一年。〈一日〉用若干場景勾勒出美國某一女子大學女學生一日裏的生活片斷，具有素描速寫的特點。這篇以白話文體書寫、實驗性質濃厚的小說，雖然創作技巧未臻純熟，但是卻改寫了中國現代小說史的歷史記錄，讓女作家陳衡哲榮摘新文學先鋒的桂冠。

　　蘇雪林就讀女高師期間，適逢五四運動爆發，當時有不少女學生時興做起白話文章；她雖然埋首古典文學的研究，但也

❿　胡適在《嘗試集》的自序中追述當年在美國和一班朋友討論語言及文學問題的往事，後來藉爲陳衡哲的小說集《小雨點》作序的機會，又補說了自己的感受，其中寫道：「民國五年七、八月間，我同梅、任諸君討論文學問題最多，又最激烈。莎菲〔陳衡哲的筆名〕那時在綺色佳過夏，故知道我們的辯論文字。她雖然沒有加入討論，她的同情卻在我的主張的一方面……她不曾積極地加入這個筆戰，但她對於我的主張的同情，給了我不少的安慰與鼓舞。她是我的一個罪早的同志。」從陳衡哲最早小寫作白話小說來看，胡適稱陳衡哲爲「最早的同志」是有其道理的。詳細內容請參閱陳衡哲短篇小說集《小雨點‧胡適序》(上海，新月書店出版，1928年)的部份。

常常參加一些新文藝作品的討論會，在報刊上發表若干白話小說和雜文。五四時代思潮衝擊蘇雪林關注社會、政治、人生等問題；〈人口問題研究〉、〈新生活裏的婦女問題〉、〈沉淪中的婦女〉、〈家庭〉、〈自由交愛論〉等數十篇政論和雜文，雖然不是純粹文學創作，卻是體現作者早期思想的一個重要部份。文壇盛行的寫實主義對蘇雪林亦有相當的影響，在她最初的作品中，有著對下層人民悲苦人生的同情；凍死雪地的小乞兒、飽受婆婆虐待的童養媳、受封建迷信誘騙的女人……等，都曾是她寫作小說的題材。❶不過蘇雪林在中國文壇上真正的發聲，則要等到她留法歸來之後。二〇年代末先後出版的兩部作品：散文集《綠天》和長篇小說《棘心》，體現蘇雪林在創作方向上的調整，作品同時傳達「為藝術」與「為人生」的美學取向。❷

冰心在五四運動爆發時隨即加入學運，擔任協和女子大學學生自治會的文書工作以及北京女學界聯合會的成員。除了上街宣傳愛國運動、募款和演出，她並撰寫愛國文章，其中還提出對新時代女學生的看法，如〈"破壞與建設時代"的女學生〉。❸刊登在《晨報・副刊》上〈二十一日聽審的感想〉是

---

❶ 閻純德〈蘇雪林：從《棘心》到屈賦研究〉，《二十世紀中國女作家研究》(北京，北京語言文化大學出版社，2000年)，頁48。

❷ 蘇雪林第一部散文集《綠天》，(上海，北新書局出版，1928年)；長篇小說《棘心》(上海，北新書局出版，1929年)。

❸ 冰心〈從"五四"到"四五"〉、〈《冰心全集自序──我的文學生活》〉，

她發表的第一篇作品。❹一九二一年夏，冰心於燕京女子大學理預科畢業，但隨即又轉系直接進入該校文科二年級，這次棄醫從文的舉動，更進一步促成她走向寫作一途。❺

　　除了冰心，在五四初始即發表文章的女作家還有盧隱。❻一九二〇年在《晨報·副刊》上刊登的〈「女子成美會」希望於婦女〉，是盧隱的散文處女作；一年后，小說〈一個著作家〉又發表在《時事新報》上。自此，盧隱步入現代文壇，開始她往後十四年豐富多采的創作生涯。❼同時期文學研究會在北京成立，盧隱更是第一位參與的女作家，時和茅盾、鄭振鐸、許地山等人相交遊。

　　五四女作家裏，特別有幾位是交往密切的；例如與盧隱情

　　《冰心自敘》(北京，團結出版社，1996年)，頁135~141、143~153。

❹　冰心〈我的第一篇文章〉，《冰心自敘》，頁158~159。另外〈二十一日聽審的感想〉亦收錄於此。

❺　冰心〈我的大學生涯〉，《冰心自敘》，頁97~105。

❻　在討論中國現代早期女作家的研究文章裏，通常可見將盧隱與冰心（有時亦加上陳衡哲）歸於一類。這樣的劃分，除了她們是新文學創作史上最早的幾位女作家以外，更重要的是因爲她們一開始就是以創作「問題小說」蜚聲文壇。這三位女性都在作品中表現對社會及人生的執著與探尋。冰心在執著中融入對人類世界的愛與期待；盧隱將這股執著化爲對社會的怒吼；陳衡哲則於其中注入較多的理性，冷靜平和地尋找解決之道。

❼　〈「女子成美會」希望於婦女〉及〈一個著作家〉分別收錄於《盧隱散文全集》（河南，中原農民出版，1996年）、《盧隱小說全集》（吉林，時代文藝出版，1997年）。

誼深厚的石評梅，她們兩人在就讀北京女高師時即爲知己摯友，不僅生活中形同姐妹，文事上亦志同道合。石評梅酷愛文學，以寫作新詩聞名；但她第一篇問世之作，卻是一九二二年四月刊登在《晨報‧副刊》上的一個六幕劇〈這是誰的罪？〉。❶劇本內容描寫一對回國留學生甫仁和冰華的婚姻悲劇。男女主角互相愛戀卻無力抵抗包辦婚姻，於是在甫仁被迫與另一位女子素貞結婚之際，冰華暗中毒死了新娘，而後男女主角私下完婚並且雙雙自盡。因爲劇情是衝突性的結局，此劇發表後引起文化界諸多爭論。石評梅在答辯文章裏申明劇作的主旨，她認爲這個劇本是源自現實生活而產生的，一個示人以生而非示人以死的暗示劇，「既正面的揭示那頑固父母與專制家庭的罪惡，而又是反面的警告那青年男女的慎重用情」。❶從作者的詮釋，凸顯出她對婚戀自由與社會秩序責任的審愼思考。總括石評梅的創作，詩歌、散文和小說皆可見於當時《晨報‧副刊》、《國風日報》、《學匯》、《京報‧副刊》、《語絲》等報刊。❷在她執教北京師大附中七年的時間裏，分別以「評梅」、「波微」、「漱雪」、「沁珠」等爲筆名，發表不少佳作。

---

❶　白舒榮〈石評梅〉，閻純德主編《中國現代女作家》(哈爾濱，黑龍江人民出版社，1993年)，頁121~122。

❶　石評梅〈與止水先生論拙著〈這是誰的罪〉的劇本〉，見柯興著，《石評梅傳》(北京，群眾出版社，1999年)，頁416~418。

❷　白舒榮〈石評梅〉，閻純德主編《中國現代女作家》(哈爾濱，黑龍江人民出版社，1993年)，頁121。

　　馮沅君與凌叔華二人雖然是五四女作家群中稍晚現身文壇者；但是她們兩人一出筆即各自以不同的創作題材和文學風格，博取文壇一片驚豔讚賞之聲。一九二二年，馮沅君從女高師畢業，而後考入北京大學研究所國學門，研習中國古典文學。在這個期間，馮沅君亦開始她的新文學創作。一九二四年，《創造季刊》上刊登了馮沅君以「淦女士」爲筆名寫作的短篇小說〈隔絕〉，此後在《創造季刊》、《創造周刊》和《語絲》等刊物上，不時出現淦女士的文章發表其間。❷馮沅君與創造社的關係較密切，作品除了多在該社刊物上發表，作者本人的文藝觀也明顯偏重主觀以及個性的發揮。雖然作者擅寫新時代青年的苦悶與戀愛悲歡，但她個人對於國家社會的關懷絲毫不遜於他人。馮沅君在女高師求學時期，同樣也是積極加入反封建舊勢力的抗爭陣營。五四前夕，女高師的學生欲上街參加反對日本帝國主義侵略的遊行活動，卻受到校方緊閉校門、禁止學生前往的阻撓。馮沅君就是首先站出來鼓吹同學反抗的領導人之一；她以石塊敲毀校門鐵鍊，幫助同學逃離校園與其他學校的學生相會合，其勇敢堅決的精神受到同學的愛戴和讚揚。❷

　　歷來只要是論及五四女性文學，凌叔華必爲最具代表性的女作家之一。她的小說宛若一枝出水芙蓉，文采超眾，引人注

---

❷　孫瑞珍〈馮沅君〉，閻純德主編《中國現代女作家》(哈爾濱，黑龍江人民出版社，1983年)，頁111。

❷　同上註，頁108~110。

目。凌叔華於一九二四年一月的《晨報·副刊》增刊上，以「瑞唐」為筆名在發表短篇小說處女作〈女兒身世太淒涼〉，接著又發表散文〈朝霧中的哈大門大街〉等文章。**㉓**一九二五年，凌叔華在陳源等人主編的《現代評論》發表短篇小說〈酒後〉，開始引起文壇的注意；爾後她又在《晨報副鐫》、《燕大周刊》、《新月》、《文學雜誌》、《大公文藝》等刊物發表多篇小說。**㉔**作者描繪高門巨族和中產階級女性的孤寂憂鬱，觀察細膩，落筆謹慎，才華及情感都是深蘊於內而不露於外；不僅博引廣泛讀者的喜愛，亦奠定凌叔華在中國現代文學史上的成就與地位。

三、文學活動

五四女作家多才多藝，她們不僅熱衷文學創作，更在組織、編輯文學刊物上表現過人的才華與成績。作為文學刊物幕後的女性推手，她們因此得以提攜同時期的許多女性創作者，為激發彰揚女性創作的天份才能而費心盡力。石評梅在二〇年代中

㉓ 凌叔華的小說創作始自一九二四年的〈女兒身世太淒涼〉，然而，一九二三年八月二十五日刊載《晨報·副刊》的〈讀了純陽性討論的感想〉卻是作者可見的最早的議論性文章。請參閱陳學勇編《凌叔華文存》(成都，四川文藝出版社，1998年)，頁805。

㉔ 閻純德〈凌叔華〉，《中國現代女作家》(哈爾濱，黑龍江人民出版社，1983年)，頁443。

期，與好友陸晶清主編《京報副刊·婦女周刊》以及《世界日報·薔薇周刊》。這是石評梅除了創作以外的另一項文學成就，可謂二〇年代女作家擔任刊物主編的首要開端。石評梅闡述《婦女周刊》的成立宗旨：

> 光明燦爛的地球上，確有一部份的人，是禁鎖幽閉，蜷伏在黑暗深邃的幕下；悠長的時間內，都在禮教的桎梏中呻吟，箝制的淫威下潛伏著。展開過去的歷史，雖然未曾泯滅盡共支人類的女性之軸，不過我們的聰明智慧大多數都努力於賢順貞節，以占得一席，目為無上光榮。堪嘆多少才能都埋沒在柴米油鹽，描鸞繡鳳，除了少數垂廉秉政的政治家，吟風弄月的文學家。㉕

她明白揭示雖然現代女性愧於自身才學所缺，不敢效董狐之筆，但是女性卻懷著滿腔赤血熱情，勇敢粉碎拋棄舊道德禮教的束縛。《婦女周刊》成立的最大目標就在於希望藉此發輝女性的藝術天才，創造未來的新生。

又如盧隱，不僅是《京報·副刊》的特約撰稿人，並且致力推行平民教育，一九二九年盧隱又與友人瞿世英、于賡虞合編《華嚴半月刊》。「華嚴」二字係取其文章有藻飾又有莊嚴態度之意。這本刊物由他們共組的華嚴書屋印行，迄該年八月

㉕　石評梅〈《婦女周刊》發刊詞〉，《石評梅散文全集》(河南，中原農民出版社，1996年)，頁294。

為止，總共發行了八期。❷

　　由凌叔華在一九三五年創辦的《武漢日報》副刊《現代文藝》，前後大約二年，使得《現代文藝》成為與京津遙相呼應的又一京派陣地，並且推動了原先比較沉寂的武漢及華中地區的文藝活動。❷在凌叔華的主持下，《現代文藝》標榜不為任何主義宣傳、戒除黨同伐異的惡習，為文學創作注入清新的活水。最重要的是，《現代文藝》結合提拔了一批新舊作家，其中女性之多，引人注目。凌叔華在〈《武漢日報》副刊《現代文藝》停刊之詞〉文中清楚申明：

　　　　……我們現在把過去的九十五期，翻閱一過，作者人名
　　　　之多，範圍之廣，可以說是本刊的一種特色。女作家之
　　　　多，差不多佔了本刊一半的篇幅：雪林，陳衡哲，叔華，
　　　　徐芳，袁昌英，冷綃，楊剛，沈櫻，羅洪，維特，陳藍，
　　　　冰心，蔣恩鈿，謝緩，青子，微沫，這些名字，眼生的，
　　　　眼熟的，已經享有盛名的，將來有遠大前程的，這張網

---

❷　詳細內容請見〈廬隱自傳〉，《廬隱散文全集》(河南，中原農民出版社，1996年)，頁507。

❷　凌叔華在〈《武漢日報》副報《現代文藝》發刊詞〉一文中，明白表示該刊物的成立宗旨：「第一，我們不想借本刊宣傳什麼主義……第二，我們想竭力戒除黨同伐異的惡習……第三，我們願借本刊盡一點提倡健全文學的義務……第四，我們主張本刊對於藝術須力求其完整…第五，本刊希望對華中文藝空氣的造成可以有點幫助……。」引文之完整內容可見陳學勇編《凌叔華文存》(成都，四川文藝出版，1998年)，頁809~814。

　　撒得不算不遠了。❷

三〇年代因政局動盪隨校方遷居武漢的凌叔華，我們看到她不但有更多膾炙人口的作品產生，更以一位女性主編者的身份，致力於開墾、維護一片讓女性創作得以發表的文藝園地，其成就與貢獻不得不令人讚服。

　　爲了讓上述關於她們的背景說明有更清晰、整體的呈現，筆者特意製圖表示（請見下圖【表一】）。回溯五四女作家們生長與發展的過程經歷，我們不難發現，她們由書香門第熟讀詩詞曲賦的大家閨秀，到京城、海外高等學府裏接受現代教育的知識女性，傳統保守和新式現代的兩種文化衝突，造就五四女作家們獨特敏感的思維向度。最明顯的莫過於她們先灌輸中國傳統的婦女觀念，後來再接受「現代化」西方教育裏的性別論述，比起同時期的男性知識份子與男性文友，應更有另一深層的體會。而她們在文壇或職場上活躍可觀的實務經驗，尤其粉碎一般動輒以「閨秀」作家稱之的誤導。

---

❷　引文部份摘錄自凌叔華著〈《武漢日報》副刊《現代文藝》停刊之詞〉，原載一九三六年十二月二十九日《武漢日報》副刊《現代文藝》第九十五期。全文收錄於陳學勇編《凌叔華文存》(成都，四川文藝出版，1998年)，頁809~818。

【表一】

生卒年	籍貫	本名／筆名	家世ıı／學養	文學活動及其他
陳衡哲 1893~1976	江蘇 武進	筆名莎菲	書相門第 美國瓦沙女子大學學士、芝加哥大學歷史碩士	「現代評論派」成員、北京大學及四川大學歷史系教授
蘇雪林 1897~1999	安徽 太平	本名蘇小梅 筆名綠漪、杜若、天嬰、靈芬……	官宦仕家 北京女子高等師範學校、法國里昂大學附屬藝術學院	一九四九年以前在蘇州、上海、安徽等各大學任教；一九五二年來台灣，先後爲台灣師範大學、成功大學教授
盧　隱 1898~1934	福建 閩侯	本名黃淑儀 筆名盧隱	官宦仕家 北京女子高等師範學校國文部畢業	「文學研究會」成員、北京平民教育促進會的文學編輯、成立華嚴書屋、主編《華嚴半月刊》

凌叔華 1900~1990	廣東 番禺	本名凌瑞棠 筆名叔華、瑞唐 女士、瑞棠、素 心、素華……	官宦仕家 燕京大學外文 系畢業	北京博物館書畫 鑑識專員、「現代 評論派」、「新月 派」成員、主編《武 漢日報》之副刊 《現代文藝》
馮沅君 1900~1974	河南 唐河	本名馮恭蘭 筆名沅君、淦女 士、漱巒、大 琦、易安……	書香門第 北京大學國學 研究所、法國 巴黎大學文學 博士	專事古典文學研 究,先後擔任武漢 大學、中山大學、 東北大學教授
冰　心 1900~1999	福建 長樂	本名謝婉瑩 筆名冰心	官宦仕家 燕京大學、美 國威爾斯利女 子大學文學碩 士	「文學研究會」成 員、相繼於燕京大 學、北平女子文理 學院、清華大學任 教
石評梅 1902~1928	山西 平定	本名石汝璧 筆名評梅、波 微、漱雪、沁珠	書香門第 北京女子高等 師範學校體育 系畢業	主編《京報副刊· 婦女周刊》以及 《世界日報·薔薇 周刊》、長期擔任 中學教師

第二節　五四女性小說的兩大路徑

　　五四女作家除了相似的出生、教育背景和文學活動範圍，最重要的是，她們的作品具有共同的基調。她們的文采不論典雅瑰麗或是樸實清華，情感不論均衡節制或是強烈率直，身為時代產兒，五四女性創作是上承古典閨秀餘緒並下開現代前衛新姿。她們的寫作直接面向社會，將自己的聲音投入時代旋律裏，試圖影響歷史的進程。當她們抒發個人內心的幽微心境時，亦無畏將之發表於公共論壇。可以說，五四女性小說同樣承載著「感時憂國」的社會使命以及「個人主義」的現代精神。只是女作家較少直接以社會議題、政治革命為素材來傳達她們感時憂國的精神。她們或者藉婦女處境投射個人對社會環境的失望，或者以贊美自然來體現對現實的厭惡。在個人主義自由解放的口號聲浪中，她們勇敢地說出自己作為「人」的要求；但是作品卻也不時出現她們自身的女性經驗與主流話語(discourses)逆反的結果。這些「美中不足」的現象或問題，正是她們對現代性想像的逸出與豐富之處，但這些必須留到後面兩章才來討論。在這一節，我們還是集中綜論五四女性小說的特點。

　　整體而言，五四女性小說大致可歸納為兩個主要面向。第一是取材婦女問題的社會寫實作品；這以陳衡哲、蘇雪林及凌叔華她們的創作為主要代表。第二則表現在個人主義影響下，

文本抒發追求主體自由和自我實現的特色；這又以廬隱、馮沅君、冰心和石評梅的小說創作最爲鮮明。這樣的分類自然有其片面性，事實上，五四女作家的創作、甚至同一部作品皆有同時包含這兩類特質的可能。但爲先求整體敘述之方便，僅擬女作家個人文學成就最受矚目推舉的部份作爲分類依據。下文將據此分述說明。

一、婦女問題的社會寫實

　　婦女問題在五四女性小說中占有很大的比重。五四時期，男性文人通常將婦女問題視爲社會問題的一部份，相較於此，女作家更多是立基女性視角來審視社會，進而表現出對各階層不同婦女境遇的關注。冰心〈最後的安息〉、〈莊鴻的姊姊〉、廬隱〈靈魂可以賣嗎？〉、蘇雪林〈童養媳〉、馮沅君〈貞婦〉都反映了封建壓迫下底層婦女的身心痛苦。㉔石評梅的短篇小

㉔　冰心與廬隱的寫作觸及社會題材，歷來較爲人所知，但蘇雪林與馮沅君的社會寫實作品就鮮爲人知了。蘇雪林早期寫實主義的作品有著對下層人民悲苦生活的同情，諸如凍死雪地的小乞兒、受盡公婆虐待的童養媳，或是貪圖貞節牌坊的虛榮而擔誤一生青春及幸福的可悲的女人，都曾成爲她寫作小說的題材。但是這一類作品迄今已不復見，作者是在日後隨筆中提及的。她最早期曾在《語絲》、《現代評論》、《北新半月刊》上發表的作品，針對封建罪惡的大家庭、封建婚姻、片面的貞操觀念以及兒童公育等當時社會議論的問題，都一一有所涉及。見蘇雪林〈我的創作〉，《蘇雪林文集》第四卷(合肥，安徽人民出版，1998年)，頁

說〈董二嫂〉，敘述者「我」不斷地隔牆聽到董二嫂受虐挨打的哭嚎聲，憤恨地慨嘆「什麼時候才認識了女人是人呢？」女作家自覺地為婦女獲得做為「人」的權利而大聲疾呼。優裕的物質條件固然使五四女作家們與一般民眾的真實生活產生隔膜，然而現代文明的新鮮空氣又促使她們特別敏感到中國封建殖民社會對人性、特別是對廣大婦女的壓迫與窒息。這些作品雖然稍有粗疏，但皆可見作者鮮明的情感以及文本本身濃厚的啟蒙色彩。

當然，五四女作家的筆墨畢竟還是更集中在自己所熟悉的資產階級或中產階級的生活領域。現代知識女性的人生道路，她們的追求與困惑、抗爭與挫折，自然而然成為女作家們表現的焦點。廬隱擅長描繪走出舊式家庭後年輕女性可能遭遇的困厄與苦悶徬徨。作品裏的女主角往往執著於自我發展，卻又在複雜險惡的社會現實裏手足無措，從而陷入難以解脫的煩惱。另外，還有部份作品傳達了婚姻責任對知識女性在事業、志趣各方面帶來的影響。馮沅君在〈隔絕〉、〈旅行〉等代表作裏，塑造一堅決勇敢向封建惡習挑戰的新女性形象。她們爭取婦女為「人」的尊嚴以及戀愛的自由，並深刻反映來自家庭與社會有形無形的巨大壓力在她們心靈上投下的陰影。

257~261。至於馮沅君的〈貞婦〉則為女主角何姑娘的思想性格與作者早期的新女性形象形成鮮明強烈對比。馮沅君沒有像寫作〈隔絕〉時在文本中過多地說理，卻將悲憤之情藏隱於現實主義的筆觸中，沉痛控訴當時廣大婦女所受的迫害。

　　五四女性小說中，取材婦女生活的寫實主題要以陳衡哲、
凌叔華、蘇雪林三位著墨最多。其中又屬凌叔華最具代表。❸⓪
她以描繪舊家庭裏溫婉而可悲的婦女見長：有的空守深閨卻無
從掌握自己的命運，全然聽憑他人發落，如〈女兒身世太淒涼〉、
〈繡枕〉；也有的是在封建倫理關係和迷信觀念蠱惑下成爲家
庭破敗的悲劇女主角，如〈中秋晚〉、〈送車〉。

　　就宣揚新時代精神而言，凌叔華的作品可能無法與馮沅
君、廬隱等人相比，但是就文學對社會現實的再現折射來說，
凌叔華卻有其過人的獨到之處。若說馮沅君、廬隱等人更多地
攝取在反封建傳統道路上急奔的新女性身影，那麼凌叔華以〈繡
枕〉、〈酒後〉等爲代表的小說，則敏銳掌握了新舊過渡時代
裏舊式家庭中各式身份的女性的生活氛圍和心理狀態。尤其是
作者對已婚女子生活樣貌的描摹和揭示，愈加豐富多姿。她們
既不是石評梅筆下以獨身主義爲人生唯一選擇的「波微」，亦

---

❸⓪　自二〇年代中期到三〇年代中期，是凌叔華小說創作的黃金階段；此時
　　的作品分別收在《花之寺》、《女人》、《小哥兒倆》三部短篇小說集。
　　《花之寺》，一九二八年，上海新月書局出版。《女人》，一九三〇年，
　　商務印書館出版。《小哥兒倆》，一九三五年，上海良友圖書出版。抗
　　戰時期，凌叔華隨武漢大學遷移四川樂山。此間透過武漢大學英籍教師
　　朱利安·貝爾的關係，與當時著名的英國女作家維吉妮亞·吳爾芙通信。
　　受到吳爾芙的鼓勵，凌叔華以英文連續創作十餘篇自傳體小說，爾後集
　　成*Ancient Melodies*於一九五三年由英國荷蓋斯出版社(The Hogarth Press)
　　出版。此書後來由凌叔華的女兒授權譯成中文版《古韻》，一九九一年
　　在台灣由業強出版社出版。

非廬隱眼中由熱烈愛情陷落繁瑣家務而倦憊失望的「沁芝」，凌叔華勾勒的是在婚姻城堡裏，平凡生活中銷磨耗盡靈氣與光華的各種女性肖像。

以〈太太〉爲例，文本刻劃一位中產階級家庭裏的女主人貪圖享樂愛慕虛榮的心理。❸ 她爲了顧全自己在麻將牌桌上的面子，不惜一次次將家裏值錢的東西送進當鋪，連丈夫必須穿的狐皮袍子也無法倖免。小說通過男主人回家取衣不得所引起的一場家庭風波，精妙地揭露這位小官員太太的畸樣心態。〈送車〉主要藉由兩位太太在客廳中的談話，呈現傳統婦女愛爭風、怕失寵的不安心理。❸ 她們比起閉鎖在深院高宅的女人，表面上似乎多了些交際應酬的生活內容，但平日所作的無非是蜚短流長，比排場、比闊氣、比自家丈夫的地位。新時代潮流的湧動，使她們本能地意識到自己依附地位的動搖，因此對那些歷經自由戀愛的新式太太既鄙夷又嫉妒，不斷以自己是家庭作主的明媒正娶來自我平衡。另一方面卻又同時挾帶著色衰愛弛的擔慮和不安。

魯迅在《中國新文學大系‧小說卷》的編選中，輯錄了凌叔華的〈繡枕〉、〈花之寺〉等短篇小說，並在前文序言對凌叔華的作品評析道：

> 凌叔華的小說……恰和馮沅君的大膽、敢言不同，大抵

---

❸ 〈太太〉，《凌叔華文存》(成都，四川文藝出版，1998年)，頁108~116。
❸ 〈送車〉，《凌叔華文存》(成都，四川文藝出版，1998年)，頁109~205。

很謹慎的，適可而止的描寫了舊家庭中的婉順的女性。
即使間有出軌之作，那是為了偶受文酒之風的吹撫，終
於也回復了她的故道了。這是好的……使我們看見和馮
沅君、黎錦明、川島、汪靜之所描寫的絕不相同的人物，
也就是世態的一角，高門巨族的精魂。

另外，沈從文也在〈論中國現代創作小說〉裏指出：

作者（凌叔華）所寫到的一面，只是世界極窄的一面，所
用的手法又多是描寫而不是分析，文字因謹慎而略現滯
呆，缺少飄逸，不放宕。故青年讀者卻常常喜歡盧隱與
馮沅君，而沒有十分注意凌叔華，也是自然的。㉝

這樣的批評，是魯迅、沈從文就〈繡枕〉等凌叔華創作初期的
部份小說而言。他們或許多過於著重〈繡枕〉這類題材在她整
個小說創作中的意義，視其為小說成就之所在，卻忽略其餘作
品內容的藝術性和豐富性，如此不免顯得以偏概全進而影響他
們對凌叔華文學成就的充分評估。

　　首先，當馮沅君等人著墨於現代知識女性個人的情感悲歡
之際，凌叔華似乎更致力在於探索歷史現狀裏各種女性角色的
生存樣態，例如富家太太、舊式小姐、年輕媳婦或是卑微的女
僕等等。中國現代文學裏的女性形象，大多以年長的舊式婦女

㉝　〈論中國現代創作小說〉，《沈從文文集》（香港，香港三聯出版，1985
　　年），頁178。

和年輕的新時代女性做為傳統／現代中國的隱喻；但在凌叔華筆下許多令人印象深刻的人物中，卻出現一群讓人無法漠視、處於新時代的舊式少女，例如〈繡枕〉裏的大小姐、〈吃茶〉裏的芳影以及〈茶會以後〉的兩姐妹……。**❸④**凌叔華藉助這群即將被時代拋棄卻仍是一派天真單純的青春少女，觸探了不同於馮沅君等人的「新女性」所忽略的一個重要問題：女性與歷史變遷的關係。〈繡枕〉展示的是一個舊式婦女與世隔絕的死寂閨房，還有她那完全取決於閨房外男性世界的命運。凌叔華筆下的閨秀與古典文學傳統閨秀形象的不同，是在於她挖掘出埋藏在千金閨秀們美麗神話的另一面：隱密、灰暗、無希望、無價值的部份。〈吃茶〉的時間設定在社會風氣轉變後的新時代，但與〈繡枕〉相同的是，舊式少女的內心經驗與外在環境的矛盾衝突更為顯著。一個西洋留學生的殷勤禮節，使得生長在傳統家庭接受舊式教育的女主角芳影內心引起莫大的誤會，並且因此造成她在情感上的創傷。芳影的經歷，點明了二○年代中國女性面臨中／西二種文化衝突時的尷尬窘境：女性在一個已經變化了的嶄新世界裏反而手足無措。她們在還來不及理解新文化裏諸如愛情、自由、個人等信念為何的同時，別無選擇地被迫面對一個似乎已將自己拒之門外的陌生社會。

再者，凌叔華筆下的世態何止是「高門巨族的精魂」而已，

---

❸④ 〈繡枕〉、〈吃茶〉、〈茶會以後〉，《凌叔華文存》(成都，四川文藝出版，1998年)，頁53~57、58~64、75~80。

更多的是已走出深閨後院的女性。如〈綺霞〉、〈春天〉、〈病〉、〈無聊〉等篇的女主角，不論她們是已婚的太太、或是未婚的學生，縱有或濃或淡的舊日投影，也都漸趨消逝。她們離開巨門之後並未匯入時代洪流，雖然並無溫飽威脅，也無婚戀枷鎖，但畢竟是失去了生命的希望與生活的熱情。這些女性並不因爲沒有負載理想就了無煩悶苦惱，她們畢竟還是如院落裏的風波，增添了更多的瑣碎以及平庸。或許她們和高門巨族的精魂一樣，也爲許多熱衷時代風雲的作家所不屑一顧；但是人棄我取，凌叔華關注她們的存在，思考她們應當如何生存。作者耐心、用心地描摹這些女性們的春愁、秋困、懦弱、癡愚、虛榮、偏狹、生命的畸形、病態和消蝕。與同輩女作家創造的女性形象相比，凌叔華小說中的女人顯然要世俗、社會化的多。然而，對照盧隱的自我沉迷、冰心的澄明天眞，凌叔華的女性世界當然也切實的多。我們可以從凌叔華的作品裏看到勇於直面女性自身弱點的描寫，顯見作者多一分的明智。

　　凌叔華在運筆上的一個顯著特色就是輕婉雅緻，平和遐裕。在她的作品裏，沒有苦悶焦灼的吶喊，也沒有撕心斷腸的痛哭；她凝神觀察、平靜敘述，但無形中自然瀰漫作者對其關懷人物的難言的哀愁。凌叔華的友人曾謂其作品有著「最恬靜最耐尋味的優雅，一種七弦琴的餘韻，一種素蘭在黃昏人靜時微秀的清芬」。❸⑤這或許與作者在繪畫上深厚的藝術涵養不無

---

❸⑤　徐志摩《花之寺·序》，(上海，新月書局出版，1928年)。

關係。凌叔華的繪畫以中國山水花鳥爲主要對象，藝術上講究氣韻生動、形神兼備，畫風深受中國文人畫的浸染。因此在小說創作裏，她融進傳統寫意畫的手法，文風嫺靜優雅，並且飽含智慧學養的聰穎和機智。

蘇雪林—與凌叔華並列爲以婦女題材爲文學寫實風格的另一位女作家，她的作品皆較少觸及下層社會，多敘中產階級溫飽而略帶閒愁的家庭生活。筆尖有時蘊寓批判鋒芒，有時明顯帶著閑適意味。蘇雪林與凌叔華兩人的文字風格不盡相同，凌叔華精細含蓄、秀逸疏淡，蘇雪林清雋灑脫、流轉自如。然而，舊時人物、舊時生活經她們之手寫來，又不時蒙覆著一層溫情脈脈的面紗。蘇雪林眞正引起文壇注目的是她留學歸國後的創作，主要表現在二○年代後期的長篇小說《棘心》。**㊱**

令蘇雪林贏得新文學作家大名的《棘心》這本集子，深深烙印著五四變革時期知識女性的徬徨矛盾心理。蘇雪林赴法留學期間，因母親重病而中斷學業回國，謹遵母命與一位幼時就定下婚約但自己卻不甚喜歡的工程師結婚。蘇雪林以這段經歷爲題材，創作了《棘心》這部含有自傳性質的長篇小說。小說女主角杜醒秋出身在一個封建大家庭，父親在外作官、母親守家操持一切；在一個難得的機會裏，醒秋作別父母、飄洋赴法求學。到了法國不久，在一位男青年的熱烈追求下，我們的女主角陷入情網；可是她偏偏早已由父母代訂了婚約。在難違母

㊱ 《棘心》，(北京，燕山出版社，1998年)。

親意願的壓力下，醒秋戰勝自己，拒絕了那位男士，並與素未謀面的未婚夫叔建通信聯繫。原本浪漫細膩的醒秋對叔建尚懷些許希望與幻想，但是數次通信之間，對方總是冷淡漠然的神氣。她無法接受這樣一位冷血無情的夫婿，屢次要求退婚的結果，卻遭致父母激烈的反對。在異國呼吸著現代文明氣息的女主角，卻無法獨立自主，衝破禮教束縛獲取人身自由。最後，醒秋與馮沅君筆下離家出走的女主角做出相反的選擇，先是萬念俱灰地皈依了天主教，繼而順服地回到病重的母親身旁，與叔建完婚。

　　《棘心》大量描寫年輕女主角杜醒秋在法國三年留學生活中的悲歡苦樂，風格雖是平鋪直敘，然而筆鋒盡處，自有誠摯無華之姿。在這本有關留學生域外生活的小說裏，順著女主角羈旅異鄉的經驗，蘇雪林探討五四女性尋愛的四種可能：母女之愛、男女之愛、家國之愛以及宗教之愛。小說在這些不同的「愛」之間相互徵逐進行，此起彼落，消長滌盪，至終卷仍未有定局，而全書的魅力亦正是由此煥生。誠如小說一開始即表露的訊息：

　　　　一個人的思想見解，都有他的淵源，脫不了“時代”、
　　　　“環境”的支配。你說某人富於革命的精神，對舊的一
　　　　切都以“叛徒”對新的一切都以“鬥士”的姿態出現；
　　　　某人既不能站在時代的尖端，又不甘拉住時代的尾巴，
　　　　結果新舊都不徹底，成為人們所嘲笑的“半吊子新學

家"，要知道這都與他們過去所處的家庭社會大有關係。
中國文化比歐美先進國家，落後何止一個新的世紀，戊
戌維新與五四運動那二十幾年裏面，才算走上真正蛻變
的階段。蛻變的時代總是痛苦的，誕生於這蛻變階段的
中國人，生來也要比以前以後時代的人，多受痛苦。他
們以親身經歷舊制度的迫害之故，憎恨之念較為堅強；
但他們以薰陶舊文化空氣較久之故，立身行事，卻也自
有準繩，不像後來那些自命新時代的青年，任意所之，
毫無檢束，甚至不惜犧牲他人的利益，來滿足自己的欲
望。因此那個蛻變時代的人不免都帶著點悲劇性。(頁15)

透過文本深沉刻劃那樣一個新舊交替、思想解放、激情迸發的
時代，一部份走出封建家庭的知識婦女，在呼吸新鮮活潑空氣
的同時，精神上卻依舊沒有走出舊思想、傳統道德觀念的藩籬。
或新或舊、或急或緩的社會衝突，時時考驗、折磨著她們的心
靈與生活，這實非男作家想像中的解放纏足、跳上洋車一溜煙
開走那般容易簡單。

　　就五四女作家的寫實文風而言，陳衡哲以女性身份和女性
觀點來書寫她對人世、社會的關注。她拓展了現代女作家另一
層面的審美傾向—關心普通人的情感，會心於他們日常生活中
的磨難。陳衡哲的創作量少而質精。一九二八年，她從十年間
創作的小說作品中挑選十篇，結集成《小雨點》由上海新月書
店發行。她與凌叔華同為「現代評論派」的成員，作品自然充

滿自由主義的人道關懷。另外，以她作爲第一批公費留學生的
女性知識份子經歷，小說中角色的塑造亦常常以外國人物爲
主。例如，陳衡哲直接描寫下層人民苦難處境的小說〈波兒〉、
〈老夫妻〉，**❸**正是取材於異國工人家庭或是內地農民窮困悲
慘的生活，深刻展現了遮掩於摩天大樓背後的黯淡一隅，看得
出作者用心感受低層人民日常生活中道不盡的悲哀與磨難。**❸**
陳衡哲對不幸者的同情悲憫，對人物心境的體會刻劃，都伴隨
著一種自信的力度；特別是作爲理性精神的人道主義宣揚，已

---

❸ 陳衡哲〈波兒〉、〈老夫妻〉，《西風》(上海，上海古籍出版社，1997
年)，頁20~24、25~27。

❸ 陳衡哲在一九三八年由上海開明書局出版的《衡哲散文集》裏的一篇文
章〈英詩人普格生的詩〉，文中她介紹了這位詩人的寫實主義：「他的
詩材差不多都是在工廠和城市中覓取的，他詩的主人翁也大半是工廠中
的工人，大海上的漁夫，礦中的礦工，以及各種貧苦和不幸的男女。他
用寫實的眼光，和誠懇的同情，來表達出這般人的悲歡哀樂，艱難痛苦。
他不但能替他們說話，並且能給他們一個很寶貴的希望。因爲他雖然描
寫現代社會的惡現象，但他並不以此爲心足。他詩中的情境，無論怎樣
黑暗，卻總有一線的光明。他詩中的人物，無論怎樣痛苦絕望，卻總不
能做孝順奴隸，總不會完全和愛決絕，最後的得勝者，總還是愛—即不
是含笑的愛，也是含著眼淚的愛—不是恨毒。這是普格生主義的要點，
也是他和現代的許多寫實文學家不同的地方。」留美期間的陳衡哲聽到
普格生的讀詩，極爲感動其「誠懇精神，和那個精神的力量」，因爲「他
竟能用那單調和沉悶的聲音，來製造出一種壓迫，黑暗，不能呼吸的空
氣」因此，我們或許可以作個假定，陳衡哲早期寫的小說，尤期是〈波
兒〉與〈老夫妻〉二文，很可能是受到普格生的寫實主義的影響。引文
部份請參見《衡哲散文集》，頁507~508、514。

融會在小說意識和體驗裏,使之具有新的內涵,既不盲目亦不嫌膚淺。

陳衡哲與五四其他幾位女作家主觀抒情的寫作大不相同,她的創作雖然也是出於內心的「被擾」及「衝動」,但大多時候都能將「熾熱的情感透過嚴肅的理智,冷靜而客觀的描繪社會和反映人生」。❸一方面,她的作品捨棄五四女作家慣常使用的第一人稱,而皆以第三人稱客觀描寫,從容敘述。另一方面也是最重要的一點,陳衡哲小說中的人物在面對情智相爭時,他們不是聽任情感的驅遣,而是能夠以理性分析感情。例如〈洛綺思的問題〉,女主角洛綺思和瓦德雖然感情甚篤,但是她十分清楚自己對學術事業的傾心勝過於婚姻家庭的憧憬,因此縱有寂寞,洛綺思還是肯定、滿足於自己的選擇。〈一支扣針的故事〉裏,西克夫人在天倫親情與男女愛情中,選擇了盡善盡美地完成她的母職心願,也因此一直擔擱延遲她與戀人藍勿克再續一段姻緣的可能。直到他們雙雙辭世,晚輩才在遺物中體察到這對戀人的深情。❹情而不濫,哀而不傷,這些人物身上有一定的共性,某種意義上也是表現作者所具備的學者的理智和冷靜。

從最貼近自己生活的婦女題材,五四女作家表現她們關注

---

❸　陳敬之《現代文學早期的女作家》(台北,成文出版,1980年),頁13。

❹　陳衡哲〈洛綺思的問題〉、〈一支扣針的故事〉,《西風》(上海,上海古籍出版,1998年),頁51~66、70~80。

社會與人生的寫實文學。從因襲封建傳統重負的舊式婦女到半新半舊的過渡型特性，再到用生命相爭和封建勢力決裂的新人；從生活在底層的貧苦婦女到黑暗中尋覓光明的知識女性，乃至中產階級的小姐、太太，這些角色一一出現在五四女作家們的筆下。她們將一般男作家不易窺透的某些女性的生活畫面、情感波動，眞切生動展現於讀者眼前。雖然她們並非只寫女人，也並非僅是關心婦女的問題，然而在題材的選取上，女性處境顯然是她們側重的焦點。當然，此間亦包含了五四女作家們對超出自身的更廣大範圍裏的婦女問題乃至社會問題的思考。二〇年代中期以後，文壇現實主義風潮日漸盛行，五四女作家同樣也有關注社會階級、鄉土大眾，或是譴責軍閥混戰、禍國戕民的作品出現。石評梅的〈紅鬃馬〉、〈餘暉〉、〈匹馬嘶風錄〉，廬隱的〈曼麗〉、〈歧路〉，凌叔華的〈秋兒〉、〈楊媽〉、〈資本家的聖誕〉，還有冰心的〈分〉等等作品，都有精彩不俗的表現。這些我將置於第四章探討女性的感時憂國主題裏再做討論分析。

二、個人主義的浪漫抒發

　　第一批走上現代文壇的女作家，明顯含帶五四文學的個人主義傾向。正如筆者在第一章所述，中國文學的現代性想像包含「人」的發現以及爭取「自由」、「解放」、「主體」等各種意識的覺醒。圍繞著五四文學裏個人主義訴求的價值觀：自

我誠摯與情感解放，自我建設並且不受外在約束……五四文人
樂於將自我反映在文本中，將藝術創作根植於浪漫抒情的基調
之上。同樣地，五四女作家幾乎無一不公開表現自我並且書寫
自身感受。她們對外部世界有更主觀的把握和體驗，創作也因
此具備不同程度的自傳色彩；日記體、書信體小說便成爲她們
經常運用的書寫體裁。作者的視角往往與作品裏的主角重合，
而主角的經歷也每每映現作者本人的生命步履。例如，露沙（〈海
濱故人〉）的身世直接取材於廬隱本人的生活遭遇；醒秋（《棘
心》）的外貌、性格及留學經驗明顯富含蘇雪林自己的性格特
徵及生命履跡。至於冰心、石評梅則更直接於小說中塑造一個
與外部世界拉拒僵持、衝突失衡的角色，表現個人對現實的看
法與世俗觀念的相互扞格。對於婦女千年來飽受重壓的靈魂，
或是因外部環境的動盪變革而觸發的內心躁動，五四女作家傳
達了現代女性掙脫束縛與釋放情感的渴望。

　　五四個人主義一再強調的個性解放與主體自由，也就是將
個人自整個傳統價值所綑綁的枷鎖中解放出來，使個體具備自
主的權利。這一點很明顯地呈現在五四女性小說描寫個人爲追
求愛情、婚戀自由而與外界發生的劇烈抗爭。例如馮沅君的短
篇小說集《卷葹》，昭然顯示女主角對自由戀愛的強烈追求。
廬隱〈何處是歸程〉的女主角沙侶，如宣誓般堅稱「我尊重情
感的偉大，它是超出宇宙一切束縛的」。在這些新女性眼中，
「愛情」不單是個人情感與現實環境無法相容的實質問題，它
更成爲一種必然堅持並且爲之獻身的信念。

　　在此需要與上一小節做區分說明的是，五四女作家在個人主義的信念所描寫的自由婚戀的作品，是爲傳達「主體自由」的渴求，這與藉婦女議題（當然其中也包括愛情題材）以投射社會問題的寫實文學大不相同。個人主義的作品之所以引起讀者共鳴、給人留下鮮明印象，往往在於文本無可抑制的情感、情緒，而非小說裏的人物形象性格以及文本寓意。至於情節是否曲折緊湊、結構是否完整，並非女作家的主要關切點。就某個層次而言，帶有濃厚個人主義浪漫抒情的創作主要是作爲作者心靈感受的載體而存在的；因此文本往往著重反映個性、傳達理想，觸發思緒情感的自由奔淌，凸顯強烈的主觀色彩。這些可以說都是五四女性文學所表現出來的相當鮮明的個人主義特質。下文將由個人主義影響下追求「主體自由」以及強調「自我實現」這兩個要點，前者以馮沅君爲代表，後者以廬隱、石評梅和冰心的作品爲例，分析說明。

　　作爲中國新文學第一批女作家的靈魂人物，馮沅君小說的獨特之處就在於大膽熱烈地道出五四變革時期，知識青年女性與封建禮教正面交鋒的戀愛心理。❹她以追求自由愛情作爲小說創作的主題，無疑是挑戰封建威權的一種姿態，即使在當時

---

❹　馮沅君的創作時間以及作品數量並不多，她曾用淦女士、漱巒、大琦、吳儀等筆名發表文章，爾後一共結錄成《卷葹》、《劫灰》與《春痕》三部小說集。馮沅君第一部短篇小說集《卷葹》於一九二六年，上海北新書局出版；隨後又分別於一九二七年以及一九二八年由上海北新書局出版《春痕》與《劫灰》兩部小說集。

的女作家筆下，亦無一人像她如此激烈絕決。馮沅君的第一本
短篇小説集《卷葹》，一共收錄〈隔絕〉、〈旅行〉、〈隔絕
之後〉、〈慈母〉四篇作品；小説主題多是一些新式女學生的
抗婚事件，往往表現出年輕女子在面對新思想和舊傳統衝突時
的痛苦抉擇，還有對自身解放的深思反省，並且投射作者個人
感懷時代的深刻印記。〈隔絕〉的女主角以自由戀愛來確認人
格獨立和行為自由，她斬釘截鐵的説「生命可以犧牲，意志自
由不可以犧牲，不得自由我寧死。人們要不知道爭戀愛自由，
則所有的一切都不必提了。這是我的宣言……」。❹同樣是一
對苦戀的情人，〈旅行〉裏的男女主角利用離家就學的機會一
同出外旅行；途中「我」雖然懼怕社會對自己離經叛道的行為
的非難，但同時「……我們不客氣地以全車最高貴的人自命，
我們為自己驕傲，別人風塵僕僕是為名利目的，而我們卻完全
是愛的使命。」❹這些篇章裏的女主角大部份都是受過新式教
育的年輕女學生，她們對傳統媒妁姻緣的反抗成為作者在知識
女性身上反覆著墨的重點之一。

　　馮沅君以追求自由愛情作為文學創作的主題，無疑是挑戰
封建威權的宣誓，倍具時代色彩。也因如此，她的小説歷來皆
受重視與好評。沈從文在〈論中國現代創作小説〉文中就指出：

　　"淦女士"作品，在精神的雄強潑辣上，給了讀者極大

---

❹　〈隔絕〉，《春痕》(上海，上海古籍出版社，1997年)，頁2。
❹　〈旅行〉，《春痕》(上海，上海古籍出版社，1997年)，頁19。

驚訝與歡喜。年青人在冰心方面，正因為除了母情的溫
柔得不到什麼東西，而不無小小的失望；淦女士的作品，
卻暴露了自己生活最炫目的一面⋯⋯淦女士作品，是在
這意義下被社會認識而加以歡迎了⋯⋯在一九二三年，
女作家中還沒有這種作品，在男子作品中，能肆無所忌
地寫到一切，也還沒有。因此淦女士的作品，以嶄新的
趣味，興奮了一時代的年青人。❹

除此以外，魯迅在編選《烏合叢書》的短篇集時也選了《卷葹》
作爲馮沅君的代表作。《卷葹》可視爲一組系列小說，內容情
節有一定的連貫性。不論是作者在書名下的題記「搗麝成塵香
不滅，拗蓮作寸絲難絕」，抑或編者對集名的解釋「卷葹是一
種小草，拔了心也不會死」，都是小說主題的最佳註腳。❺
　　一九二四年末孫伏園獲得魯迅的支持，在北京創辦《語
絲》，馮沅君因此由原來的《創造周刊》轉向《語絲》，經常
爲這個刊物撰稿。她接連發表了十多篇議論文章或隨筆，其中
包括短篇小說，筆名亦由「淦女士」改署爲「沅君」。一九二
六到一九二八年間，馮沅君經由北新書局又相繼出版《春痕》
與《劫灰》兩部小說集。《春痕》以一位名爲「瓂」的女子寫

---

❹　〈論中國現代創作小說〉，《沈從文文集》(香港，香港三聯出版，1985
年)，頁176。

❺　魯迅〈中國新文學大系・小說二集・導言〉，趙家璧主編《中國新文學
大系》(香港，文學研究社印行，據1935年上海良友圖書影印版)。

給情人「璧」的五十封情書所輯成，其中記載他們從愛苗初長
到攝影定情共約五個月的愛戀經過。從《卷葹》到《春痕》，
可以看出作者筆下的女性是如何自勇敢而變得沉鬱，女主角的
熱情好像在《卷葹》裏已燃燒殆盡，在《春痕》留下的只是帶
汁的苦果。璦經歷了一些坎坷，從戀愛中也得到不少教訓，她
憂鬱惆悵、多所顧忌，在情人熱切追求下卻表現得沉著冷靜、
善於自制。《春痕》誠摯地反映新女性在社會上屢屢碰壁之後
可能帶來的心靈創傷，此時矛盾痛苦的衝突點就不僅只是親情
與愛情，還有是個人與群體、理想與現實之間的無法平衡。對
現代女性而言，「愛情」不只是兩情相悅的心靈活動，它更有
歷史文化建構的成份與軌跡。從《卷葹》的爭寫戀愛悲歡，到
《春痕》、《劫灰》的愛情苦果與生命體驗，我們不應該只一
味地放大馮沅君筆下的「愛情」，而無視或單純化那些因愛而
生的一連串的問題。愛的論述是五四現代性的重要話語之一，
女作家眼底、筆下的愛情更是自身經驗與理論之間的相互映照。

　　五四女作家裏性格最鮮明、自我意識最強烈者莫過於盧
隱。客觀地說，盧隱的作品同時具備「感時憂國」與「個人主
義」的色彩。她最初的創作多關注社會，在日常的生活中尋找
題材；收錄在第一個短篇小說集《海濱故人》裏的〈一封信〉、
〈靈魂可以賣嗎？〉以及〈兩個小學生〉等，都是這方面的嶄
露。❹然而，盧隱在早期創作裏選擇的題材卻沒有激發出她寫

---

❹　〈一封信〉、〈靈魂可以賣嗎？〉、〈兩個小學生〉，《盧隱小說全集》

作的特色。一九二三年，在五四運動的愛國激情稍退之後，盧隱告別了早期創作裏那種與時代歷史合拍的衝動，開始冷靜思索人生、體會身爲婦女的處境，試圖由此探尋眞正自由之途。正是這樣的轉變，讓盧隱結合個人主義對主體自由、追求自我實現的特質，來探索與她最爲切身的婦女問題。在《小說月報》發表的成名作〈海濱故人〉，就是作者從感時憂國的道德使命轉向個人主義浪漫高昂精神的反映。❹這篇小說以五個女子的聚散離合爲經，以她們的情感顛簸爲緯，款款道出當時女性各種全不由己的遭遇，以及長存彼此之間的摯厚情誼。也正是因爲〈海濱故人〉一文從而使盧隱蜚聲文壇，躋身名家之列。

半個世紀前，茅盾在他那篇著名的〈盧隱論〉中認爲盧隱捨大眾而就個人自身，是一種境界上的倒退。茅盾對盧隱最初描寫社會問題的作品大加肯定，但認爲自〈或人的悲哀〉起，她改變了創作的方向，不「在自身以外的廣大的社會生活中尋找題材」，而轉向狹窄的女性婚戀問題，是創作的「停滯」。❹然而茅盾不知，正是因爲這種創作上的轉變，更凸顯盧隱獨特的思想與藝術價值。如果我們細觀盧隱本人的身世、生活遭遇，就不難體察作者的思想性格如何在她的創作裏起著明顯的變

（吉林，時代文藝出版，1997年），頁8~14、22~29、15~21。

❹ 〈海濱故人〉，《盧隱小說全集》（吉林，時代文藝出版社，1997年），頁56~109。

❹ 茅盾〈盧隱論〉原刊載《文學》第三卷第一號，後經收錄，可參見肖鳳主編，《中國現代作家選集·盧隱》（台北，鍾馗出版，1987年），頁235~242。

化，而這樣的轉捩方是真確突出作者才華所長之處。盧隱自幼
孩以迄少年的不快樂經驗，鑄造這位女作家落落寡合卻又持俠
仗義的複雜性格；❹而她在愛情波瀾中載浮載沉的經歷，亦形
塑自身的特殊稟賦、氣質以及偏好悲劇的美學品味。❺盧隱這

---

❹ 盧隱出生前上面已有三個哥哥，在當時一片重男輕女的社會裏，她的父
母十分盼望生個小女兒。原本盧隱的出世應當帶給家人莫大的喜悅，但
是就在盧隱出生的同一天，她的外祖母卻過世了，因此盧隱的母親認定
她是顆災星，便將她丟給奶媽餵養。從嬰孩到幼童，盧隱從未體驗過母
親以及家人的關愛，再加上她愛哭鬧、多病疾、陰鬱頑強的脾氣，所以
有一次全家隨盧父乘船赴任長沙的途中，她甚至差一點就被父親擲到海
裏。及逮父親過世，盧隱隨母親遷移北京舅父家生活，她依然不曾受到
較好的照顧。她每日被鎖在一個陰暗的小房間裏讀書，不許和兄弟姐妹
們一起玩耍；平時盧隱就和舅父家的婢女住在一起，而每逢家中有喜事
宴客，她的母親更將她鎖在院子裏，爲的就是怕她給整個家族丟臉。這
樣的成長環境自然使得盧隱厭惡生命、排斥他人，直至盧隱十二三歲考
取師範預科，她的遭運才稍有好轉。儘管母親臉上漸露的喜色以及家人
驚羨的眼光，讓盧隱在家中的地位逐日上升，但是長年積累的不快樂，
已經鍛鑄了她一生慷慨激奮卻又冷眼處世的雙重性格。她在自傳裏曾
謂：「因爲我自己的奮鬥，到底打破了我童年的厄運……但可貴的童年
已成爲過去，我再也無法使這不快樂的童年，變成快樂。」引文出自〈盧
隱自傳〉，《盧隱散文全集》(河南，中原農民出版，1996年)，頁475。

❺ 盧隱從女高師畢業，先後在安徽北京師大附中等處擔任國文教師。第二
年她同文學研究會會員郭夢良相戀，二人結識數載而後結婚。這樁婚事
引起時人諸多非議，原因是郭夢良在此之前已有家室，盧隱亦自主與未
婚夫解除婚約。社會的責備令盧隱深感傳統勢力壓迫的可怕，工作之餘
愈加努力寫作。中篇小說〈海濱故人〉得以問世並獲得相當大的迴響，
是作者這時期聊堪一慰的成就。可悲的是，經艱苦奮鬥建立起來的家庭
生活，僅僅維持兩年即發生重大變故。一九二五年郭夢良一病而逝，留

般表達她個人的基本思想：

> 我是一個富於感情的人，　同時也是理智的人，而且是倨
> 傲成性的人，我需要感情的培植，我需要人的同情，而
> 同時我是一隻腳翹著向最終的地點觀望，一隻腳放在感
> 情的漩渦裏。因之，我的二隻腳的不同方向，遂不能超
> 脫又不能沉溺。我是徬徨於歧路，這就是我悲傷苦悶的
> 根源。❺❷

五四新的價值觀讓個人扮演具決創性的角色，爲創造一個整體
文化文明貢獻其力；在這個前提下，文學創作不僅表達自我，
更傾向於人格與生活各個層面特別是較陰鬱、較隱密層面的揭
露。這些都熔鑄在盧隱筆下最富特色的藝術形象：一群籠罩在
愁雲慘霧中兀自奮勇搏鬥的五四青年。

　　盧隱小說的個人主義色彩之所以蘊含打動人心的力量，就

下盧隱與不滿周歲的女兒，往後幾年，盧隱負著沉重的痛苦，再次經受
自己最敬愛的大哥的去世以及摯友石評梅猝亡的悲戚。直到一九二八
年，作者才真正跳出"悲哀的苦海"與李唯建相戀。真摯的愛情激勵盧
隱同舊世界抗爭的勇氣，使她不再固執著悲哀。由這對戀人六十八封書
信輯印成書的《雲鷗情書集》，將他們兩人所承受的社會壓力、對舊道
德的頑強抗爭，都在情書中留下鮮明印記。此時的盧隱，決心重造自己
的生命"換過方向的生活"。一九三○盧隱與李唯建東渡日本結婚，無
論在精神或現實上都過著穩定幸福的生活。

❺❷　引文部份轉引自盧隱寫給李唯建的書信中的內容。《雲鷗情書》，《盧
　　隱散文全集》(河南，中原農民出版，1996年)，頁311。

是作者在創作情境中往往毫無芥蒂地展示她的率性真情抑或新傷舊痕。我們以作者另一篇著名的小說〈或人的悲哀〉為例。文本主要由女主角亞俠寫給友人的十封信所組成；信中亞俠傾訴了自己多病纏身、不斷浮沉於人海情海中，最後失落人生答案的悲哀。在令人失望沮喪的現實面前，漸生厭世之心，最後沉湖自殺。這篇小說的構思，與歌德名作《少年維特的煩惱》不無相似之處，但女主角的精神痛苦卻有著鮮明的五四時代色彩。她雖然多愁善感，卻迥異封建思想禁錮下的舊女子。她受過新思潮的薰陶，追求個性解放和主體自由。她憂國傷時，極富正義感，看不慣社會黑暗、人世虛偽自私行徑。作者誠摯反映了徘徊歧路的新青年的心理狀態，刻劃出一群執著尋覓真情真意的女性，她們渴望突破生命厚繭，但卻都飽嚐事倍功半的挫折。或以倨傲的面貌、或以遊戲的姿態行走人生，但終究難掩心底的焦慮與悽涼。從盧隱的作品本身，就可以看到一顆尋求生命真諦的赤子之心，還有一位女子在那個時代可能經歷到的一切。這些都是作者透過創作展現一個極富時代氣息與個性特質的自我。

　　概括盧隱的寫作特點，她特別喜愛採取書信體或日記體，以第一人稱的方式來敘述。根據筆者的統計《海濱故人》、《曼麗》、《靈海潮汐》和《玫瑰的刺》在這四本小說集共收錄的五十八篇作品中，運用書信體、日記體寫作的多達二十八篇。長篇小說《象牙戒指》夾雜大量的日記與書信，而《歸雁》則

純爲日記形式。❸她雖然是「文學研究會」的一員，但她的創作卻與創造社如郁達夫郭沫若等人的抒情小說風格更爲接近。她熱烈奔放的情感亦洋溢在作品裏，大膽直率、狂風暴雨般傾瀉內心的感受，時有過於焦慮躁動而處於混亂的狀態。早期在「爲人生而藝術」或「爲藝術而藝術」的爭論中，廬隱即表示自己持「無偏向」的態度；文學創作是「重感情，富主觀，憑藉於刹那間的直覺，而描寫事物、創造境地；不模仿，不造作，情之所至，意之所極，然後發爲文章」。❹或許正由於作者無偏向、無預設立場的創作態度，讓她在創作中無顧忌束縛，同時開展「爲人生」以及「爲藝術」的文學向度。

　　文壇形象宛如作者著名的詩集──繁星、春水──所構成的瑩潔溫柔的意象，冰心無疑是五四時期最受文壇青睞的女作家之一。但是作者與作品之最極致的個人主義表現卻不在那些充

---

❸　廬隱十多年的創作生涯裏，其作品數量之豐，無人可比。從一九二五年的《海濱故人》，爾後《曼麗》、《靈海潮汐》、《歸雁》、《玫瑰的刺》、《女人的心》、《象牙戒指》等長、短篇小說集的大量出版，展現廬隱勤奮筆快的旺盛的寫作熱情。《海濱故人》，一九二五年商務印書館出版。《曼麗》，一九二八年北京古城書社印行。《靈海潮汐》，一九三一年上海開明書店出版。《歸雁》，一九三一年，神州國光出版社出版。一九三三年，《玫瑰的刺》由上海中華書局發行，同年《女人的心》由上海四社出版部出版。一九三四年，以好友石評梅的愛情故事爲原型的長篇小說《象牙戒指》由上海書局出版。

❹　〈創作的我見〉、〈著作家的修養〉，《廬隱散文全集》(河南，中原農民出版，1996年)，頁417~419、432~437。

滿情感的詩歌裏，反而灌注在冰心描寫愛國主題的小說中。〈一個憂鬱的青年〉描述一位沉默的青年彬君苦心思索如何改善社會家國困境而終日抑鬱，我們可以清楚明顯地感受到小說主角如何努力一再追求我自實現的特點。敘事者「我」不忍見彬君如此鬱苦，試圖慰解，沒想到反招來對方「不入地獄，不能救出地獄裏的人。不失喪生命，不能得著生命」這樣的責備。❺❺〈去國〉描寫留學美國的青年英士，懷抱著理想與希望，期盼回到中國參與新社會的建設；然而回國後的現實環境卻讓他縱使壯志雄心，也不得不消磨殆盡。英士的積極熱忱在同事口中成為牢騷抱怨的話題，在決定離開這個依舊腐壞破敗的新中國時，英士不禁喟歎「我何不幸是一個中國的少年，又何不幸生在今日的中國……祖國呵！不是我英士棄絕了你，乃是你棄絕了我英士啊！」。❺❻文本裏的男主角將自我武裝起來，充滿熾熱的決心。

很清楚地，我們不斷看到小說中主角自我與社會、他的內心理想與外在社會現實的看法之間頻出的矛盾與衝突。但小說人物同時也秉持一套理念信仰，誓不妥協地將個人英雄般的精神與正在上揚的歷史力量相結合，傳遞給外在世界。再一次，文本為我們印證「個人主義」如何在五四特殊的國家民族歷史

---

❺❺ 冰心〈一個憂鬱的青年〉，《相片》(上海，上海古籍出版，1997年)，頁27。

❺❻ 冰心〈去國〉，《相片》(上海，上海古籍出版，1997年)，頁22。

語境中，與看似不相容的「感時憂國」精神並行不悖。五四的「自我」不僅作爲一個獨立、生氣盎然的個體，更是一種現代意識的象徵。但是，這種自我實現，卻表現在兩種截然不同的形象裏。一種是富有活力樂觀向上的形象，回應五四個性解放的主題，體現自我肯定的現代意識。另一種卻是孱弱敏感、滿懷憂傷的特質，不時帶著自我懷疑、自我否定的意識。這樣的自我雖然是戴著憂鬱的眼鏡，但是對個人、對社會的認識較深入，更能顯示出濃厚現實性。所以，個人與外部的衝突、以一己之力對抗黑暗社會，這些都是激發「自我實現」不可或缺的重要能量。

　　與冰心的愛國小說頗爲類似，石評梅在寫作革命題材的作品中，我們也可以看出作家藉由作品試圖表現自己的命運與生活。石評梅作品裏蘊涵的社會責任意識愈發強烈，作者的自我意識、個人生命的悲歡亦愈發與國家民族的命運聯繫在一起。〈白雲庵〉藉一位參加反清革命的老英雄，憶述他在四十多年前與愛人一番英雄兒女的俠骨柔情，激勵了一位消沉萎靡的年輕女子獻身社會改革運動。〈匹馬嘶風錄〉記述國民革命高潮中，一位決心把生命付予革命事業的女教師南下從軍的經歷。女主角何雪樵帶著慘痛的身世與心頭愴痕告別愛人，她奔赴戰區加入革命隊伍裏的隨軍救護行列。後來她得到消息，她於亂世中尋得的愛侶，竟在爲國事停留C城從事革命工作而被捕犧牲，成爲斷頭台畔的英雄。最後，女主角化一腔悲憤爲報國殺

敵之力，毫不吝惜螻蟻人生。❺這些無一不是個人自我實現的一種浪漫意識。這種浪漫觀念強調解放人的感情、經驗和能力，將新的感情和革命英雄主義融合為自我實現的模式。處於新舊交替時代的覺醒者，尤其是風華正茂的青年，受著自我發現個性解放的鼓舞，普遍帶有浪漫主觀的色調。石評梅藉由創作中形形色色的角色投射出自我形象，懷著對新世界的美好嚮往以及對現實社會的極度不滿，舉筆渴望痛快淋漓地表達自己對生命的見解，抒發自己或興奮或哀傷或熱切或焦灼的熾烈情感。

　　另外石評梅的個人主義特質與廬隱很貼近，表現在她感傷、悲劇性的思維傾向。在二○年代的北京文藝界、教育界和婦女界，石評梅都是相當活躍的人物。但時至今日，她似乎只在風流才女愛情傳奇的故事裏才被提到，作為新文學初期著名女作家的重要身份反倒模糊不清。❺❽石評梅的創作量頗豐，作

---

❺　　石評梅〈白雲庵〉、〈匹馬嘶風錄〉，《只有梅花知此恨》(上海，上海古籍出版，1999年)，頁58~68、82~99。

❺❽　石評梅與與中國早期共產黨革命家高君宇的愛情故事，歷來廣為流傳、受人稱頌。五四運動初期，高君宇是北京大學學生代表；一九二○年他當選北京社會主義青年團書記；一九二一年他同王盡美等人代表中國共產黨出席在莫斯科舉行的遠東各國共產黨與民族革命團體第一次代表大會；一九二三年，高君宇是"二七"大罷工的主要領導人之一；翌年又同李大釗、毛澤東等人在一起，以共產黨員的身份參加國民黨第一次代表大會……。二○年代中期以前，高君宇稱得上是中國共產黨早期重要的革命大將。石評梅就讀北京女高師時，即已認識高君宇。他與石評梅同鄉，並且也是她父親的學生。在他們由相識相知到相愛的過程，石評梅因以前初戀受到的傷害而對高君宇緊守心扉，只願與他保持知己的

品計有詩歌、散文、小說及劇本、游記、評論等數十萬字，日後結集成小說散文集《偶然草》和散文集《濤語》出版。❺在她創作的前期，以詩歌和散文作品居多；作者常將自我的孤獨形象融置於濃烈的感傷情緒中，以爲作品的基調。石評梅在評論〈再讀「蘭生弟的日記」〉文裏表明「我常想只有缺陷才能構成理想中圓滿的希望，只有缺陷才能感到人生旅途中追求的興味，我是崇拜悲劇的」。❻她與共產黨早期革命家高君宇的淒美愛情，在高君宇死後以心爲奠，「我生前拒絕了他的，我在他死後依然承受他」，「這一杯苦酒細細斟，邀殘月與孤星淚共枕，不管黃昏，不論夜深」文中俯拾可見錦囊收豔骨、濤

關係。高君宇於一九二五年便因推動革命事業而過度積勞，溘然長逝。高君宇的病逝，讓石評梅爲先前自己一直遲疑未決的心意悔恨不已。石評梅滿懷的悲痛，只有以心爲奠，一直到她一九二八年病逝之前，她每週必要到高君宇的墓旁憑恃哭吊。高君宇的墓上，有石評梅題寫的碑記「"我是寶劍，我是火花。我願生如閃電之耀亮，我願死如慧星之迅忽。"這是君宇生前自題相片的幾句話，死後我替他刻在碑上。君宇，我無力拖住你迅忽如慧星之生命，我只有把剩下的淚，流到你的墳頭，直到我不能來看你的時候。」石評梅這一段充滿詩情的文字，在好長一段時間裏被許多人抄錄轉述，流傳甚久。詳細請參閱柯興著，《風流才女——石評梅傳》(北京，群眾出版社，1999年)；鍾郁文著，《石評梅傳——青風石塚》(山西，北岳文藝出版，1996年)。

❺　石評梅的小說散文集《偶然草》於一九二四年北京華嚴書店出版。《濤語》是石評梅過世後，其摯友陸晶清與盧隱合力整理，於一九三一年由上海神州國光社出版。

❻　石評梅〈再讀《蘭生弟的日記》〉，《石評梅散文全集》(河南，中原農民出版社，1996年)，頁309。

箋吊香魂之類的詞藻和意象。散文也常常出現「……他的墳頭在雨後忽然新生了一株秀麗的草，也許那是他的魂，也許那是我的淚的結晶」這類語句。❻這些無一不是石評梅在創作以及生命經歷中，悲劇化、唯美化個人主義思維的體現。

　　作爲第一批現代女作家，特別是代表強烈個人主義傾向的廬隱、馮沅君以及石評梅、冰心，她們各人的生命情緻或有不同，但是她們強烈傳達了個人內心的理想與外在現實的交戰。理想與現實的衝突糾葛，讓她們彷如一廂掙扎於紅塵擾攘中痛苦地呻吟，一廂又高立雲端，藝術性地觀照記錄自己的悲歡。

　　由於個人主義下「自我實現」的精神，容易與「感時憂國」的道德使命存合並行，因此五四時期的個人與家國不是對立分離的。再者，必須提醒的一點是，個人其實是一個變動的參數，會因其社會資源、文化位置以及自身經驗，對自我與社會產生不同的內容。例如，上述五四女性文學的「自我實現」，它的另一面也就是表現了女作家的感時憂國精神；但是，這樣一個性別群體她們對家國是否可能產生不同的認識？對社會有沒有不同的意見看法？這些亦將留置第四章再來討論。

---

❻　石評梅〈墓畔哀歌〉，《棄婦》(北京，燕山出版，1998年)，頁262。

第三節　批評傳統裏的五四女性文學

　　在概述了五四女性文學的特點之後，我們需要再一次回顧審視歷來對五四女性文學的評論內容，並且分析這些批評所持的觀點立場。當今對中國現代文學的研究，開始倚重歐美思想界近幾十年來思索現代化理論與現代性敘事的成果，將二十世紀初的現代文學視爲中國現代化敘事的重要組成成份。這些研究往往採取對若干有代表性的文學文本的細緻分析，來凸顯現代中國人一些基本思想的形成過程。以五四時期爲例，作家的優劣好壞以及作品是否能夠進入五四文學網絡，取決於是否具備「個人主義」或「感時憂國」意識的特質。而我在第一章也已解釋過，中國文學的現代性何以能共存感時憂國與個人主義這兩個既相關卻又未必相容的概念。五四以來小至個人，大至家國的現代性論述，都在國家民族話語的統籌籠罩之下，爲創造中國的「新」、「現代」而努力。因此，我們可以說，五四以來被稱之爲「中國現代文學」的寫作，其實是一種國家民族的文學。

　　這份「對中國的統一的執迷」（夏志清語），導致我們在閱讀中國現代文學的視焦或方法論上產生種種囿限。以五四女性文學爲例，我們對二○年代中國第一批現代女作家的出現，僅止於婦女解放的反封建象徵意義，而她們的作品往往被評爲「閨秀派」一般「女子小人」式的口吻。先就一九四九年以前的批

評而言，討論中國現代女作家的專書可以黃英編《現代中國女作家》、黃人影編《當代中國女作家論》以及賀玉波《中國現代女作家》三本專論作爲重要代表參考。⑫這三本專書對現代中國尤其是二〇年代的女性創作的批評，大都立足三〇年代無產階級創作的美學標準，認爲女性創作的缺點在於過度濫用情感。綜合他們的批評意見，大略可歸結爲下列三點：

第一，女作家專注著墨在愛情的主題，作品往往過於濫情而徒剩吟風詠月、虛無飄渺的情緒。例如：

> 她（盧隱）對愛情的得不到解答感到了悲哀，她於是把人生看的一文不值。⑬

> 因爲失了戀，她（《棘心》杜醒秋）簡直把全世界都拋棄了……戀愛整個的主宰了她的生活，可以使她極端興奮，也可以令她萬念俱灰。⑭

第二，五四女作家無一倖免地都屬於資產或小資產階級，她們的目光短淺，缺少對社會大眾的關懷：

---

⑫　黃英編《現代中國女作家》（上海，北新書局，1931年）；黃人影編《當代中國女作家論》（上海，光華書局，1933年）；賀玉波著《中國現代女作家》（上海，復興書局，1936年）。

⑬　黃英〈盧隱〉，黃英編《現代中國女作家》（上海，北新書局，1931年），頁46~47。

⑭　方英〈綠漪〉，黃英編《現代中國女作家》（上海，北新書局，1931年），頁147。

沅君所取的創作立場，是小資產階級智識份子的立
場……對於人生問題沒有深切的探討，對這社會沒有親
切的認識。 ⑥

冰心不論詩歌、散文和小說，她所吟詠的總不出於有閒
階級安逸生活的描寫。 ⑥

作者（凌叔華）因為是個大學教授的夫人，生活環境舒適，
所以裝滿一腦子的享樂主義的思想。所以她的作品充滿
物質讚美與生活歌頌的氣味。 ⑥

　　第三，女作家創作時間短、數量少，成就有限。一九三○
年，毅真發表的〈幾位當代中國女小說家〉一文，可視為綜論
五四女作家及其創作的重要代表。首先，他將歌頌大自然或母
愛親情的冰心與蘇雪林二人劃分為「閨秀派」，因為她們的作
品不僅充斥女性個人的感傷，更表現出女性向傳統封建禮教束
縛的妥協。而凌叔華則納入「新閨秀派」的範疇，因為小說女
主角的行為看似處於現代社會裏的新女性，但思想上仍不脫傳

---

⑥　阿英〈關於沅君創作的考察〉，黃人影編《當代中國女作家論》（上海，
　　光華書局出版，1933年），頁128。

⑥　賀玉波〈歌頌母愛的冰心女士〉，《中國現代女作家》（上海，復興書局，
　　1936年），頁2。

⑥　賀玉波〈酒後作者叔華女士〉，《中國現代女作家》（上海，復興書局，
　　1936年），頁57。

統閨秀小姐的習氣。至於描寫大膽勇敢追求自由愛情的馮沅君和丁玲，才稱得上是「新女性派」的作家。但是，馮沅君與丁玲的創作技術、文字藝術能力似乎又明顯不足……。毅眞最後總結，這些女作家實在毫無文學成就可言，因為：

> 上面的幾位作家靠了以往的努力，掙得了現在的光榮；但是現在正在努力的有幾個？女子天生有許多缺點，社會制度又不斷的施以壓制，所以女子無論如何的掙扎，也總是不如男子的自由的。試看上面幾位作家，有的是結婚以後便 "封筆大吉" 了，有的是無聲無臭的銷沉下去，繼續著往前努力的，不過一兩位而已。❻❽

就毅眞的劃歸及批評來看，他似乎認為五四女性創作的價值僅在於青春階段對自我的肯定與尋求；年輕女性一旦越過這個階段，她們的寫作動力倏忽消失。

　　綜合上述三本專書的批評討論，我們明顯可以歸結，以五四充滿悲憤力量和實現希望的新意識形態標準，女作家的作品不啻未盡理想並且摻滿雜質。就「個人主義」的角度而言，女性作品憂柔寡斷，對抗黑暗勢力的決心薄弱。就「感時憂國」的層面來說，女作家的社會眼光不足，只注意到院落小風波。其次，這些批評文章幾乎都是寫於三○年代初期至中期，以當

---

❻❽　　毅眞〈幾位當代中國女小說家〉，黃人影編《當代中國女作家論》(上海，光華書局出版，1933年)，頁36。

時無產階級大眾文學的美學形式及其品味，二〇年代的資產階級、小資產階級文學當然是墮落的、退步的。

對於上述的批評意見，女作家凌叔華似乎是早有預見，而爲此提出辯駁。一九二三年刊載於《晨報·副刊》的議論文章〈讀了純陽性的討論的感想〉一文，凌叔華針對女性不事文學生產、或者專寫風花雪月、秋愁春恨的男性批評，做了一番清楚強烈的辯駁。⑥凌叔華首先指出，女性創作尤其不易爲報章雜誌所接受，因爲「投稿到報上的作者，大概與報館中人相識，或素有名望的人，方有選登之望」。其次，文學市場對女作家總是變象地要求她們寫些「工愁工怨，問花問月」的內容與風格。這樣的現象，讓一些較具有主體意識的女作家刻意封筆，「'女子知書 亦不過吟風弄月而已'的奚落和閒話，我們又何必去叫他們說嘴，更加輕視女子的本能呢？」以致於本屬弱勢的女性創作者愈加地被邊緣化。

這些無一不是崛起於中國現代文壇的第一批女作家的創作困境。因此，凌叔華——這位魯迅眼中「高門巨族的精魂」才禁不住憤憤地爲女作家們抱屈：

> 說出我心中的不快，叫我心少跳一點，倒是一件利己的事。我還要誠懇的告訴新文化的領袖，或先進者，請您們千萬不要把女子看作"無心前進的，可以作詩就算好

---

⑥　〈讀了純陽性的討論的感想〉，《凌叔華文存》(成都，四川文藝出版社，1998年)，頁802~805。

的，或與文無緣的”一路人，更祈求您們取旁觀的態度，
時時提攜她的發展，以您們所長的，補她們所短的。不
受栽培，加以忠告，忠告無效，不妨開心見誠的指謫，
可是千萬不要說“她們又回到梳頭裏腳、擦脂弄粉的時
期，女子們是沒盼望的了！”咨嗟嘆息袖手旁觀態度，
是不該對本國人用的。（頁805）

以性別刻板化印象來限制女性的創作，或是以主流文學單一標
準來衡量品評女作家的缺陷與不足，這些都是不公平的。女性
的生理性別及其社會位置如何影響現代女作家的書寫視野和觀
點？重新思考她們“不夠勇敢”、“缺乏現實”的質素，或許
可以從中檢視女性創作與主流文化之間的複雜奧義。

七〇年代後期開始，在第二波女性運動以及文學批評的影
響下，「女性文學」成為一個重要研究範疇，受到許多學者的
注目。而過去對中國現代女作家印象式的片面批評也得到補充
與調整。梅儀慈(Yi-Tsi Mei Feurwerker)在〈二〇至三〇年代女
作家〉（“Women as Writers in the 1920's and 1930's”）一文裏認
為，之所以造成對這時期女性創作的輕視，其原因就是在歷來
男性中心的文學史觀下，女性解放與國族革命等議題容易被等
同為一種簡單辯證。論者由二、三〇年代的文學評論入手，指
出一般評論都輕視這個時期的女性文學，覺得它的成就是有限
的。透過梅儀慈對當時女作家的研究，我們得見女作家定義其
寫作立場的不易，以及國家民族「話語」霸權無所不在的陰影。

但是，梅儀慈分析二、三〇年代中國的女性文學，最後得出的結論卻是跟一般的批評並無二致。她總結二、三〇年代的中國女作家，除了丁玲以外，其餘都未能超越她們自身的經驗：

> 大多的自身經驗，受著歷史浪潮的淹沒和影響，成為寫作題材。然而這些經驗卻又只在未完全提鍊的狀態，它們都缺乏偉大的文學作品應有的平衡，成熟而適量的抽離，以及收結的氣魄。❼⓪

梅儀慈指出這時期的女性創作者有著濃厚的「自戀情緒」，令她們「沒能力移往更高遠的真實境界」。中國現代女作家如此猛烈地摧毀支配她們生活的那種舊式秩序和觀念價值：

> 一下子把她們自己的感情或是尚未定型的新關係落實到自我身上，而那種新關係也還是依賴於細膩的感情，最後獲得的這種自我肯定的權利原來不過是一種靠不住的東西。（頁168）

這樣的批評和看法或許有其盲點。首先，七〇年代末至八〇年代的現代女性文學研究，基本上著重在丁玲、蕭紅、張愛玲少數幾位，其他特具代表性或大有成就的女作家如凌叔華、廬隱、白薇、蘇青、梅娘等人卻鮮少有人關注。可以說，中國現代女

---

❼⓪　Yi-tsi Feuerwerker, "Women and Writers in the1920's and 1930's" in *Modern and Chinese Society* edited by Margery Wolf and Roxane Witke, (Stanford: Stanford University Press, 1975), pp.168.

作家及作品是被忽略而邊緣化的。第一手資料的不易收集，以及對這些作家作品長久以來的隔離與缺乏了解，在研究上是一個很根本的困境。再者，梅儀慈用以衡量二、三〇年代中國女作家之成就的，是當時所謂"客觀的"文評標準，而在這一套標準之下，中國現代女作家們在文學上的成就注定是要失敗的。梅儀慈不但沒有質疑這些對女作家不利的批評，反而更以「平衡」、「成熟的抽離」和「收結的氣魄」等"客觀的"評估標準，再一次確認女性特具「自戀情緒」、「感傷的女性化寫作」這些在意識型態上原本就是屬於男性文化設定與要求的刻板偏見。我們可以說，這些標準所銘記的事實上等同於是「超越個人性別」的美學。

　　九〇年代對女性文學的研究及譯介更具規模和成就。西方學者 Amy D. Dooling 與 Kristina M. Torgeson 合編 *Writing Women in Modern China: An Anthology of Women's Literature from The Early Twentieth Century*（《中國現代女作家：二十世紀初期女性文學選集》），是第一部有系統地編選、翻譯、介紹中國早期女性文學給西方學界的有心之作。當然，此中不乏長期關注中國女性文學、往返東西各國搜集研究資料的西方學者溫蒂·拉森(Wendy Larson)。她於一九九八年出版 *Women and Writing in Modern China*（《現代中國的婦女與寫作》）一書，聚集分析中國現代化過程中所凸顯的傳統文化爭議——亦即現代婦女與現代文學寫作有什麼重要關係？還有中國現代女作家如何寫？寫什麼？另外，周蕾(Rey Chow)在一九九五年出版中文版《婦女與

中國現代性》(*Women and Chinese Modernity*)一書更引起廣泛討論。此書理論源自心理學、後殖民批判以及新馬克思學說，力求「重讀」現代文學史的經典及大師。本書最引人注目處是以理論與文學、文化與文本相生相變的片段零碎方式，開展繁複細緻的閱讀。與感時憂國的大敘述相反，周蕾以瑣碎詩學「陰性」的、「離析」的觀點透視中國文學現代性的另一層面，論述這種瑣碎詩學的小敘述同樣滲透在主流作品中。另外，周蕾也反讀佛洛依德的自虐虐人(Sado-Masochism)理論，用之暴露男作家自我編織的性神話❼。從帝國殖民主義到父權男性中心以及中國的現代化過程，這些種種創造出來的「女性」位置，都成了周蕾討論的焦點。

此外，《浮出歷史地表》(1993)以及《二十世紀中國女性文學史》(1995)二書，標誌了對中國現代女性文學有系統和脈絡的大規模研究。由盛英、喬以鋼等人編寫的《二十世紀中國女性文學史》，他們指出從世紀初到五四時期，是「女性意識

---

❼　九〇年代中期，台灣學界亦有幾篇研究中國現代女作家的碩士論文相繼發表；例如《廬隱及其小說研究》、《凌叔華小說研究》、《蘇雪林散文研究》、《五四時期的女性小說研究》等等。藉由這些學位論文的發表，中國現代女作家的研究得以再度受到學院關注，自是一大貢獻；然而所討論的對象都是最常被提到的幾位，似乎中國早期女作家就僅只如此。另一方面，這些研究在方法論上過於著重介紹作家生平背景、文本的寫作技巧以及強調女作家個人的藝術成就，卻忽略審思其他新視角的可能，例如歷史物質條件與文學生產方式對性別與書寫的影響，實爲美中不足之處。

覺醒，女性文學勃然崛起時期。」但是令人倍感矛盾困惑的是，出現於五四階段的第一批現代女性創作，卻只是「**出色地表現五四青年作為 " 人 " 的覺醒的心路**」**⑫**。《二十世紀中國女性文學史》從社會歷史、階級背景來處理現代女性創作，認爲性別對於五四女作家而言，其意義在於得以追求個人解放，繼之參與社會革命。至於女性自身特殊的性別經驗和心理體驗，似乎是不存在的。因此，五四的女性意識是表現在作爲主體的「人」的意識，而不是作爲「女性」這一個性別主體的意識。

　　對於《二十世紀女性文學史》的論點與研究方法，《浮出歷史地表》一書似乎可以爲我們提供一個反面的論證**⑬**。大陸女學者孟悅及戴錦華以馬克思女性主義和精神分析理論（尤其以Kristeva的邊緣顛覆說），審視中國現代女作家的性別意識，重溯「五四」到一九四九年以前的中國現代女性文學系譜。正因爲《浮出歷史地表》所採取的研究立場是以女性主義爲本位的文學批評。孟悅、戴錦華認爲五四女作家以「**弒父**」、「**叛逆女兒**」之姿出現，反抗傳統性別角色的規範。然而，五四女兒們缺少一個性別主體的傳統以資承襲，這一群標誌著性別主體的群體在「**沒有歷史**」、「**沒有真相**」的匱乏中，只能處於模仿男性文學大師視域中的娜拉形象爲「**鏡像階段**」。諷刺的

---

⑫　盛英主編，《二十世紀中國女性文學史》上卷(天津人民出版社，1995年)，頁22。

⑬　孟悅、戴錦華《浮出歷史地表》(台北，時報出版，1993年)。

是，《浮出歷史地表》標誌以性別爲批評閱讀的重點，最後的定論卻幾乎與《二十世紀中國女性文學史》如出一轍。

　　孤立地研究女作家，而不注意她們與時代、主流文化的關係，最終將會成爲另一種強勢文化成規的批評。在我們對傳統男性中心的文學批評立場提出質疑商榷的同時，我們也應該對封閉式女性主義本位的批評方法作一深刻反省。理由之一，女性文本需要在批評的同時被歷史性地對待，將她們置於同一時空、同一理論框架中來研究，而不僅僅是作爲流行文化的片段。中國第一批女作家的誕生，其作品難免偏向模仿主流，但是也極可能因爲她們尚未被主流文化建構完全，所以，在經驗與話語相互驗證的過程中，我們或許可以聽見女性的異質性的聲音。理由之二，封閉式女性主義的閱讀標準無疑存在著一種"進步的本質論"：愈是當代的、充滿性別意識的女性文本，愈是優秀的佳作。至於那些早已爲塵土湮沒的初期作品，置之一旁亦無損傷。這對女性主義文學批評以及整個中國現代文學研究而言，根本就是一種倒退。

　　研究中國五四時期的女性創作，不應該以單一的、現實性的角度來批評或解釋這些女性文本怎麼樣攀不上「偉大」的標準。我們應該透過分析她們的作品所凸顯出來的種種局限，由個人局限以至伸展到社會條件的局限，以及其中所傳達的各種異議聲音，從而解構「偉大」文學背後所含括的觀念。既然「女性」是形構中國「現代性」無可磨滅的一部份，那麼只有通過考慮這個在生理性別、社會性別以至批評話語性別的「她者」，

在一個共時性閱讀與對話的過程中將五四女性文學再次詮釋，
方得以對照彰顯中國文學現代性想像的其他可能。

第三章　撥掀「新女性」的
現代迷思

　　接續第二章說明中國現代女性文學的啟幕和定位，本章繼之要討論五四女性小說對個人主義主流論述的質疑與建構。在五四的現代性追求過程中，浪漫個人主義激發五四一代青年積極爭取「主體自由」與「自我實現」；但是我們將從女性文本中看到她們對這兩個方向抱持的不同意見。

　　在第一小節裏，我將詳細檢閱五四女性小說，特別是歷來不被注意或者過於輕忽的作品，從中我們可以發現新女性爭取主體自由後面臨的許多困境。第一，新女性追求知識冀望獲得個體的獨立自主，然而現代社會結構卻沒有提供她們一個發揮個人才能的空間。她們接受新式教育後，還是被強制承擔傳統女性相夫教子的角色功能，扮演現代版豪華型的賢妻良母。第二，五四女作家雖然在人道主義與個性解放聲浪裏大力疾呼婚戀自由，但是她們也是第一個質疑現代愛情神話的群體。她們寫出自由戀愛的招牌下，不是欺騙天真女性的男子，就是一堆負擔不完的家庭責任，消磨耗盡女性主體其他發展的可能。第三，在我們關注前方通往新女性之路可能產生的種種阻礙，同

時也不應忽略新女性背後那一股不斷施加抑制和束縛的巨大力量。中國傳統所重視家庭倫理的約規下，「舊」母親往往是牽制這些「新」女兒們的重要原因。新女性糾結在親情與愛情的兩難選擇裏，最後往往向她的母親——父權的執行者——妥協，繼續落入社會結構主流秩序運作的操控。

　　上述第一小節挑點了現代女性在「主體自由」表象下的各種不自由，而第二小節的重點則置於五四女性小說所展現出來的性別意識，如何對個人主義「自我實現」的內涵稍加修正或予以重建。第一，對於女性無法解脫的現代異性戀婚姻機制，五四女作家在小說裏做了很大程度的想像及發揮。經由「欲望」這個在五四時期最被重視的議題之一，女作家檢視女性自身最密切的經驗。她們筆下塑造出來的性／別主體，甚至大膽表現女性同性之間的愛戀——女人彼此相互看得見的情感連結與欲望流動的可能。文本不但表現性別主體的其他認同的出口，僭越了主流文化秩序中的性／別規範，也可以視為在主流文化體制壓抑下的一種想像的反動，影響我們在思維上、智識性對欲望的話語辯證。第二，面對自我生命裏的種種選擇權，五四女作家細膩剖陳新女性在開展創造生命新境界的衝動、掙扎和猶豫。她們如何從主流社會文化的建構中區別出女性自己的意願、複雜的心緒以及兩性之間的差異。文本不僅清楚折射二〇年代中國女性的處境，她們勇敢表達自我的女性觀，更為日後女性自覺意識的濫觴。

第一節 「自由」論述的性別陷阱

人道主義、個性解放的大旗,煽動五四女性追求主體自由的勇氣。在反傳統口號聲中形塑出來的「新女性」,首先強調「知識」與「愛情」的現代價值取向。❶因此,有別於古代識文斷字、聽命媒妁的閨秀,知識的汲取是作為現代意義的知識女性的第一步,第二則是女性爭取追求愛情的表現。這兩者分別成為個人主義主體自由的兩個必備條件。

當新女性形象逐漸導向更具價值負擔或政治訴求的目的,「知識」與「愛情」對新女性的影響有了重新定義與詳加探討的必要。新文化雖然允諾現代女性在形式上——例如受教育權與婚姻自由權——的平等,但是我們要在其中詳辨這些是否為性別主體——明言差異、確定自我——的自由。五四女作家的筆墨大量集中在自己所熟悉的現代知識女性人生道路上的多重周折、她們的追求與困惑、抗爭與受挫。有的步入社會後面臨無可避免的內心理想與外部現實的矛盾交戰,對未來生活命運充

---

❶ 五四所謂「新女性」的形象與其內涵,意指女主角剪著一頭有個性的短髮,作當下最時興的穿著打扮。她是上過新學堂、受過新教育的都會知識女性,或許還有一份正當的職業,重要的是她不時地沉浸在愛情裏。她不因為具備感性細膩的心靈而缺乏社會正義與責任,她與封建傳統的不平等抗爭,重視自己才華智慧和能力的表現。見Wendy Larson "New Woman and New Literature" in *Women and Writing in Modern China* (Stanford University Press,1998),pp.138.

滿擔憂和恐懼。有的背叛家庭、違抗父母，毅然追求愛情和人格獨立的同時，負荷著斷離親情倫理的愧疚罪惡感。透過書寫現代女性與知識、愛情、親情這幾者之間的關係，五四女作家探詢、爭議並且重新定位在這個新的、變動的時代裏作為一種性別群體的現代處境。

一、時代的犧牲者

五四女性小說表露了現代社會結構中，知識女性向傳統性別角色的宿命式的復歸。這些自學校畢業，尚未一展長才效力社會的年輕女學生，她們仍然毫無選擇地已被安排未來一生的命運。文本批判了女子受教育「乃在為國人造賢妻良母，以為家庭教育之預備」的謬論；因為，這種知識女性的功能論，不但沒有社會敘述功能的演進，反而凸顯新中國從未改變的父權意識形態。❷

早在五四運動發生之初，冰心即已察覺新女性角色仍被物化、僵固的一面。在〈秋風秋雨愁煞人〉(1919)一文裏，作者以第一人稱敘述一群新式女學生，如何在滿心憧憬光明前途之際，卻馬上面臨無情現實的摧折。❸小說女主角英云和淑平都

---

❷ 胡適〈女子教育之最上目的〉，《民國叢書·胡適留學日記》(上海書店出版，1937年商務印書館影印版)，頁806。

❸ 冰心〈秋風秋雨愁煞人〉，《相片》(上海，上海古籍出版，1997年)，頁74~87。

是敘述者的同窗好友；英云不論學識、人品和相貌都高人一等，而淑平天資雖然不及英云，但她勤奮好學，表現總是與英云不相上下。正當畢業在即，這兩位渴求知識、熱愛生命的有為少女卻幾乎同時遭受厄運的擺佈。淑平因用功過度，得到咳血症不治而亡；才貌雙全的英云也在淑平出殯的當天卻被父母私訂終身，許配給她的表兄。

英云嫁後，丈夫是標準的俗子胸襟，無多見識；再加上舊式家庭桎梏重重，英云常有彩鳳隨鴉之歎、抑鬱不平之氣。雖然女主角屢次自我安慰，「或者是上天特意地將我安排在這個黑暗的家庭裏，要我去整頓，去改造」，然而封建家庭的陋規惡習，又豈是她一人之力所能改。夫家要求接受新知教育的英云努力學習如何當一位少奶奶，如此方能為夫家彰揚其顯赫的財勢。心灰意絕的她忍不住淚如雨下地對敘述者哭道：

> 我想這家裏的一切現象，都是衰敗的兆頭，子弟們又一無所能，將來連我個人，都不知是什麼結果⋯⋯我今日所處的地位，真是我做夢也想不到的！（頁85~86）

敘述者「我」目睹同窗好友的悲慘命運，心生哀嘆卻也無力挽救。她後悔當初一派天真樂觀，如今不僅窗外風雨侵人，就連屋裏也是「秋風秋雨愁煞人」——校園裏的知識少女將來亦難逃無情現實的摧殘。小說標題取自巾幗英雄秋瑾赴義臨刑前的名句，但是辛亥革命時期女性為民主愛國運動的捨身捐軀，在五四時期已由封建／反封建的外部衝突，移轉為女作家關注知

識女性如何承受新社會現實的內在挑戰。

冰心另一篇小說〈莊鴻的姊姊〉(1920)通過男性敘述者莊鴻，道出自己姊姊悲慘的命運。❹莊鴻和姊姊原本同在高等小學念書，姊姊的聰慧與志氣很快受到學校教師們的重視：

> 我們學校裏的教員，沒有一個不誇她的，都說像她這樣的材質、這樣的志氣，前途是不可限量的。我姊姊也自負不凡，私下裏對我說"我們兩人將來必要做點事業，替社會謀幸福、替祖國爭光榮，你不要看我是一個女子，我想我將來的成績，未必在你之下"（頁90）

但是姊姊卻怎麼也沒想到正因為自己是女子，所以當家裏經濟陷入困境的時候，她首先喪失讀書機會，回鄉持理家務。「你姊姊一個姑娘家，要那麼大的學問做什麼？又不像你們男孩子，將來可以作官，自然必須念書的。」祖母的裁定像千斤石擔壓在姊姊心頭，在莫可奈何的情況下，姊姊把自己追求學問的希望寄託在弟弟身上，盼他努力前途克償宿願。縱使女主角志比天高，卻怎麼也難以抵禦傳統重男輕女觀念繼續蔓延、阻撓、扼殺了她的大好前途。早發的生命如未沐春陽的花芽，最後凋萎而斂。

上述兩篇小說共同刻劃了蒼白空虛、病弱死亡的女性知識份子形象。雖然強健的女性身體與豐富的現代知識，是作為強

---

❹ 〈莊鴻的姊姊〉，《相片》(上海，上海古籍出版，1997年)，頁88~94。

健國家的重要象徵，五四女性小說中浮現出來的卻多是羸弱病態和死亡的知識女性形象。爲了國家的興亡與民族的打造而發起的身體／心智改造運動，自戊戌前後已散見於各個領域中；其中「女學」的講究，同樣也反映這類的運動邏輯。例如梁啓超就直陳：「吾推極天下積弱之本，則必自婦人不學始……故婦學實天下存亡強弱之大原也。」❺將國家命運關聯於婦女智識開啓的議論，不但使女學、女權的傳散得到一個正當化的名銜，打破女子無才便是德的父權意識型態的箝制，同時也工具化婦女身體的存在價值。這種試圖將中國兩萬萬婦女的勞動生產力以及智識轉化爲一股國力的基礎的努力，顯然是一個在現代化歷史情境下的產物。時至五四，相較於現代性論述要求個人作爲健全國家的表徵，在二〇年代女作家筆下所呈現瞬間即逝的新女性生命卻是「反現代」意義的。五四時期所謂的現代知識成爲文化圈以及教育圈一個絕大試驗及挑戰，知識不單是個人所學的內容，更是所學與想像的眞理之間的照映。透過知識，我們獲得重新塑造個人在社會上一個新的主體位置的機會。然而，我們卻看到五四女作家挑戰了「知識女性」所負載的「現代」與「進步」象徵。女主角身患絕症、最後死亡都是清白無辜受害者的絕妙隱喻；文本裏一個個充滿希望的形象，

---

❺　見梁啓超〈變法通議〉中所述及的「論女學」部份。《飲冰室文集》(台北，中華書局，1960年)，頁37~44。

最後卻被時代所犧牲。❻

　　新女性在智識汲取上的解放，並不意味女性身體在新社會結構裏必然獲得其他開展的自由。知識女性最後難免依循傳統婦女的步履承擔婚姻家庭的角色，這種不得自主的悲哀在盧隱的〈海濱故人〉(1923)有更直接的傾訴。小說描述五位年紀相仿的年輕女孩子，於某個夏季在海邊聚首，談到未來她們對情愛的憧憬、對小小事業的期待，以及五人之間的姊妹情誼。❼女主角露沙和她的一群女友，小說人物原型是盧隱本人以及她在大學時期與幾位情誼密切的同學，這些天真浪漫的女學生她們懷抱美好的幻想，希望做一個「社會的人」。但是年輕的心靈無形中又受到傳統觀念的牽扯束縛，面對強大舊勢力的壓迫，她們痛苦於無法做出決絕的反叛和抗爭。這五位少女想要建造一個女兒國般的烏托邦樂園的願望之不可得，作者歸因於知識女性的社會功能其實只是現代版的芸娘孟母：

　　　　若果我始終要為父母犧牲，我何必念書進學校。只過我
　　　　六七年前小姐式的生活，早晨睡到十一二點起來，看看
　　　　不相干的閒書，作兩首爛調的詩，滿肚皮佳人才子的思

---

❻　在此我借用了蘇珊・桑塔格(Susan Sontag)《疾病的隱喻》(*Illness as Metaphor AIDS and its METAPHORS*)一書的書名。中譯本可參閱刁筱華譯，(台北，大田出版，2000年)。

❼　〈海濱故人〉，《盧隱小說全集》(吉林，時代文藝出版，1997年)，頁56~109。

　　想，三從四德的觀念，那末父母之命，媒妁之言，我自
　　然遵守，也沒有什麼苦惱了！……現在既然進了學校，
　　有了知識，叫我屈伏在這種頑固不化的威勢下，怎麼辦
　　得到！我犧牲一個人不要緊，怎奈良心上過不去，你說
　　難不難？（頁75）

宗瑩噙淚向露沙吐訴自己空有學問卻難拗傳統倫理的制約，傷
心之餘對社會既定的女性角色發出悲憤之鳴。正如盧隱在另一
篇小說〈新的遮攔〉最後的慨歎，「所謂打破一切的遮攔，是
的！我相信先生的話是出於真誠，不過舊的遮攔打破，新的遮
攔又相繼而生！」❽文本裏年輕的女學生，她們一致而同地直
接表達了作為女性主體面對父母之命與婚戀自由之間的強烈拉
距。不論是冰心的〈秋風秋雨愁煞人〉抑或盧隱的〈海濱故人〉，
小說揭露新女性的生命並沒有因此獲得主體自由的可能。

　　相較上述幾篇小說的直接質疑與抗議，凌叔華的〈小劉〉
(1929)則是從反面嘲諷現代家庭結構對知識女性的禁錮。❾〈小
劉〉裏有一群幸運的女學生，她們對於自己趕搭上時代大潮、

---

❽　〈新的遮攔〉，《盧隱小說全集》(吉林，時代文藝出版，1997年)，頁
　　600~604。
❾　〈小劉〉，《凌叔華文存》(成都，四川文藝出版社，1998年)，頁141~158。
　　對於凌叔華小說裏表現出來的特具的諷刺性的寫作手法，史書美就曾指
　　出這樣的創作技巧正是表現中國新文學的現代性特質。詳細可參閱史書
　　美著、李善修譯〈林徽因、凌叔華和汪曾祺—京派作家的現代性〉，《中
　　國現、當代文學研究》一九九五年，頁120~126。

得以享受西式教育，不但沾沾自喜並且充滿了優越感。某日，課堂上來了一位傳統家庭裏的少奶奶加入她們求學的行列，其中幾位頑皮的女孩子因爲看不起她舊式保守的樣子，於是想盡辦法羞辱她，逼得她再不敢踏入校園。這些新式女學生儼然一副改革者姿態，批評西式學堂招收舊式婦女的政策無疑有礙她們名譽：

> 學堂現在也是太隨便了，什麼媳婦兒，奶奶兒都收了……怪不得前天我的表妹說她們的同學給我們的學校起花號，叫做"賢妻良母養成所"呢。（頁144）

小說著意刻劃這群天眞驕寵、意氣風發的女學生們在步入社會前／後的強烈對比。當她們以"堅壁清野"的策略趕走這位有損新女性形象的舊式少奶奶，大夥兒高聲歡呼，而想出如此計謀的小劉，眉梢眼底更是閃動飛舞著光彩得意的神色。但是十多年後，時間的流逝卻讓眾人不復往昔的風光：慧生嫁後音訊全無、小周難產而死，就連女主角之一的鳳兒也是賦閒在家無所事事：

> 除了一星期去教兩點鐘淺易不要預備的外國語外，其餘時光都蹲在家裏……靜坐時偶抬頭一望，只覺得黑漆的四面都是高牆，有一回我睡醒午覺時忽然疑惑起來，"這別是犯了什麼法來坐監牢了吧？"（頁150~151）

這些少女們的璀璨年華，早被婚後的家庭責任所埋葬了。在鳳

兒悶得發慌的時候，偶然得知當年的同窗好友小劉的消息，滿心期待地跑去探望她。怎知這位當初眾人眼中活潑慧黠、聰穎伶俐的小劉，早已為人妻母；學生時代捉弄纏足又懷孕的女同學，婚後面對自己的丈夫兒女卻束手無策，被生活銷磨的的鄙俗不堪：

> 難道面前這女人真是小劉嗎？蘋果一般的腮怎會變成黃蠟色的呢？那黑白分明閃著靈活的雙眸怎會是這混濁無光的眼兒呢？咳，那笑容，那苗條身材，這樣我想著只怔怔對著目前的人。（頁152）

女主角鳳兒與小劉尷尬的相遇，爾後匆匆的道別，她惚惚惘惘地難以置信，眼前這位邋遢憔悴的婦人竟會是當初振臂疾呼「堅壁清野」的小劉。故事最後諷刺性地驗證了當初這些少女們的玩笑話，新式學堂不論招收舊式婦女或者年輕女生，一樣都是"賢妻良母"的養成所。當新女性求得了知識、爭取了愛情，她們步入婚姻家庭的結果，令人難以置信地早已變成受孩子拖累，形容枯槁邋遢的庸俗的家庭主婦。

　　五四女作家運用諷刺手法表現在小說裏一群新式的少女身上，由個人主義追求主體自由這個面向，開展她們關注與批判現實社會文化的視點。不論是〈秋風秋雨愁煞人〉、〈莊鴻的姊姊〉、〈海濱故人〉抑或是〈小劉〉，文本裏都強調了在新中國這樣一個特定時空裡，知識女性所受到的種種周折，以及在種種周折裡所帶出來的理想以及情感上的層層幻滅。小說情

節毫不留情地表現這些新少女輪迴般的宿命:女性走出校園之後,最終還是落入家庭,埋沒於日常生活的瑣碎平庸之中。導致如此結果的一個重要原因,在於歷史的變革並沒有讓女性的社會性別在國家與文化結構中獲得重新的調整。新時代沒有為知識女性預備一條理想的道路,提供一個表現她們自己、施展個人才能的天地。相反地,她們的思想超前,身體卻依舊被迫承擔著封建傳統的功能,最後成為新時代喜劇裏的悲劇人物。

二、愛情神話的破綻

五四浪漫個人主義意識的驅動,個人的情感潮流洶湧一時,「愛情」亦成為五四知識份子共同關注的主題甚至執著的一種信念。文學裏,自由的憧憬也常常與愛情相連,突出知識青年追索愛情的解放形象。在中國,從來沒有一代文學青年這樣強烈集中地表現自我、渴求情感性愛,這些都作為「人」的正當心理及生理需要而受到合理的尊重,甚至被「看作全部生命中最重要的一部份」。[10]大量的書信或情書,如田漢的《三葉集》、徐志摩的《愛眉小札》、章衣萍的《情書一束》、盧隱《雲鷗情書集》等,大膽展露作家們個人內心的私密,鼓譟文學市場。五四帶來的不僅「文學革命」與「知識革命」,而

---

[10]　茅盾〈社會背景與創作〉,《茅盾全集》(北京,人民文學出版,1982年),頁497。

且還推動了「情感的革命」。

在男性大師筆下，對自由戀愛的強調和追求不但獲得公眾的認可，與婚姻及個人滿足產生緊密結合，更往往著重於是爲落實政治社會民族的理想。❶以五四男性精英的思考邏輯，兩性的愛情若是源於雙方的互動了解，必能導致兩性的彼此尊重與平等對待。傳統女性之所以不幸，就是因爲她們不被允許選擇愛情與婚姻的自由。 所以如果賦予女性求愛的權力，自主婚嫁，即能由敬愛中滋生平等，進而享有和諧圓滿的婚姻家庭。❷簡言之，愛情不僅是女性開啓幸福烏托邦的鑰匙，亦繫存其社會地位的提昇。「愛情」從感性方面啓蒙，和民主、科學等信念一樣教化反封建的知識青年。但是「愛情」若完全承載這樣的意識型態，反而使情感自身成爲反抗舊倫理、舊秩序的手段。正如我在第一章所說，中國現代文學作品裏呈現的，與其說是謳歌現代男女的崇高愛情故事，不如說是描繪以戀愛形式共同構築一座反封建「戰鬥營」的過程。❸

---

❶ 李歐梵〈情感的歷程〉，《現代性的追求》(台北，麥田出版，1996年)，頁139~159。

❷ 夏志清指出自五四運動以來，小說關於舊式家庭的描寫已有標準定論，「以爲屈服於舊禮教聽從父母之言而結合的小夫婦，其生活一定是悲慘的，相反的，反抗家庭而自由結合的人一定有快樂光明的前途，丫環們一定受到虐待而投井上吊，姨太太們一定抽鴉片而感到性的苦悶。」見夏志清〈愛情·社會·小說〉，《愛情·社會·小說》(台北，純文學出版，1989年)，頁1~17。

❸ 例如魯迅的〈傷逝〉、許地山的〈春桃〉乃至茅盾的《虹》。

　　五四女作家創作裏最常出現的主題當然也是愛情和兩性關係；但是，相較於同時期男作家筆下對愛情全然樂觀的頌揚讚美，女作家在喟歎新女性沒有出路的困境之餘，亦開始質疑現代社會裏愛情的神話性。與「知識」一樣，「愛情」體現新文化價值體系的一個標誌，成為現代女性追求自由的首要目標。女性對自由戀愛的追求，不單是個人情感與現實環境不相容的問題，在她們眼中，「愛情」關乎話語與經驗之間的相互映照。從五四女作家的作品裏，我們不斷地看到她們質詰傳統定義下的兩性關係、愛情價值，並試圖修正現代愛情的定義。文本焦點往往擺在她們對婦女身份的反思以及女性的社會位置的問題。對主流論述以「戀愛」與「家庭」所承諾予女人的幸福，更是顯得信心缺缺。她們的質疑或許並不意味著對愛情婚姻的根本否決，卻現示了女性自主意識的萌發與探索。

　　以擅寫戀愛悲歡的馮沅君來說，短篇小說集《劫灰》已脫離早前的愛情抗爭主題，〈緣法〉、〈林先生的信〉大反作者對戀愛至上抱持的樂觀態度。❹短篇小說〈緣法〉(1925)顯見作

---

❹　馮沅君最膾炙人口的〈隔絕〉、〈隔絕之後〉、〈旅行〉等作品，歷來廣受讚賞，每被譽為新女性叛逆形象，追求女性愛情自由的革命精神的最佳代表。孟悅、戴錦華在《浮出歷史地表》書中卻論證說明，指出馮沅君筆下新女性對自由愛情的召喚，是體現新文化價值體系的一種標誌；但是文本中對立男主角對肉體性愛的「企慕」與女主角的「不願」，又讓這些新女性再度背負傳統婦女的貞潔操守。對中國現代婦女而言，追求思想解放與精神自由是被贊許的，但是女性的肉體情欲還是困陷於父權體制貞潔觀念的控制之中。詳細請參見《浮出歷史地表》(台北，時

者嘲諷現代男性虛僞自私的心理，質疑新式愛情的海誓山盟。
❺文本內容描述某學堂裏的一位男教師雄東與他的妻子玉貞鶼
鰈情深，不料妻子重病過逝，雄東悲痛逾恆，形容枯槁。玉貞
過逝不久，雄東的父母便要求他再娶親族裏的三妞爲妻。三妞
黧黑多麻，身材賽似排缸，既目不識丁，性情更是悍烈火爆。
雄東是抵死也不肯答應這門親事的，怎奈他的父母貪念三妞豐
厚的陪嫁，熬不住雙親苦苦哀求，雄東只好點頭。

　　故事開頭「要知道玉貞的死於雄東有什麼影響，只看從她
死後他的悲痛思慕的樣兒就得了。」一句話道盡了雄東對玉貞
的死有何等悲痛。他豐碩偉岸的軀體如今形銷骨毀，原本紅潤
的面龐已和害了三年癆病的人相差無己，再配上數月未剪的頭
髮、未刮的鬍子、深陷而呆滯的雙眼，更襯得雄東一分像人，
九分像鬼。揮汗如雨的三伏天，他竟是抱著玉貞的衣物遺像熱
烈地親吻，甚至還錯將母親當成是復活的妻子，撲在母親身上，
死命摟住不放。「自妻子死後，他不許任何人進他的房，玉貞
死前一日吐的血，還在地板上凝結，殘脂剩粉、茶杯藥瓶……
一切都保持著她死前的秩序。」雄東不讓人碰觸這些東西，理
由是玉貞的靈魂夜夜還來伴他，若房裏的秩序變了，她就不再
來了。他的家人深恐他就要瘋癲發狂。雄東對玉貞的死如此無
法釋懷，當雙親答應三妞進門，他便極力反抗：

報出版，1993年)，頁109~112。

❺　〈緣法〉，《春痕》(上海，上海古籍出版社，1997年)，頁85~89。

> 三妞，比玉貞哪一點？玉貞又能剪又能做，粗的細的，
> 鍋上鍋下，哪裏不行……再說還識字……她妮……今天
> 鼓腮，明天撅嘴。那樣大的人連對鞋都捏不上。（頁88）

然而令人不解的是，結婚那天雄東還到玉貞墳上哭得死去活
來，可是結婚不到三天，他竟高興起來。他的朋友明夫本知道
他很思慕玉貞，又知道他不願娶這位大表姐，所以他再婚好久
未來上課，以為他必是病了，特來家裏拜訪他。誰料明夫在大
廳左等右等，雄東可是千呼萬喚才肯出來，更叫人詫異的是他
紅光滿面得意洋洋：

> 他整天在房中陪那黑美人玩，學校的課也不去教了……
> 他對人說她并不很黑，只是不很白。雖然面上有幾點麻
> 子，可是十個麻子九個俏，她要沒有麻子，怕還不會如
> 此俏哩。（頁88~89）

小說以冷筆寫出現代愛情神話的虛假，同時嘲諷了高舉自由旗
幟行欺騙玩弄之實的男性知識份子。一別以往的強調爭取婚戀
自由、歌頌愛情偉大的作品內容，馮沅君注意到現代男性對愛
情的態度，以及愛情並非從一忠貞的虛構神話。〈緣法〉一文
並無建構現代兩性愛情觀的目的，但是對於現代男性以爭取自
由婚戀為「進步」的重要象徵，已有嘲諷愛情之「崇高」、「偉
大」的意圖。

在馮沅君筆下，嘲諷小知識份子男性沙文私欲的作品不只

偶一，〈林先生的信〉(1925)敘述一群男女學生在偶然機會裏得以偷窺老師的情書，竟而發現林老師僞君子的眞面目。❶ 小說利用這群小學生天眞無邪的對話，轉述了年輕的男老師一方面在課堂上教導他們對愛情應有的敬重，另一方面對女學生淺顰輕笑，表現過度的關懷。與此同時，他們無意間發現了林老師的愛人文漣女士寫給他的情書；信中對於林老師枉顧多年情誼，先是玩弄女子的感情後又欲與之絕交，除了傳達不滿的質問最後並給予憐憫的同情。天眞的小學生競相傳閱這封書信，興奮地爭論老師的道德操守。文本裏，學校作爲一個知識傳授的處所，老師身爲一個知識的教導者，馮沅君再次以一個象徵眞理與價值的場域，諷刺了現代男性面臨新道德觀考驗時的虛僞心理。

五四女作家描寫新男性自我中心的自私心理，更明顯地表現在廬隱〈灰色的路程〉、〈藍田的懺悔錄〉、〈時代的犧牲者〉等文章中。❶ 在廬隱鮮少爲被人注意提及的作品〈灰色的路程〉(1924)中，小說以夢境寓言的方式，描述一位迴溯往返於感情路途中尋覓眞愛的女子，如何飽嚐戀愛失敗的心路歷程。女主角旅途迷惑、悲傷沮喪之際，適逢一位年邁老者引導她到一所大學門前，她用力將門推開，看見裏面坐著三十多個

❶ 馮沅君〈林先生的信〉，《春痕》(上海，上海古籍出版，1997年)，頁90~96。

❶ 廬隱〈灰色的路程〉、〈時代的犧牲者〉、〈藍田的懺悔錄〉，《廬隱小說全集》(吉林，時代文藝出版，1997年)，頁605~609、244~255、365~375。

男生正凝神聽講。只聽到那位男教員興奮地說：

> 你們知道女性的怯懦，她們怕人說她們生得醜，更怕人
> 說她們年歲大，她們處處表現出要被男性所佔有和愛護
> 的痕跡……根據她們這些弱點，男性對她們的愛，正仿
> 佛愛一件東西似的……也正同於兩個男性，爭一個女
> 性，便覺得這個女性更可愛。這並不是真愛女性，不過
> 是要戰勝其他男性罷了，所以不惜決鬥，不惜用種種手
> 段去籠絡……"（頁607~608）

她頓時覺悟，原來這些年輕的男子根本不曾了解男人和女人在
世界上的關係！現代男性的自私心理，正如他們對女性的愛是
蜜蜂為自己探蜜，卻從不注意到花瓣的美麗。

〈時代的犧牲者〉(1928)描述一位已結婚多年的職業婦女，
丈夫以拓展事業前途為由在外另結新歡；某日女主角與丈夫外
遇的對象相逢，彼此才驚覺都是受了男主角的謊騙。面對名存
實亡的婚姻，女主角心裏籠罩著一片可怕的陰影，她痛心慨嘆：

> 在這新時代離婚和戀愛都是很時髦的，著了魔的狂熱的
> 青年男女，一時戀愛了，一時又離婚了，算不得什麼。
> 富於固執感情的女子，本來只好做新時代的犧牲品。（頁
> 371）

至於那受騙成為婚姻第三者的年輕女子，更懊悔地說「我本來
是醉心自由戀愛的──想不到被自由戀愛斷送了我」。小說最

精彩處在作者透過男主角張道懷寫給友朋的書信，一語「道懷」，揭露現代社會男性知識份子卑鄙狡詐的沙文心理。男主角在信中侃侃而談今日青年若欲在中國社會出頭，以金錢勢力最不可少，他埋怨妻子娘家日漸衰薄，無益自己晉身：

> 而林女士家既富有，貌亦驚人，于弟前途，實有極大關係，且吾輩留學生，原應有一漂亮善於交際之內助，始可實現理想之新家庭，方稱得起新人物。若弟昔日之黃臉婆，則偶實不類，弟一歸國即與離異。今使君已無婦，苟蒙吳兄高義玉成，他日得志，不敢忘母千金之報。（頁372）

短篇小說〈藍田的懺悔錄〉(1927)傾訴新式女子難以擺脫父權壓迫所造成的不幸。女主角藍田在十四歲時由家庭作主，與某位富家子弟訂親，待要出嫁前夕藍田才得知對方已娶了三個女人，因此她決然逃婚出走，到北京讀書。不料，在北京又成為一群以新青年面目出現的輕浮男子們的狩獵品，無知的她與其中一位男子何仁同居後才知受騙。最後，何仁甩棄她，又與另一女子結婚。藍田落寞潦倒，病得奄奄一息。當這位嫁給何仁的女子來探望藍田，兩人不禁發出同是天涯淪落人的痛苦哀呼：

> 呵！我哭，我盡情的哭，我妄想我懺悔的眼淚，或能洗淨我對於舊禮教的恥辱，甚至新理學的玷污……到現在

> 我不覺要後悔，智識誤我，理性苦我——不然嫁了——隨
> 便的嫁了，安知不比這飄零的身世要差勝一籌？呵？弄
> 到現在志比天高，但是被人的蹂躪，全身玷污，什麼時
> 候可以洗清？（頁104~105）

作者透過藍田的遭遇揭露社會黑暗的一角，女性婚姻命運一方
面仍然受制於舊傳統勢力，另一方面亦受五光十色的浮華世界
所誘騙。從舊式婚姻枷鎖掙脫出來的女性並未真正獲得自由，
她跳出火海隨即又溺入水沼，現代社會通行的雙重標準讓大多
數的女性依然屈服在男性控制下。「懺悔錄」一詞深刻地表現
廬隱的女性立場以及為現代女子之不幸鳴不平的一腔悲憤。

　　五四女作家除了質疑現代社會型態裏的兩性關係，並且開
始思考新式婚姻模式，傳達她們對男性中心的社會意識和倫理
觀念的審視與批判。廬隱有不少作品以婚後生活給知識女性帶
來的心理變化為切入點，真誠細膩地描寫了在追求婚姻自主
"勝利以後"的女性們，不可名狀的失落感和複雜矛盾的精神
狀態。短篇小說如〈前塵〉(1924)、〈幽弦〉(1925)、〈勝利以
後〉(1925)以及〈何處是歸程〉(1927)等，都融入了作者自身的
體驗和苦衷。❶新女性的困局——結婚——得到解決之後，當初
為了爭取婚戀自由而猛向舊禮教宣戰的女子們發現，理想的光

---

❶　〈前塵〉、〈幽弦〉、〈何處是歸程〉、〈勝利以後〉，《廬隱小說全
　　集》(吉林，時代文藝出版，1997年)，頁130~145、217~223、224~235、
　　256~262。

環變色了，苦悶的根仍埋在心中：

> 結婚、生子、作母親……一切平淡的收束了，事業志趣
> 都成了生命史上的陳跡……這原來就是女人的天職。但
> 誰能死心蹋地的相信女人是這麼簡單的動物呢？（〈何處
> 是歸程〉頁257）

「愛情──婚姻──家庭」是現代女性的人生三部曲，但是為什
麼完成這三個步驟儀式，女性還是失去自我？

中國關於「愛」的論述在二十世紀初發生了明顯的變化。
自五四知識份子標舉戀愛自由以後，愛情逐漸獲得公眾認可，
與婚姻及個人滿足產生緊密結合。❶范銘如於其研究中進一步
指出，愛情在社會、文化象徵意義上的轉變：

> 十九世紀中期發生在西方文學對於愛的觀念的轉變，在
> 二十世紀初的中國重演；愛情不再是家庭和諧的威脅，
> 反而是維繫家庭秩序的關鍵。自由戀愛變成是中產階級
> 婚配的標準程序之一。雖然以自由戀愛取代父母媒妁的
> 婚姻方式，撼搖當時社會的穩定，但嚴格說來，此種愛
> 的論述並未違背傳統家庭的模式及信念，而且愈發形成
> 婚姻家庭不可或缺的一環。❷

---

❶　李歐梵〈情感的歷程〉，《現代性的追求》(台北，麥田出版，1996年)，
　　頁147。

❷　詳見范銘如〈由愛出走──八、九○年代女性小說〉，《眾裏尋她──

又如艾倫・布恩（Joseph Allen Boone）的觀察「在現代，愛情，簡言之，已經變成另一種社會穩定的記號」。[21]當「愛情——婚姻——家庭」取得合法性地位，愛情論述被過度理想化與規範化，不禁令人聯想到傅柯在《性史》中的警告：社會最喜歡利用情慾與身體的樂趣，在論述與機制中隱藏權力運作的眞相。我們的愛情觀既非單純的「自然」，亦非絕對的「個人」，而是肇始於社會權利操作於私密的領域。愛的論述，是社會秩序的某種再現。

愛情對於現代女性的意義，不單只是兩情相悅而已，更有歷史文化社會建構的成份和軌跡。正因爲愛情與社會秩序的關聯，早期有不少女性主義者認爲愛情是女性被壓抑的所在。包括凱・米勒等人，都認爲愛情是男性製造出來控制女性的神話。愛不是兩性平等的催化劑，而是階層制度的黏接劑。對女性而言，「愛」等於「心甘情願」地妥協、屈服和犧牲。在現代愛情觀的僞裝下，女性接受男性的指令。盧隱在〈補襪子〉一文就描述一對新式夫妻在日常煩瑣生活裏所引發的爭執。[22]妻子忍將不住，終於對自私的丈夫說：

> 我本來不配作好太太……其實呢，你也太會為自己想

台灣女性小說縱論》(台北，麥田出版，2002年)，頁125~159。

[21] Joseph Allen Boone, *Tradition Counter Tradition: Love and Form of Fiction* (Chicago: University of Chicago, 1987), pp.63.

[22] 〈補襪子〉，《盧隱小說全集》(吉林，時代文藝出版，1997年)，頁684~686。

　　了，因此就忘記了別人。你為了一雙破襪子沒有補就像是拿到把柄了，一股勁的向我發脾氣……別說我一天到晚都忙著在外面工作，就是有些工夫與其補那破襪子，我還不如寫寫文章呢。……我想你還是趕緊到紗廠裏去找個好太太吧，她不但會補襪子而且還會織襪子咧。同時當然也會燒小菜，領小孩子，色色出人頭地——但只一件她可未必經濟獨立。同時也不見得能陪你這神秘的詩人清談吧！（頁685~686）

才華的削減、人生的勞碌和生計問題的困擾，如何不令現代女性深感孤寂與憤慨？盧隱指出現代婚姻家庭對女性的苛求，就在於既要婦女具有經濟生產能力，又要她們肩備賢妻良母的傳統美德。她們一方面為實現以愛情為基礎的自主婚姻而努力，但另一方面又因婚後的實際生活與理想的憧憬相去甚遠而失望惆悵。

　　女性總是必須不停地以身體來見證時代的問題及考驗。現代女性反抗傳統、走出牢籠，與父母之命媒妁之言抗爭拉拒，但是正如盧隱小說標題〈勝利以後〉之意，"勝利"的最後竟是女主角們始料未及的苦果：

　　　　當我們和家庭奮鬥，一定要為愛情犧牲一切的時候，是何等氣慨？而今總算都得了勝利，而勝利以後原來依舊是苦的多，樂的少，而且可希冀的更少了，可藉以自慰的念頭一打消，人生還有什麼趣味？從前以為只要得一

　　個有愛情的伴侶，便可以度我們的理想的生活，現在嘗
　　試的結果，一切都不能避免事實的支配。（頁95）

這些現代女性們驚呼，婦女的出路「不從根本上想辦法，是永
無光明的時候」。廬隱不僅著眼婦女在家庭內部承擔過重勞務，
影響事業發展，並且強調已婚知識女性與社會環境的衝突。家
務對女性的牽累並不是主要的，根本問題是在社會的腐敗，使
婦女婚後受制於家庭結構中的既定角色。五四女作家譏諷「新
女性」在文學史上的最主要出路，進入家庭、埋沒於日常生活，
從而磨滅自我——「子君」的命運就是如此。這些作品不僅是
表面上特定處境裏女性苦悶的宣洩、標誌了女性已萌發的危機
意識，更蘊含著女性對自我價值的不懈追求，以及在生命路程
中不斷探求新生路的熱望，體現唯有現代婦女具備的精神特質。

　　就小說題材而言，女作家寫身邊瑣事、愛情婚姻以及兩性
關係，並不必然輕軟或狹窄。五四女性小說裏大量出現的愛情
題材，不但是自我與自由的表現，更是女性性別主體對社會期
許的再詮釋。也許是同意，也許是質疑，經由這個在五四時期
最被重視的議題之一，女作家檢視與自身最密切的經驗。她們
從愛中找出成為兩性私密關係裏主導強勢的奧義，傳達一種更
自覺的女性意識。

三、「新」女兒與「舊」母親

　　同樣在個人主義追求主體自由這個範疇裏，新女性面臨的另一個困境發生在中國父權文化死結下相互牽制糾葛的母女關係。在過去，封建傳統裏的母女關係一直都是親密與和諧的。中國文學史上，母親的形象更與意義更是有別於其他女性身份。貶抑譴責婦女爲禍水的例證俯拾皆是，但對「母親」心懷尊崇與仰慕，則是文人作家們的共同態度。因爲母親終其一生，都以其無比慈愛堅忍的毅力來撫育子女，百般的犧牲奉獻是爲她一生的成就與功德。文學裏這種苦難偉大的母親，負著沉重深遠的象徵意義，已經在中國儒家體系中走過了千百年的歷史。

　　及至二十世紀初，母親的形象以及母女關係逐漸在多重折射的時空鏡頭下，呈現紛雜多樣的面貌，並且成爲五四女作家關注的書寫主題。在舊體制崩落、現代秩序新建的文化結構中，五四女作家以叛逆女兒之姿，對母親的情感似乎不應該再如冰心的歌頌般單純與簡化。諸如「我在母親懷裏／母親在小舟裏／小舟在月明的海裏」等文字，一方面強調母愛的無所不在，一方面也沉浸在猶如聖母聖子般和諧連心的理想想像中。❷③事實上，神話化的母親、天職化的母親，不僅不代表社會敘述功能的演進，反而可能顯示在父權意識系統裏，我們對母親角色

---

❷③　冰心《春水‧一○五》，《莊鴻的姊姊》(北京，燕山出版，1998年)，頁195。

和行為物化、停滯的一面。

　　與冰心歌詠慈母頌的方式不同，馮沅君將母愛置於和男女之愛尖銳衝突的現實背景中加以剖析，賦予母女關係以五四的新時代意義。在她膾炙人口的〈隔絕〉(1923)、〈旅行〉(1924)、〈慈母〉(1924)、〈誤點〉(1925)等一連串小說裏，不只寫出時代女性對不合理婚姻制度的抗爭行動，其中更將母親如何逮捕女兒「劃押」、「歸案」的原委和過程，表露無疑。小說女主角為逃避封建婚姻，辭家不歸；母親得知女兒在外恣意妄為、行為不檢的傳言，遂以病重為由誘她速回。即使知道返家探母的結果就是慘遭幽禁，思母心切的女兒仍然著意冒險一試，故事的結束往往是悲劇收場。〈隔絕之後〉(1923)的女兒面對親情與愛情的衝突，痛苦懺悔式地對母親剖陳：

> ……你是我一生中最愛的最景慕的人。少年撫育之恩未報，怎肯就舍你而去？但是我愛你，我也愛我的愛人，我更愛我的意志自由。現在因為你的愛情，教我犧牲了意志自由和我最不愛的人發生最親密的關係，我不死怎樣？❷

女主角在這兩種愛裏矛盾掙扎：因為母親的愛，他們不敢毅然解除封建婚約，因為情人的愛，他們寧願捨棄社會名譽、天倫歡樂。不論是否了解女兒這種愛既不能、死又不得的苦痛，母

---

❷　馮沅君〈隔絕之後〉，《春痕》(上海，上海古籍出版，1997年)，頁13。

親背負著傳統派任女性的規範，「你們要代我想，我要是這樣做了，怎有臉再見你們的伯叔們……」（〈慈母〉），如何讓女兒遵循名媒正娶的合法婚姻，是她維持家庭秩序的重任。除了馮沅君之外，爲追求學問知識、違抗母命的廬隱，爲反抗包辦婚姻、毅然從軍的謝冰瑩……都在她們受人矚目的代表作裏，一則一則自寓景況地訴說新舊遞嬗時代中母女之間難以避免的衝突關係。飽經一世憂患風霜、年邁孱弱的母親，是女兒們的撫育者以及守護者；而做爲宗法秩序、父權倫理的分身，母親又同時是律法規範的執行者。在中國二○年代的歷史背景下，男女愛情與母女親情衝突的白熱化，主要關鍵正在於它意指著新／舊權威勢力的對立、自由／倫理觀念的抗爭。

五四新女性常常處於愛情與親愛無法兩全的痛苦衝突中，這種複合矛盾、互相牽制的母女關係，在很大程度上符合了女性主義學者南希・邱德洛(Nancy Chodorow)對母女情感的詮釋。邱德洛在《母職的再製》(*The Reproduction of Mothering*)一書裏認爲母／女關係始終較母／子關係來得緊密。㉕男孩自小就被母親視爲他者，因此很自然地就被母親推往獨立與差異的道路去發展；然而，女孩則因爲與母親擁有相同的性別，她傾向於延長母親在伊底帕斯時期的共生式依戀，並且有可能發

㉕　Nancy Chodorow, *The Reproduction of Mothering: Psychoanalysis and the Sociology of Gender* (Berkeley: University of California Press, 1978)；中文譯介可參閱羅思瑪莉・佟恩(Rosemarie Tong)著、刁筱華譯《女性主義思潮》(台北，時報出版，1996年)，頁266~272。

展出分界不明的自我。母親更是經常視女兒爲她個人的延伸，並意圖於阻止女兒發展出個別的自我：

> 由於與女兒的性別相同，也由於自己曾經身爲女孩，女童的母親與男童的母親自然有所不同。她傾向於不把女童視爲與自己有所分隔，雖然這兩種母親都有可能感受到與兒子或女兒是一體的，也是連續的，但是作爲一個擁有女兒的母親，這種感覺會比較強烈些。（她）會將女兒視爲母親的一個延伸或替身，至於把女兒看作是一個具有性欲的他者，則通常是較薄弱或罕見的情形。（Chodorow：109）

相較於母親對女童的態度，女童之於母親的態度則是充滿矛盾。女童在情感上既與母親緊密依存，卻同時又欲求獨立（Chodorow：121）。女童的自我發展是經由與他人的互動關係，以及個人有意識無意識地，不斷協調於與母親分離和尋求獨立的經驗中而來的。這種複雜甚至衝突的情緒，伴隨著女童成長中的分離與個人化過程，對女童來說無疑是得失並存。她雖渴望獨立，但是漸趨增長的自主性便代表著必須逐漸放棄原先與母親之間共生式的聯繫。因此女童的自我疆界(ego boundary)便不易與母親的自我疆界劃清界線。她因爲這種矛盾情緒而不時擺盪在「排斥反抗母親」(因爲這代表自己幼稚的依賴性)與「強烈依戀母親」兩種極端的情感中(Chodorow：138)。從精神分析的角度，邱德洛點出女童的主體發展不時擺盪在反抗與依賴母

親的心理，但是她忽略了這個過程中，外在社會文化的建構成份。更重要的是，這樣的建構是植基在一套男性父權秩序的運作底下所形成的。

五四文學描寫個人與象徵封建舊勢力的決裂，是體現政治正確的意識型態的號召，然而對現代女性來說，歷史文化建構下的倫理親情尤其是母女關係，是否真如新／舊對抗如此絕對和簡單？蘇雪林的自傳體長篇小說《棘心》，或許可以再從中發現現代女性何以在母女親情的文化死結裏，最後自我妥協、自我犧牲的重要原因。同時也在這個討論的主題中，我們得以再次省思何以歷來對女性創作的批評，總是認為女作家構不著主流美學標準的根本原因。

《棘心》(1929)描述一位年輕女性遠赴法國求學時期所面臨各種愛的試驗與抉擇，女主角杜醒秋在離鄉去國、天涯萬里的背景之下，求學乃至完婚的心路歷程通篇表露無遺。杜醒秋出身在一個封建大家庭，父親在外作官，母親在家鄉操持一切。醒秋自十五歲開始就獨自在外求學，當留學的機會到來，儘管她十分眷戀母親，但幾經猶豫還是自作主張飄洋過海。到法國後不久，醒秋在一位男子熱列的追求下陷入情網。第一次感受愛情喜悅的醒秋，其實自幼早已由家裏做主訂了婚；她在不忍違背母親意願、輾轉反覆的思量後，拒絕秦風的求愛。母愛戰勝一切，她很高興地自認是打了一場「光榮的勝仗」，並且接受家裏的建議，開始與未婚夫叔建通信。

本來，醒秋對這個自小媒訂的夫婿並無堅決抗拒之意，但

自從與叔建通信以後，越來越感受到對方是「一位毫無情感的男子」，令她愈發萌生解除婚約的念頭。醒秋因為婚約一事數度與家庭發生衝突，最後總是以父親堅決的反對和母親憂心忡忡的眼淚作收場。在這樣的情況下，身處異國呼吸著西方現代文明氣息的醒秋，本來是有自由獨立自主的機會；可是，她卻與馮沅君筆下的女主角做出相反的選擇。醒秋先是萬念俱灰的皈依天主教，繼而順從地回到病重的母親身邊，為讓母親高興挽救母親的健康，她答應與叔建共結連理。數月後，母親安詳過世，醒秋與叔建「和和睦睦」地繼續生活下去。

歷來對《棘心》的評論，特別是小說結尾女主角放棄學業、放棄婚姻自主的權利多所撻伐：

> 在蘇雪林筆下所展開的姿態，只是剛從封建社會裏解放出來、才獲得資產階級的意識、封建勢力仍然相當的佔有著她的感傷主義的女性的姿態。❷❻

> 儘管血管裏含有野蠻時代男人的血液，卻終歸蟄伏於封建勢力的壓迫，成為傳統養成的多愁善感的閨秀，雖然生活在歐洲現代文明進步的環境中，最後畢竟屬於中國幾千年黑暗氛圍所塑造的孝女賢媳。❷❼

---

❷❻　方英〈綠漪論〉，收錄於黃人影編《當代中國女作家論》(上海，光華書局，1933年)，頁147。

❷❼　盛英主編《二十世紀中國女性文學史》(天津，人民出版社，1995年)，

以五四反封建、爭主體自由的標準來衡量，《棘心》女主角自幼時的熱情天真到及長的優柔寡斷，自然不及五四意識型態抗爭美學的標準。但是，這樣的批評事實上是偏離文本所欲昭示的中心主旨。《棘心》以女性的觀點述說五四新女性面對時代的挑戰，她們如何在「保有自我」與「成全親情」的抉擇中反覆衡量的過程。正如我於第二章即已指出，《棘心》在一開始就明確表達它所要傳達的訊息：

> 一個人的思想見解，都有他的淵源，脫不了“時代”、“環境”的支配。你說某人富於革命的精神，對舊的一切都以“叛徒”，對新的一切都以“鬥士”的姿態出現；某人既不能站在時代的尖端，又不甘拉住時代的尾巴，結果新舊都不徹底，成為人們所嘲笑的“半吊子新學家”，要知道這都與他們過去所處的家庭社會大有關係。（頁15）

因此，小說裏的「母女關係」遂成爲作者藉以傳達「蛻變時代的人不免都帶點悲劇性」的重點。

讀者不難發現，從小說標題到文本內容，貫串整個故事的主線就在女主角與母親之間的親情。❷❸女主角自幼及長，都是

頁167。

❷❸　《棘心》題目係取意於《詩經》〈邶風‧凱風〉裏「棘心夭夭，母氏劬勞」的詩句，明示出作者以棘心比喻人子思母之心。在書本扉頁亦有題詞「我以我的血和淚，刻骨的疚心，永久的哀慕，寫成這本書，紀念我

在傳統母愛的庇護下長大；封建家庭令母親的自我犧牲更加完全，也讓女兒倍感母愛的偉大。即使在醒秋不告而別，遠渡重洋來到法國，她最思念關切的仍是她的母親。小說中隨著女主角回憶母親的體善親心而來的，是女兒與母親親密接觸所帶來的強烈感受。醒秋對母親的回憶——她的辛勞、她的忍氣吞聲、她的苦口婆心、她的病痛以及她對她的寄望與堅持——令醒秋拋棄忘卻自身理想的追求，接受封建婚約的安排：

> 母親禮教觀念雖強，對女兒究竟慈愛，她解除婚約後，
> 母親雖暫時不快，將來母女見面，母親還是會寬恕她的。
> 不過祖母的咕噥，母親怎麼受得下？這一位家庭裏的慈
> 禧太后，對於這個飽受新思潮影響，滿腦子充塞革命觀
> 念的醒秋，固毫無辦法，對於那多年絕對服從她的媳婦，
> 則仍可控制自如。她是要透過她的關係來壓迫孫女
> 的……我不能因為一己的幸福而害了母親。（頁158~159）

醒秋與叔建雙方落落無情感，衡情酌理，都有解除婚約之必要，但她又不能這樣做，因為必需要顧全她母親的處境。醒秋這一次並非情感與理性的交戰，卻是理性與理性的交戰；要顧全自己只有犧牲母親，要顧全母親，只有犧牲自己：

> 為了我的婚姻問題，我幾次寫信和家庭大鬧說教母親傷

最愛的母親。」

　　心的話也很多，　天主饒恕我我當時不知為什麼竟有那樣
　　狠毒的念頭。我有好幾次希望母親早些兒去逝，這因為
　　我想獲得自由，但又不忍母親受那種重大打擊，所以如
　　此。（頁207）

《棘心》的女主角在母女親情與自我意願的扞格中反覆掙扎，
她因長期向母親親情的任性違逆既悔又恨：

　　我那時對於我那可憐母親的精神虐待，現在一一成了痛
　　心的回憶，這刻骨的疚念，到死也不能滌拔。（頁208）

文本再三展示，當母親為女兒犧牲時，女兒亦以為母親感到苦
楚做回應。這裏不再單純是中國傳統所理解的，父母付出而子
女接受，抑或五四反封建口號聲中，個人誓與家庭決裂的單向
模式。而是變成有相當程度的混雜及逆轉。簡單地說，因為母
親的自我犧牲方能成就女兒的理想，女兒也惟有用自我犧牲才
得以彌補母親的苦楚，並安慰自己的不安和愧疚。

　　和她的母親慈愛地對待她一樣，女兒願為她的母親犧牲一
切；文本裏的母女關係可以說是女主角的自我與他者(other)的
相互映照。與親密接觸接踵而來的淚水，不僅是母女之間互愛
互憐的象徵，更是向我們展示了一個女性主體，她如何難以不
與母親認同的處境。但是，令人遺憾的是，這個認同卻又同時
是無從逃脫的父權社會所規定的方式。更令人難堪的是，母親
犧牲自己的行為事實上已是父權文化攤派給婦女的社會責任與

道德要求。自我犧牲的母親是不自由的，並且可能是無知的，因此在女兒與母親身份交接之際，母親向女兒所傳遞的一套仍是男性文化老早已訂定好的女性身份及其特質。因此，即使離家萬里，當醒秋渴求母親，她同時是在複印母親。故事最後，醒秋一身疲憊地回到中國，她和她的母親一樣，在親情掩蓋下向社會秩序犧牲自己。

《棘心》中女兒對母親的繼承是分作兩部份來實踐的。一是表現在女兒與母親的關係。回到中國後的醒秋，對病重的母親充滿愧疚，她馬上履行家庭為她媒訂的婚約，企望藉此以慰母心：

> 我去夏為母親病重倉皇東返，在海船上一路為那可怕的預兆顫慄，疑惑不能再與母親相見。但如天之幸，我到家後她病況雖然沉重，神智尚清，我在她病榻前陪伴了七個月，遵她慈命將你約到我們家鄉結婚，她當時很為欣喜，病象竟大有轉機，醫生竟說還有痊癒之望……（頁200）

而當母親去世，醒秋的痛楚又馬上被祈禱與祝福所取代：

> 母親的病雖終於未癒，終於棄我們而長逝。不過以她生前德行之完備及她一生所受的苦難而言，她在天庭的報償一定是很大的。願仁慈的上主接受這個善良的靈魂，親手拭乾她的眼淚，以香膏敷止她的創痛，讓她永遠安

息於主懷。(頁210)

另一方面，女兒對母親的繼承還表現在她與丈夫的關係中。複印母親首先表現在女兒實踐異性婚戀之約，完全抹掉自己的喜惡和其他未完的志願。故事結尾，女主角在給夫婿的一封信裏多次說到：

> 在母親前我們很親睦，出乎中心的親睦，母親看了，每有說不出的歡喜，更感謝你的，你居然會在她病榻旁邊一坐半天，趕著她親親熱熱地叫"媽"，母親一看見你，那枯瘦的頰邊便出現笑紋。(頁200)

> 我們過得和和睦睦，母親在天之靈，也是安慰的……(頁210)

婚後種種問題被隱藏於波瀾不興的和樂表象之後。女主角在與她的母親及其欲望認同之下，諷刺性地成為了她生活的態度。即使醒秋不愛叔建，甚至於「有點兒恨他」，但她所有的抗拒最後都消融在女兒對母親的愛戀以及不忍之情當中。於是，藉由母女親情，女主角完成向母親承繼的儀式——完成封建家庭為她訂下的傳統婚姻。

女性尋找自我是在生存與分離(死亡)、母親(依賴)與獨立自我之間做出選擇。《棘心》暗示女性在恐懼成功的世情而變得平凡的背後，關鍵在於自己對母親的死亡的擔心。我們得以看

到現代女性對自我的概念是如何在難以取捨劃分的親情關係裏，包含著與男性社會秩序的妥協或衝突，還有最後無可避免的遺憾或僵局。我們不應忽略中國歷史文化死結裏，這種同時並存父序倫理與人性感情的衝突事實，而一味以主流文化意識型態的美學標準來批評小說女主角的形塑。

第二節　性別主體的自我實現

上述第一節的部份，我們分析了五四女性小說對應個人主義範疇裏，所傳達新女性追求主體自由的過程中所面臨的問題與困境。本文第二節的研究重點放在女作家如何在欲望的想像與生命的拓展這兩個主題上，表現女性的自我實現的內涵。首先，「欲望」的表現，是探討五四現代性話語的重要方向之一。對五四文人而言，如何處理內心不可名狀卻又波濤洶湧的欲望，如何藉著文學文本的表達，舒解外在環境或自我施加的壓抑，都是一大挑戰。然而不容我們忽略的是，五四以來將欲望建構於強身建國的目的，往往是簡化了欲望的流動性特質。㉙既然欲望是主體性表現的重要一環，那麼欲望就不只是本能的肉體解放、或是社會功能的實踐。隨著主體的差異，如性別，欲望即可演化出許多不同的參數。五四女性文學裏以描寫女性

㉙　彭小妍〈五四的「新性道德」：女性情欲論述與建構民族國家〉，《近代中國婦女史研究》，一九九五年八月號。

同性之間情誼愛欲的作品，僭越了主流文化秩序規範下的性／別欲望界線。文本不但表現性別主體的其他認同可能，也可以視為在主流文化體制壓抑下的一種想像的反動，影響我們對欲望在思維上、智識性的話語辯證。

　　本節的第二個討論重點，著眼於女性主體對自我實現的想像。中國婦女獲得「現代女性」(modern womanhood)，也同時獲得種種開創自我生命的「選擇權」。我們可以從五四女性作品裏，看到她們如何從男性的意願中區別出自己的意願、複雜的心緒，如何面對女性自我的認識與主體性的確立。這些都將影響我們在界定中國現代性想像的重要內涵。

一、僭越的欲望

　　延伸我們對五四女性小說中愛情主題的探討，伴隨愛情而來的種種冀求或不滿，欲望的想像以及發揮成為女性傳達自由的另一個重要出口。五四女作家創作中有少數具有同性戀傾向的作品，文本以描寫女性同性間的情誼愛欲為主題。二〇年代出現這樣的題材，我們自然可以視為是當時浪漫個人主義風潮下，渴求愛與情感的另一種表現。但是，我們若仔細審思由五四女性小說中藉女性角度所傳遞出來的兩性間的陌生隔閡，以及恐懼感，那麼這些描寫女性同性情愛的作品，就某層面而言，是五四女作家藉由描寫同性間的情誼愛戀，揭示一種另類的純女性經驗的自我呈現。她們尋找女性認同的經驗，也可以視為

是以另一種方式來揭露父權社會結構下的異性戀機制的操控。

　　女同性戀議題是在當代才發展出一些理論，並且主要強調女同性戀之間的情欲表現；時空換移，對於女同性戀文學的界定及其內涵意義勢必也要有所調整。在以下我將要探討的中國二〇年代少數幾篇描寫女同性情愛的作品裏，我所持的立場認為文本中的女同性戀描寫不必然涉及同性情欲的發揮、並不指涉在文化變異和歷史決定論架構之外唯一永恆的女同性戀本質，而是具有不同程度的愛戀以及親密接觸。最重要的一點是，文本裏女同性戀關係之所以能夠成立，就在於女性彼此間親密的情感與接觸影響甚至危及社會強制異性戀婚姻機制的穩定。或許借助艾姬安・瑞琪(Adrienne Rich)在一篇現已成為經典的文章〈強迫性異性戀特質與女同志的存在〉("Compulsory Heterosexuality and Lesbian Existence")，可以稍事定義我們以下所要討論的中國早期的女同性戀小說。艾姬安・瑞琪以「連續性」(continuum)的角度來界定女同志的存在：

　　　　一個女人認同(woman-identified)的經驗範圍——涵攝
　　　　每個女人的一生及所有的歷史，而不僅僅是一個女人曾
　　　　經或有意識地想要與一個女人發生生殖器的性經驗。假
　　　　如我們將這種經驗擴大，包含女人之間其他許多種形式
　　　　的原初感情，包括分享豐富的內在生命，團結起來對抗

男人的暴政，給予或接受實際的與政治的支持……❸⓿

在女同性戀自我界定的過程中，不論是從女人認同女人的泛女性認同，或是強調肯定肉體愛欲的性傾向，都表現出這樣的經驗關係是對男性中心社會異性戀婚姻結構的破壞或阻撓。援引艾姬安‧瑞琪的解釋，我們得以避免掉文本「是否爲同性戀」的程度多寡問題而做無謂的爭議；並且針對五四女性小說裏的女性情誼題材與主流文學意識形態之間的關係來討論。

　　五四女作家描繪以新女性角色來表現的同性愛戀的作品，當屬盧隱〈麗石的日記〉以及凌叔華的〈說有這麼一回事〉最具代表。小說同是描寫校園女學生們彼此的愛戀情感，最後均以受家人逼婚而被迫分手的悲劇爲結局。❸❶〈麗石的日記〉(1923)可說是中國現代小說裏第一篇正面呈現女性同性愛戀的作品；

---

❸⓿　Adrienne Rich, "Compulsory Heterosexuality and Lesbian Existence" (1980)，本處引文轉引自Patricia Ticineto Clough著、夏傳位譯《女性主義思想——欲望、權力及學術論述》(台北，巨流出版，1994年)，頁91。

❸❶　〈麗石的日記〉，《盧隱小說全集》(吉林，時代文藝出版，1997年)。〈說有這麼一回事〉，《凌叔華文存》(成都，四川文藝出版，1998年)。盧隱除了〈麗石的日記〉外，還有另一短篇小說〈漂泊的女兒〉(寫作年代不詳)也是明確描寫女性同性愛的作品。不同於〈麗石的日記〉，〈漂泊的女兒〉更以一個動亂、戰爭的時代爲背景，描述一對相互扶持鼓勵的女戀人們，如何在動盪的社會現實中奮力掙扎，最後氣絕犧牲的故事。文本以女性進入社會備受現實的欺辱，讓這對孤苦無依的女主角們相依爲命。她們的努力最後雖然破滅，但女性在父權結構社會裏遍體鱗傷、憤怒無奈，卻是通篇表露無遺。詳文可參閱《盧隱小說全集》，頁673~678。

小說以日記體的方式,呈現一位年輕女性對同性愛情的追求與最後失敗的過程。女主角麗石一開始即明白表示她對異性只有存在著友誼,並且直接表達她對女友沅青的愛戀:

> 我從不願從異性那裏求安慰,因為和他們——異性——的
> 交接,總覺得不自由。沅青她極和我表同情,因此我們
> 倆從泛泛的友誼上,而變成同性的愛戀了。……昨夜我
> 們說到將來共同生活的樂趣,真使我興奮,我一夜都是
> 做著未來的快樂夢。(頁50)

麗石和沅青在一起的日子總是幸福而甜蜜,她們視彼此為人生旅途裏的安慰者、鼓舞者。麗石對異性戀婚姻與生兒育女抱持負面的看法,埋怨上帝造人為什麼分男女,不一視同仁;而沅青則是慨歎麗石為何不能女伴男裝到她家裏求婚,「現在人家知道你是女子,不許你和我結婚……」。在母親逼婚的壓迫下,沅青放棄與麗石的同性戀情,並捎信勸慰麗石「同性的愛戀,終久不被社會的人認可,我希望你還是早些覺悟吧」,最後選擇與表兄結婚。〈麗石的日記〉不僅是鋪陳存在主義式的個人追尋,她的孤絕亦關乎女同性情誼在父權異性戀社會中所受到的雙重壓抑和歧視。

與盧隱〈麗石的日記〉相似,凌叔華在〈說有這麼一回事〉(1926)中,描寫兩位女學生在校園裏萌生的一段同性戀曲。影曼和云羅因為合演話劇而相識,兩人戀情愈加深厚,來自學校同學們的祝福也愈來愈多。她們朝夕共處,相伴相依,看見學

堂裏另一對交往多年的同性情侶，更堅定了她們廝守一生的決心。暑假來臨，兩人不得不暫時分別，各自回鄉省親。云羅在回到家鄉不久，受迫於母親和兄長的壓力，與一位陌生男子成親。而影曼得知這個意外消息後，隨即暈厥倒地。相較於〈麗石的日記〉，〈說有這麼一回事〉最大的不同在於小說描寫出兩女主角碰觸對方身體時，心中不由自主地產生的欲動：

> 望著她敞開胸露出粉玉似的胸口，順著那大領窩望去，隱約看見那酥軟微凸的乳房的曲線……帳子裏時時透出一種不知是粉香、髮香或肉香的甜支支醉人的味氣。（頁119）

> 躺在暖和和的被窩裏，頭枕著一隻溫暖的胳臂，腰間有一隻手搭住，忽覺到一種以前沒有過且說不出來的舒服。（頁121）

我們不難看出，凌叔華對女同性情誼的描寫，已超出精神層面的愛戀想像。文本裏加注幾筆淺而不疏的情欲表現，更揭示了中國早期的女性情誼是同時包含著女性彼此相互看得見的情感連結以及肉體欲望流動的可能。

　　透過幾位年輕未染世事的女學生，五四女作家想像描繪她們情感生命發展的可能與困難，從而凸顯出主流社會如何規範性／別的情欲界線。〈麗石的日記〉與〈說有這麼一回事〉主角們在女校裏發生的同性戀情都是被祝福的，但只要其中一方

離開學校──這個有如女兒國的烏托邦，進入社會裏，她們的愛情立即遭受外力破壞。簡瑛瑛在〈何處是(女)兒家？──現代女性文學中的同性情誼與書寫〉論文中即特別指出：

> 相較於西方白人社會裏對於同性戀的禁忌與恐懼，華人女性間的聯絡網絡(自然？)也相對地較為密切，女生學校十分普遍，女學生間牽手搭臂之舉亦不被社會所排斥，形成一個不可忽視的特殊次文化現象。㉜

在男性社會結構裏，女性進入公領域的條件之一必須是異性戀的身份。長久以來公領域一直都是中產階級以上的男性的特權區域，女人這樣一個從屬於邊緣的群體，是被法律、政策以及公眾活動所漠視於外的。㉝很顯然地，把公領域變成是為階級男人的特權區域，倚靠的就是以「身份」為基礎的歧視──歧視那些身為女人的人，更特別是那些身為女同性戀的女人。盧隱與凌叔華在描寫女性同性愛戀的小說，皆以日記體的形式，甚至於是藉由文本標題表明是「聽說」這麼一回事，來暗示女同性戀經驗或情欲私密性之不可宣揚。那是男性社會體制中所不被允許，而卻是女性認同自我性別的呈現。

㉜ 簡瑛瑛〈何處是(女)兒家？──現代女性文學中的同性情誼與書寫〉，《女性主義與中西比較文學／文化研究》(台北，聯合文學出版，1998年)，頁37。

㉝ 請參閱Cheshire Calhoun著、張娟芬譯《同女出走》第四章〈性傾向壓迫〉，(台北，女書出版，1997年)。

　　就二十世紀初中國的時代脈絡來看，五四女同性戀的題材
在突破性／別界線的意義上，可能較爲傾向十九世紀末期歐陸
的反(異性戀)愛情觀。❸十九世紀的歐陸，中產階級霸權已然確
立，一夫一妻制成爲標準典範；因此，在牢不可破的婚姻制度
裏，唯有在異性戀婚姻體制內的性愛才具合法性。再加上男外
／女內、男陽剛／女陰柔之僵化性別角色，每每造成個人許多
束縛。至十九世紀末期，當時的新女性開始抗拒婚姻，追求知
性以及情感獨立；而男性則反對維多利亞時期刻板的性道德，
轉向挖掘雙重自我，浸淫於藝術及感官。在這其中，「新女性」
與「頹廢男」所象徵的性別跨界，因爲具有「反體制」的挑釁
作用而引起強烈關注。❸相對於十九世紀末以來歐陸的反異性
戀愛情觀，中國新知識份子反而特別嚮往異性戀愛情。二十世
紀初中國的中產階級尚未確切成形，宗法社會男尊女卑、媒妁
婚約、傳宗接代、階級嚴明的觀念依舊四處爲虐，其不自由的
程度遠勝於當時的歐陸。五四時期知識份子發揚革命精神，開
始引進自由戀愛與一夫一妻制的觀念。在宗法社會不容婚姻自

---

❸　中國文學史上很早就有描寫同性戀的作品產生，中國古代的斷袖之愛在
　　概念以及實踐的意義上，大大有別於我們現今所理解的同性戀文化相關
　　文章可參閱陳益源著〈明末流行風——小官當道：明代的三部同性戀小
　　說〉、矛鋒著〈斷袖——漫談《紅樓夢》、《品花寶鑑》中的同性情愛〉，
　　《聯合文學》一九九七年二月，頁41~44、頁45~50；康正果《重審風月
　　鑑：性與中國古典文學》（台北，麥田，1995）。

❸　Elaine Showalter, *Sexual Anarchy: Gender and Culture at the Fin de Si
　　cle* (New York: Viking, 1990),pp.1~16.

由的束縛下，愛情格外成爲伸張人性的象徵。

　　異性戀婚愛似乎是五四男性知識份子的專利；對五四新女性而言，她們在新／舊、宗法／自由的夾縫裏，對愛情的追尋反而可能使其受困，甚至傷痕累累。因此，五四女作家在質疑愛情、抗拒婚姻之餘，無意中反而比她們同時代的男性超前幾步，彷彿感染歐陸十九世紀末的反異性戀愛情制，並從中提出屬於女性的觀點。

　　五四女同性愛戀小說叛離傳統性／別觀，流露出一種頹廢感傷的情調，在某方面契合了二十世紀初的現代中國那種看似崩塌混亂、實是父權勢力頑強的社會。這裏所謂的「頹廢」（decadence）不應侷限於該字眼所慣用的負面意涵：一種過熟文明的腐敗與解體，包括其中含有的虛僞甚至病態的表現。**❸❻**頹廢應該還有另一層意義，即「去節奏」（de-cadence），簡

---

❸❻　「頹廢」一詞最初被使用於表示歐洲十九世紀末文明發展的衰落，而近年來學界已開始質疑過去對「頹廢」的負面意涵。例如頹廢與現代的對話關係，十九世紀末二十世紀初轉折時期歐洲的頹廢美學和政治的現代主義涵義，可參見參見Matei Calinescu, *Five Faces of Modernity*（Durham: Duke UP, 1987）pp.151-224；關於維多利亞時期世紀末的語言危機以及分裂、諧仿、反詩學（counterpoetics），可參見 Dowling Linda, *Language and Decadence in the Victorian Fin-de-si　cle*（Princeton: Princeton UP, 1986.）；另外歐洲世紀末的道德與政治意義，可參閱Terry Eagleton, "The Flight to the Real", in Ledger Sally, and Scott McCracken, eds. *Cultural Politics at the Fin-de-si　cle*（Cambridge, Eng.: Cambridge UP, 1995.）pp.11-21.

單來說就是從已建立的結構中掙脫，檢視那些被視爲理所當然的，並且刻意聚合那些被認爲是不可能並置的觀念及形式。❸
五四女同性戀小說基於對宗法社會的徹底失望，特別是婚姻體制的箝限，藉想像性／別跨界與情欲流動來反抗現實的既定秩序，這與十九世紀歐陸男人藉頹廢叛離傳統性別體制（尤其異性戀婚姻制），實有類似之處。五四新女性在同性群體中感受、尋覓另一種愛欲關係的可能。女作家對性／別自主的情欲書寫，更積極地可以說是建構女性自主的美好社會的嚮往。

　　五四女作家筆下的女性同性戀情最後每每是以悲劇收場；面對女同性情誼的愛之不可行，欲不可得，女作家在文本裏乾脆以男性化身，欲望在異性戀婚姻體制裏的另一位女性愛人。擅長處理現代女性情感和欲望的盧隱，自然不遑多讓。短篇小說〈父親〉(1925)，以日記體的書寫形式敘述「我」眼看父親一再納妾的私心惡行，目睹年齡與我相仿的年輕「庶母」如何委屈受虐，娓娓道盡我對「她」的同情和愛戀。❸「她」是一位頗富才情的女子，幼時良好的成長環境培育「她」開闊的眼界，滿懷抱負等待長大後實現。怎知家道隨即衰落，「她」的

---

❸　無論何種媒體的頹廢風格，都可能具有下列表徵：它有極爲反覆的細節，在顚覆或瓦解形式的同時，也邀請具有審美感的受眾在更微妙、更出乎意表的方面，一同參與對形式統一性的重構。見Dowling Linda, *Language and Decadence in the Victorian Fin-de-si cle*（Princeton: Princeton UP, 1986.）p.xi.

❸　〈父親〉，《盧隱小說全集》(吉林，時代文藝出版，1997年)，頁190~216。

家庭背負巨額借貸，只好把「她」賣給「我」的父親作為抵償。
父親一見「她」天姿美貌，心魂顛倒，迫不及待馬上將這位年
紀與自己女兒相仿的少女帶回家門。

　　貧富不均、弱肉強食，「我」的「庶母」不但自幼即淪為
父親的奴僕，失去生存的自由，及長甚至還失去了選擇伴侶的
自由，任人輕賤玩弄。「我」看著這一切，除了滿心同情之外，
對「她」還帶有長久一直壓抑在心裏的愛慕。「我」一見父親
行使他的所有權，便怒火中燒：

> 他居然摟著她細而柔的腰，接吻了。我真替她可惜，不
> 只如此，我真感到不可忍的悲抑，也許是憤怒吧，不然
> 我的心為什麼如狂浪般澎湃起來呢。真奇怪，我的兩頰
> 真像被火焚燒般發起熱來了。（頁193）

這其中的原因不單只是憐惜與同情，「我」關心「她」的一舉
一動，喜怒哀樂，同時「我」也感覺到「她」似有若無地回應
著我內心那股難以抑制的愛。父親不在家的日子裏，我們日間
共讀、長夜暢談，「我」幾乎忘了眼前這位純潔的天使竟是「我」
的庶母。而每當「我」鼓起勇氣想向「她」傾訴衷曲，父親那
龐大身軀猙獰的面容卻又馬上浮現壓覆了她柔弱的身影：

> 我和她默默相對了半晌……我實在躊躇，不知道當否使
> 她知道我愛她，——但沒有這種道理，她已經是有夫之
> 婦，並且又是我的長輩，這實在是危險的事。我若對她

說："我很愛你"，誰知道她眼裏將要發出哪一種光——
憤怒，或是羞媚，甚而至於發出淚光……（頁203）

在這世界上，我不曉得更有什麼東西，能把我心的地盤
占據了，像她占據一樣充實和堅固。我覺得我和她正是
一對，但是父親呢，他真是贅疣呵！我忽然想起我不能
愛她，正是因為父親的緣故，倘若沒有父親在裏頭作梗，
她一定是我的了。這念頭的勢力真大，我直到睡覺了，
我夢裏還牢牢記著，她不能愛我，正是因為父親的緣故。
（頁209）

如果我們無視文本裏以大篇幅來描寫男女主角的愛戀情愫，那
麼廬隱的〈父親〉自然可以大而化之地作控訴封建遺毒殘虐的
解釋。但是，如果我們將多留意作者的性別身份，再佐以爬梳
檢閱大量的五四女性創作，那麼我們便很難不注意到這少數幾
篇違反她們書寫常態的作品。慾望（不僅止於情慾）關乎性意識，
即屬於集體與個人的想像甚至包括性風俗、性取向等等，也關
乎權力結構。以一種較激進的讀法，令人不禁揣測廬隱是藉由
〈父親〉想像超越家庭倫理的規範障礙，憧憬另一種平等交融
的人際關係，包括性／愛。

　　另外，疾呼自由戀愛與愛情道德的馮沅君，也寫下了一篇

逆反常理的短篇小説——〈潛悼〉(1928)。**❸**文本裏，男主角毫不掩飾他對族嫂的深深愛意，從初識時的驚喜、春夜共博時的二人目光的遞送流轉，到不忍族嫂病臥的憐惜，乃至她死後「我」無可忍抑的痛楚哀傷……都在「我」的款款傾訴中表達無遺。對於女作家寫作的亂倫題材，我們似乎不該單純地解釋爲五四表現個人主義、個性解放的產品。這些作品雖然在五四女性小説中爲數甚少，但是從愛情的質疑到欲望的僭越，我們可以看到五四女作家發揮她們女性主體的各種想像力，在一個共同的時空裏展現了許多不同跨界越界的可能。不論是女同性愛抑或亂倫的題材，這些僭越主流文化的界線規範，正是女性主體不斷地與各種思維方式以及價值立場辯證琢磨之處。

二、女性造命觀

　　五四女作家在二〇年代中期，紛紛注意到新女性走出校園邁入社會後的境遇，她們在不滿慨嘆社會環境之餘，更開始思索自我生命拓展的可能。從上述第一節裏，我們不難發現新女性追求知識、追求愛情，都是爲了獲致屬於女性個人的自由的可能，但是這樣的可能在很大程度上是幻滅的。新女性已然體察到，她們的期待與社會安排的新女性的角色之間存在很大的差距，她們企求的幸福常常是往傳統命運的墜落復歸。可以說，

---

❸　馮沅君〈潛悼〉，《春痕》(上海古籍出版，1997年)，頁109~125。

中國婦女得到了現代女性(modern womanhood)，也同時得到了種種在自我生命裏的「選擇權」，然而問題卻正因此而變得更複雜。

　　五四女作家描寫女性的不滿和要求，她們從男性的意願中區別出自己的意願、複雜的心緒、主體性以及兩性之間的差異。在作品裏，她們觸及了女性自我的認識與主體性的確立。刊載在《現代評論》的短篇小說〈綺霞〉(1927)，是凌叔華有別向來清婉秀逸的書寫風格，作者以直接明確的筆調，娓娓道盡一位新女性如何追尋主體認同的心路歷程。❹女主角綺霞自婚後的生活重心就是照料家務，雖然她自己局限在一座屋院常感到單調無趣，但每次她興起出遊的念頭，丈夫總是有應酬的藉口推辭，而婚後的綺霞鮮少與女友們往來，丈夫陪伴不成，自己外出的興致也跟著消減。某日她下定決心自己到公園賞花散心，在公園巧遇舊識，兩人見面相談甚歡。朋友問及她近來的琴藝如何，綺霞囁嚅著說早已荒廢許久。在老朋友帶著惋惜與期盼的鼓勵下，加上綺霞聆聽提琴演奏會之後的感慨和刺激，她重拾琴弦，不辭辛苦地操練日久生疏的琴技。就在女主角拋下家務瑣事，完全沉迷陶醉在拉琴的愉悅之際，婆婆與丈夫的冷淡及反感卻讓她良心不安。幾番周折，綺霞徹悟自己已無法割捨才華，專心做一位稱職的家庭主婦，於是留書離家，遠赴歐洲攻讀音樂。

---

❹　〈綺霞〉，《凌叔華文存》(成都，四川文藝出版，1998年)，頁30~46。

　　小說以屋內／室外兩處場景，對立出女主角在屋內的空虛蒼白與在戶外的快意自適；藉由兩個不同空間不斷的轉換，反覆勾勒綺霞擺盪在妻職家務責任與自我才能追尋之間的猶豫矛盾。故事一開始，女主角綺霞站在屋外洗手帕；仲秋時分，淡金色的太陽照得她渾身鬆快許多。她快樂地欣賞這院落裏的一小方自然景致，偶然抬頭瞧見牆上掛著的提琴，才想起長年忽略已久。一經檢視，琴身已遭蛀蟲囓蝕一大半，綺霞當下不勝懊惱歎息：

> 這都是我對不起你，我搬到這裏來一年多了，就沒有開過琴盒子看你。這并不是我憎惡你，我有了家庭，我就沒有餘力陪伴你了。（頁31）

然而綺霞的懊惱，只能像是一絲含著雨意的雲翳飛過澄藍的晴空，當她忽然想起丈夫晚間的宴會，又趕忙進屋打理他要穿的衣服。就這樣，當我們的女主角一旦進入象徵著她目前身份責任的屋裏，只見她：

> 悶悶地踱進臥房……迎門放的衣櫥上的鏡子，照出一個蒼白無血色的臉，像冥衣鋪糊扎的紙人兒似的，有些森人。（頁32）

遠離光天化日，僻寂幽靜的深宅大院正是中國傳統中上階層女性的活動範疇，也是其生命力與想像力的最終歸宿。它或許是女性逃避外界曠場威脅(agoraphobia)的安身之地，但同時也是女

性身心遭受封鎖禁錮(claustrophobia)的幽閉象徵。堂廡廊簷間，都可以是女性投射或轉移對婚姻的欲望或對衰亡的恐懼的場合。女作家娓娓述來新式閨秀的曲折心事，別有一番自況其身的懷抱。

女主角的自我追尋與認同，是在她決心走出家門，獨自外出遊玩開始。沒有丈夫的陪伴，暫時又解脫了瑣碎家事的煩擾，在舊日好友為她沒能好好把握自己天才的譏諷話裏，綺霞頓時感悟自己的缺憾：

> 她忽覺到自己性靈墮落，以前自己高談男女平等問題，自己曾經如何的唱高調，譏誚閨閣女子之易於滿足，故學藝不能與男子比并，現在自己怎樣呢……她想著臉上忽地熱脹，喉中好像有一塊浸了鹽水的海綿，鬆鬆塞住，又澀又鹹，苦卻說不出。（頁35）

情節發展至此，小說花了相當篇幅描寫女主角重新拉琴時蜂湧而來的思潮情緒。日出彩霞她便譜一曲〈天鈞樂〉，贊頌自然的富麗偉大，日落星稀她便奏〈還鄉〉及〈夕陽〉，月出月明尤其牽動了她纏綿淒惻的情緒，她於是譜商聲的歌曲，白露、陰風、冷雨……無不驚動了她調琴的逸興。她半閉著眼，想起母親孤清清一個人守著針線盒坐在窗前做活，想像母親滿面愉悅與憐惜地守著她拉琴。從母親慈和的目光，就知道母親是何等快活地看著女兒的努力與成功，但這都已是過往陳跡，不可再得的歡樂了。

在愛情宣言裏，女性等於奉獻和犧牲。正當綺霞閉目凝想之際，堂屋內婆婆與外人的談話聲驚動了她的陶醉與幻想，她再度被拉回現實，拉進她責任分屬的家庭生活：

> "他是你的丈夫，你為了愛他要犧牲一切……這樣才算是一個家庭"……她得意的尋思，更覺得前些日子只顧拉琴使家庭罩了一層烏晦雲霧，那都是罪過。（頁38）

綺霞立志"悔改"，依然像往常一樣操持家務，而婆婆的臉色也就和悅許多，丈夫每天也早些回家了。

女主角再一次自我意識的覺醒，是在與丈夫一同聆賞音樂演奏會的席間。夫妻二人為了傑出的音樂才華是否只是個人虛榮，抑或可能造福社會而爭論不已。這場音樂會又鼓動了綺霞練琴的心念，她對自己解說「音樂既是可以造福社會，那麼練習音樂又怎能全是滿足個人的欲望呢？」往後的半個月裏，她拉琴的次數一回比一回多，但是老太太對她說話的次數同丈夫在家的時間卻一天比一天少，這樣的情況令她痛苦和煩惱。因為原因已經很清楚「想組織幸福的家庭，一定不可繼續琴的工作，想音樂的成功必須暫時脫卻家庭的牽掛」。最後，綺霞留書離去。在給丈夫的信裏，表明了大多數的女性都是以情感犧牲一切來成就家庭，一旦理智強過感性的女子，往往就只能在婚姻與才能之中選擇其一。故事結尾女主角負笈海外學琴，數年後學得一身精湛琴藝返國教書，她最後終於找到自己得以安頓身心的身份和位置。

　　走出家庭、同工同酬、爭取主體權利等等，都是女性向父權社會要求與男性平等起步的初步努力和基礎目標；在這個階段裏，整個的社會文化乃至運作機制依然是男性中心，社會遠未爲現代女性在物質上和精神上提供全面自由發展的充足條件，女性不得不爲許多基本權益苦苦奮鬥。婚姻與家務一開始便成爲現代女性尋求獨立與職業的羈絆。無疑地，在「現代」這一符號體系中，女性的主體生成過程受到了某種程度的阻抑。因此，對現代女性而言，確立「自我」，意味著重新確立女性身體與女性意識的關係，重新確立女性存在與男性的關係等等問題。

　　五四女作家探討自身意識的作品，重要且最具代表性的，莫過於陳衡哲在短篇小說集《小雨點》裏收錄的〈洛綺思的問題〉(1924)。[41]文中細膩深刻剖陳女性在開展創造生命新境界的欲望與猶豫，不僅可爲當時女性處境的清楚折射，亦是日後表現女性自覺意識的小說的濫觴之一。小說主要描寫一位受過高級知識教育的女性，在一連串求學、婚姻與事業的生命歷程裏，不斷面臨的選擇和矛盾。故事內容在女主角洛綺思與頗富聲名的大學教授瓦德訂婚後開展，當她們二人開始籌劃婚禮細節時，洛綺思警覺婚姻一途實是大大妨礙自己的學術生涯，她自臆家庭責任與學術事業的發展根本無法兩全。幾經溝通，遂與

---

[41]　陳衡哲〈洛綺思的問題〉，《西風》(上海，上海古籍出版，1997年)，頁51~66。

瓦德解消婚約，專心在學院裏任教；無法理解洛綺思心情的瓦
德，在婚約解除後不久便與另一女子結婚。當瓦德兒女成行、
婚姻早趨平淡之際，洛綺思個人在學術上的發展成就已臻至顛
峰，這時的洛綺思開始反思年輕時若選擇了婚姻和家庭，與目
前的成就相較，是否更能圓滿自己的理想？故事最後，雖然帶
著些許寂寞悵惘，洛綺思更清楚明白自己當初的選擇，安然滿
足於現在的一切。

　　正如小說的標題揭示，〈洛綺思的問題〉敏銳直接地點出
現代女性，特別是知識婦女肩負各種身份責任時，可能面臨的
多重困難和矛盾。在洛綺思意欲解除婚約之際，便以女性的立
場對瓦德表明：

> 結婚的一件事，實是女子的一個大問題。你們男子結婚，
> 至多不過是加上一點經濟上的負擔，於你們的學問事
> 業，是沒有什麼妨害的。至於女子結婚之後，情形便不
> 同了，家務的主持，兒童的保護及教育，那一樣是別人
> 能夠代勞的？……你知道我是一個野心極大的女子——
> 雖然我並沒有什麼虛榮心。但我若是結了婚，我的前途
> 便將生出無數阻力了。（頁54~55）

文本凸顯知識婦女面對事業和婚姻抉擇的主題，顯然與當時五
四新女性的經驗有關。[42]女性知識精英的雄心大志與現代社會

---

[42]　二十世紀初中國新女性走向獨立自主的過程裏，往往無法逃脫同時面對

期許的新女性角色似乎還存在著相當差距的事實，脫除大家庭結構的小家庭組織，依舊是對女性身心發展的束縛，家務時間、妻母職責和女性想要在社會展才的決心是相互衝突的。〈洛綺思的問題〉展現了女性反覆思索的深刻之處；小說凸顯知識女性如何挖掘、擇取以及處理自我的生命之最，而這樣的課題即使時至二十一世紀初，猶為現代女性再三思量著磨的重點。

故事末尾亦即文本精彩深刻之處，文本中以夢境為背景，在洛綺思和自己夢裏的「鬼」的反覆對話辯論之中，陳衡哲細微刻劃女性主體經驗自我追求和發展歷程中的複雜心理變化。忽忽十餘年，洛綺思在學術上享有國際地位，她的學業的確是她精神上的良好伴侶，而她在學界的聲望更非那些專慕虛榮的女子所能得到……她年少的野心及希望，現今都已成為事實。某日，洛綺思夢見自己已是結了婚的中年婦人，夢境裏她的家庭生活似乎非常和樂。她醒來不猶覺得十分孤寂落寞，她注視著她的成功標記——她的著作，可是奇怪，從前能使她得意快樂、使她心血沸騰的一本書，現在忽然便為一堆廢紙。但是她很快地便明白，那不過是一時的情緒而已：

　　假使我十餘年來的生活，真和那夢中的一樣，那我在學

主體自主性與公共論述建構影響之「一刀兩刃」的僵局。相關研究可參閱游鑑明著〈千山我獨行？二十世紀前半期中國有關女性獨身的言論〉，發表於《近代中國婦女史研究》第九期，二〇〇一年八月，頁125~187。

> 業上的成功,又怎會這樣大呢?……若使那夢中的我,
> 是一個一無成就的女子,那我心中的和諧,一定就保不
> 住了,我一定就要覺得不心足了。(頁65)

夢境裏的鬼,因為洛綺思在功成名就之後感到孤單之餘方對婚姻家庭生活有所欣羨,而不斷地對她嘲弄;洛綺思本人亦為此覺得煩亂慚愧。洛綺思衝突矛盾的思考,除了暗指五四新女性即便受到較多社會資源的供給,依然揮不去對傳統舊式婦女之附屬地位的恐懼之外,更重要的是,作者藉文本展示了一個足供思辨的空間。不論是那一種角色的扮演、責任的擔負,現代中國婦女所面臨的絕不是易卜生眼中離家出走的娜拉,抑或是魯迅筆下強調經濟生產能力的子君這般單純。

　　小說最後,就在洛綺思反覆思量之間,抬頭猛對一帶青山美景,心中忽然如有所悟:

> 她覺得那山也和她的生命一樣,總還欠缺了一點什麼。
> 她記得她從前在離山數十里的地方,曾見過一個明麗的
> 小湖,那時她曾深惜這兩個湖山,不能同在一處,去相
> 成一個美麗的風景,以致安於山的,便得不著水的和樂
> 同安閒,安於水的,便須失卻山的巍峨同秀峻。她想到
> 這裏,更覺慨然有感於中,以為這真是天公有意給她的
> 一個暗示。但是,這個感慨,這個惆悵,除了洛綺思自
> 己之外,卻只有對面的青山,能夠了解和領會。就是她
> 的老朋友瓦德——現在已是子女滿前的瓦德——也是絕

對不容窺見這個神聖的秘密的。(頁66)

洛綺思的問題是女性的問題,是現代知識婦女的問題,而女性
面對於性別主體身份的定位,的確端視女性自我的抉擇選取。
現代社會結構中,白領階級正當的工作、穩定的經濟基礎、一
定的社會地位、良好的婚姻與現代小家庭模式,以及互動的人
際關係……這些都是中產階級圓滿人生的基本配備。它充分揭
示了社會對(女性)個人的要求——想要作一位好公民、好妻子、
好母親——所應承受的無由選擇的負擔,無疑是一致化、完全
泯滅差異性天才的作法。❹陳衡哲藉由〈洛綺思的問題〉,不
但在個人主義這個架構中思考自我主體的意義,更將性別這個
因素從中凸顯出來,反覆對話辯論女性主體自我追求和發展歷
程中兩全與兩難的弔詭。

　　另外還值得一提的是,陳衡哲在三〇年代出版的散文集,
其中〈婦女問題的根本談〉是作者更進一步以議論的方式,深
入探討女性特質與個性發展的問題。❹陳衡哲在文中指出婦女

❹　Wendy Larson, "The Body and the Text" in *Women and Writing in Modern China*, (Stanford: Stanford University Press, 1998),pp.116~117.

❹　陳衡哲於學成返國後,眼見中國內部情況糟亂,婦女受苦尤深,因此寫
了許多社會批評以及社論式的文章,刊登「大公報」、「獨立評論」一
類的報章雜誌上,爾後結集為「婦女問題」專輯收錄在《衡哲散文集》。
另外再附帶說明的是,《衡哲散文集》一書共五十二篇,是作者從二、
三〇年代所寫百餘篇的散文議論隨筆等精選出來的。全書分為五編,一
是通論、二是婦女問題、三是教育與青年問題、四為傳記、五則為記遊。

解放的真正目標應該要著眼於心理及人格方面的強化，然而放眼現代社會，所謂婦女運動的解放，也尚不曾超過以口紅代胭脂，以高跟代木底……婦女解放的進行，豈能永遠順著那剪綵繩與做校花的一條路？婦女解放的真諦，也豈是把一個廚役式的老婆變為一個舞伴式的"甜心"？陳衡哲認為這些現象與其說是婦女解放的象徵，不如說是在形式上兜圈子。因此她提出新女性的解放首先應爭取機會平等的權利：

> 假使一個女子有天賦的機械天才，我們便不應該因為工程是傳統的男子職業，而反對她去學。同時，假使一個女子的天才是在治家與育兒之上，那我們正也不必因為擁護女權之故，而反對她去做一個賢妻良母。不過社會上歷來的情形，只是給女子一個做賢妻良母的機會，而不給她以做工程師的機會。故我們認為不滿意，而有機會平等的要求。（頁201~202）

機會平等固然帶動傳統女性走向解放，然而現代婦女的真正問題才正要開始。

作者從大多數婦女最核心的問題──結婚與職業的關係，討論析新式婦女的處境。她認為現代知識婦女最大的問題即在

《衡哲散文集》顯見作者身為新文化運動健將的熱忱，尤其是二、三編所集的文章，苦口婆心，至今讀來仍舊十分感人，可說篇篇切對時弊。〈婦女問題根本談〉《衡哲散文集》上冊（上海，開明書店出版，1938年）。

婚姻家庭結構中的賢妻良母角色與個人主體在社會事業上的追求發展，是難以兩全卻又不能偏向極端。正如〈洛綺思的問題〉裏女主角洛綺思在事業有成之後，對自己人生目標抉擇與定位的反思，陳衡哲更在〈婦女問題根本談〉中歸結新式婦女面對“女性”與“個性”發展下的可能衝突以及解決之道。她以十字路口劃分為東西南北四個方向，將女性面臨婚姻責任與事業發展各種可能的境況，給挑明出來。其一是叫婦女“回到廚房裏”，以育兒烹飪為她唯一的天職，以四面高牆為她視野的天地。其二是將家庭職務社會化，使婦女跳出柴米油鹽與搖籃溺布的樊籠，走進社會與男性做一樣的服務。其三則要求一個受過相當教育的女子，既要服務社會，又要肩擔治家與育兒。這三者都是應社會所需來派分婦女扮演的角色和屬性功能；不是把婦女作主內／主外的絕對二分，就是要求婦女為一切價值付出。第四個方向才是作者理想的現代女性發展：

> 以女子的天才和興趣為指南針，使每一個不同的天才，能得到一個不同的用武之地，而產生一個不同的成績。它是主張女子結婚的，但它卻不贊成不能治家者去製造一個家庭，它更不贊成一個不肯教育子女者去製造子女。它也主張在智識技能上有專長的女子到社會上去服務，但它反對那種漫無目標的“做事”。（頁213）

女子之為「人」，並非如民初的擬男主義，亦非現代新式社會的附屬品。重點應該在於使多數人對兩性有正確的認知，進而

確立兩性生活的社會新道德。而作者這樣的見地，無疑是從女性立場所作出的個人主義的主體論。由上述論點，我們不難看出陳衡哲都視各種不同的女性的問題、位置做決定，而不是一般將女性的問題簡化、籠統化爲單一論述即可解決的。

　　或許我們可以用陳衡哲的寓言小說〈運河與揚子江〉，作爲作者「女性造命觀」的註腳。❹文本以人工運河與揚子江的對話，反對如舊時代女子般「認命」或「怨命」的人生態度，而以奮鬥創造爲生命眞諦的時代意識。運河與揚子江在十字路口相遇，雙方互致問候，當運河聽說揚子江是從蜀山出來，一路上歷盡艱險，鑿穿了如壁的峭岩，打平了如刀的礪石，連忙搖頭嘆息。揚子江告訴運河：

> 我爲的是要造命啊……你的命成也由人，毀也由人，我
> 的命卻是無人能毀的。（頁67~68）

運河隨著人類爲它劃定的渠道流淌，揚子江卻依照自己的意志奔向東海。運河逆來順受任人擺佈的性格，正是中國封建制度下婦女飽受壓制的形象縮影；而揚子江挑戰艱險的氣概，又正是新時代覺醒女子的性格的生動寫照。揚子江對運河講述的一番話，不僅是對中國婦女傳統宿命的深沉思索，更傳達作者對

---

❹　陳衡哲在議論〈婦女與職業〉(1926)一文中，提出「女性造命觀」的看法，這個觀點同時也表現在寓言式小說〈運河與揚子江〉裏。〈運河與揚子江〉，《西風》(上海古籍出版社，1997年)，頁67~69。

生命積極態度的見解。

　　除了陳衡哲，石評梅與廬隱在二〇年代也針對「婦女論」提出了許多意見。舉凡婦女參政、婦女經濟、男女社交等等，不但是五四女作家強烈社會意識的表現，難能可貴地是她們塑造出一個性別主體如何在關注國家社會問題中，傳遞女性自我實現的企圖。廬隱在〈"女子成美會"希望於婦女〉一文中強烈質疑，爲什麼婦女本身的問題、婦女所受的痛苦、婦女急待的解放，樣樣需要男子的主使提攜？廬隱認爲：

> 婦女解放的聲浪，一天高似一天，但是婦女解放的事實，大半都是失敗，這是什麼緣故呢？……婦女本身沒有覺悟，所以關係本身的問題，不能去解決。而想求那利害關係次一層的男子代爲解決，這也是失敗的一個原因。因爲現在覺悟的男子固然很多，然而迷夢不醒的，和那利用"婦女解放"冠冕堂皇名目，施行陰險狡詐技倆的也不少。婦女本身若不覺悟，只管盲從，不但不能達到解放的目的，而且婦女解放的前途，生無限的阻礙。故我以爲婦女解放問題，一定要婦女本身解決。❹

該文提出一些婦女解放的具體方法，例如設立女子職業機關、女子工廠、工讀互助團等等。最重要的，這些方法的落實，還

---

❹　〈"女子成美會"希望於婦女〉，《廬隱散文全集》(河南，中原農民出版，1996年)，頁159。

是需要女子具備普通以及專業的知識技能，因此，教育是婦女解放的第一步。另外，石評梅也在〈致全國姊姊們的第二封信—請各地女同胞選舉代表參加國民會議〉一文中清楚表示：

> 我們相信男女兩性共支的社會之軸，是理想的完美的組織；婦女運動，與其說是為女子造幸福，何如說是為人類求圓滿；既覺純陽性偏枯的組織為逆理，同時也須認識女子為中心的社會欠完美……女子由過去夢中驚覺後的活動，不是向男界掠奪，也不是要求頒賜，乃是收回取得自己應有的權利，同時謀社會進化，人類幸福的。❼

　　女性並非是和男性對立的一方，相反的，女性召喚過去被囚禁的靈魂的甦醒，健全婦女同時具體「人性」與「女性」的多重特質。因此，女性除了教育平等、經濟獨立以謀求精神自由與生存尊嚴之外，特別是那些有才能的女性，更應該代表二萬萬中華國民的資格，參加國民會議。爭取機會解決憲法上對婦女造成的錯謬、法律制度上對婦女的歧視。既然中國婦女獲得了現代女性(modern womenhood)，那麼區分主體意願後行使自我生命的各式選擇權，才是現代女性更進一步的自由。女性自我實現的希望和願景，都在五四女作家筆下藉由婦女解放的重重問題或是種種方針，給表露無遺。可以說，五四女作家立

---

❼　〈致全國姊姊們的第二封信—請各地女同胞選舉代表參加國民會議〉，《石評梅散文全集》(河南，中原農民出版，1996年)，頁297。

於性別主體的本位，表達了她們對「自我」的意見以及「自我實現」的可能方向，率先爲現代女性提供了重要的參考。

結　語：

綜合以上各節的分析，我們明顯可見五四女性小說事實上是包含著女性主體經驗與五四主流話語對話的過程。雖然男性大師率先奏出的婦女解放基調，但他們既表達卻又扭曲了女性的實際意願。婦女最終往往被用來否決審判歷史，並且藉此開闢男性大敘述的場域。但是，五四女作家在創作中展示了女性自身的經驗，而這樣實際的存在卻與當時的口號、論述產生相當的差距，無形間質疑了男性文本的現代性表述。因此，性別的因素在男作家文本裏出現時，「女性」事實上是一種中性的詞彙，眞正的性別差異仍舊消融在男性中心的個人主義論述裏。五四女作家在表現個人主義的題材時，她們無法全然將個人視爲「人」來信念，這些女作家在創作中不自覺流露出來的性別意識，增刪修補了個人主義下所謂的「主體」、所謂的「自我」的概念。

第四章　身體與國體

　　與主體意識的覺醒緊密相連，五四女作家在創作中表現出強烈的社會參與意識以及社會批判意識。二〇年代初期，女作家們的創作很大程度是出自個人情感的宣洩，可是靈魂的甦醒自然也促使她們不再僅僅爲個人命運歌哭。伴隨女性「爲人」及「爲女」雙重價值的發現，五四女作家開始意識並且與關注女子的社會責任，進而在創作中表達對家國社會的質問和批評。特別自二〇年代中期開始，整個中國內外局勢的快速變遷，政治革命呼聲與社會階級意識的突起，這些也在五四女性小說裏得到不少著墨。

　　本章重點擺在五四女性小說「感時憂國」的內容──革命、階級、民族主義與現代性等主題的討論，以及其特點──女作家如何由性別主體的立場出發，表達女性對國家社會問題的看法。首先需要強調說明的是，我在第二章已指出「婦女問題的社會寫實」是五四女性小說的明顯特點之一，而這些取自婦女生活切片的作品一樣地具備五四感時憂國文學的特質。唯獨五四女性小說的愛國內涵與同時期男作家有所不同；其差異處就在於女作家她們對婦女這個題材的多所著墨。簡單地說，五四女性小說透過與婦女生活相關的各式題材，直接或間接地表現

女性對家國社會等公共議題的關心。正因爲女作家著眼於婦女如何投入社會大潮、參與國家大事,與此同時,一種因性別而帶來的差異影響了女作家目光聚集的焦點,使得女性小說的感時憂國內涵產生變化。

　　舉例而言,我在本章第一節所要探討女性與革命之間的關係,適足以辯證解釋二〇年代女作家感時憂國的特點。五四女性小說對戰爭革命的描寫以及革命女性形象的塑造,表現女性感時憂國的一面,還有女性對社會民族奉獻心力的赤血熱情。同時,在政治革命社會運動這些歷來屬於男性活動的天地裏,現代花木蘭的形象提供給婦女棄絕傳統性別角色的絕佳良機,這也是婦女追求解放的可能出口之一。但是另一方面,「革命女性」這個新身份的歷史功能以及它對婦女的意義,在五四女性小說裏很快地就出現了雙重的看法。付出代價,走上沙場,這僅僅是問題的開始,在那個尚未爲女性的政治社會權利提供充分條件的時代,婦女是如何走進政治與社會舞台?她們以哪一種性別走上戰場?戎裝、短髮、綁腿、大腳、動員群眾、無畏生死……這些對二十世紀初現代女性來說,猶如是和男人一樣的女人。現代女性並沒有作爲一個社會性別群體出現在政治舞台上,她們爲了反抗傳統性別角色,最後還是不得不忘記/放棄自己的性別。我們將由女作家作品中看到她們發出警告的訊息:「革命」作爲女性對自身命運的另一種抉擇,仍不免受歷史所利用。可以說,纏繞著女性身體與與民族國體之間的對話,正是女性感時憂國的重要特點之一。

　　除了從革命主題討論女作家對中國政治現況的感憂，以及
性別主體與家國主體的相互辯證之外，我在第二節的部份將側
重於五四女性小說的階級意識表現。五四女性小說並非一味地
講述個人的兒女情長，女作家同樣重視中國廣大民眾因社會階
級懸殊差異而釀致的痛苦和災難。其中亦包括控訴父權傳統特
別是對低層婦女的欺凌壓迫，爲各式婦女不幸的人生際遇表示
深摯的同情。這些縈繞著階級主題而發抒的作品雖然不多，卻
有助於我們對歷來文學史批評五四女作家「閨秀」、「小資產
階級意識」、「缺乏現實眼界」等訾語的辯駁。

　　上述兩節都是著重在中國自身境內各種社會問題的討論，
至於第三節的部份，我將著眼於五四女性小說對中／西、民族
主義／現代性彼此關係的釐析和探討。在中國救亡圖存、保民
強種的現代化運動過程裏，我們幾乎隨處可見中國現代民族主
義的困境。一方面，中國實現民族富強的願景需要徹底破除傳
統的束縛；另一方面，繫乎民族存亡的共同意識似乎又要求中
國人民認同其固有歷史、文化成就的內在價值。在中國二十世
紀初的歷史語境下，天眞浪漫的改革熱情讓我們往往忽略「現
代性」與「民族主義」之間的其實是兩股背道而馳的動力。無
可否認地，當五四知識份子透過文學想像樂觀地構築理想「家
園」，他們的意識形態則是強烈認同和追隨世界主義。與此同
時的女性小說，在某種程度裏卻微妙揭露了民族主義與現代性
彼此拉距的曖昧及弔詭。相較於三〇年代中期以後出現的「國
防文學」以及「民族革命戰爭的大眾文學」，五四女性小說早

一步暗示了現代性與民族主義之間的扞格，凸顯建構現代中國過程中可能遭逢的問題。

第一節　性別的革命與革命的性別

　　伴隨五四運動的發生及其影響，許多論題都被持續再討論或相繼衍生，諸如民族主義、自由主義等進步的現代概念，其中「革命」主題亦是強有力的影響之一。一九二一年中國共產黨的成立，帶來「階級革命」的概念；❶一九二六年的北伐，

---

❶　一九二〇年，陳獨秀創立的社會主義青年團與當時幾個分散的社會主義研究中心被組織起來奠定了中國共產黨的基礎，並於一九二一年正式成立。在早期信仰馬克思主義的黨員裏，僅有少數幾位是出身無產階級，其餘大多數都受過教育，並且有些還選出身於相當富裕的小資產階級。北京是中國馬克思主義思想的源頭(通過當時廣爲流傳的《新青年》)，再加上馬克思、恩格斯和列寧等人著作的日文譯本，還有在法國同馬克思主義者的接觸，這些激進的思想得以被表述出來，並在北京和上海等大城市的社會狀況所驗證。早期馬克思主義者即已指出中國落後的原因在於經濟的停滯(如陳獨秀和毛澤東)，或者如向警予在探索婦女解放的過程，亦提出相同的結論。因此在五四運動發生後的幾年內，帶有社會主義思想的激進份子早已轉移他們的視野，改爲關注受壓迫的勞工大眾；共產主義黨員堅決地相信唯有階級革命才能解決所有的社會問題。詳細請參閱史華慈著，《中國的共產主義與毛的崛起》(合肥，安徽教育出版，1984年)。另外相關參考資料例如蔣俊、李興芝著，《中國近代的無政府主義思潮》(濟南，山東人民出版，1991年)；南京大學中文系主編，《左聯時期無產階級革命文學》(江蘇，江蘇文藝出版，1960年)。

「國民革命」一詞大爲流行。❷另外，一九二五年爆發的五卅運動，是爭取民族解放的「政治革命」，此中包括新文學由「文學革命」逐漸轉向「革命文學」的發展。❸「革命」這個概念，它無疑是以進步的觀念作基礎，在性質上與現存社會、政治秩序決裂的一種集體行爲。在二〇年代中期，「革命」一詞已變成中國至高的信仰，它成爲統籌公領域與私領域的重要象徵。

　　從二〇年代中期開始一連串動亂的日子裏，血寫的革命與墨寫的革命同時在中國這塊土地上揮灑。已具有全面反傳統思想的許多五四青年，這時有了實際的機會參加一連串生氣勃勃的政治事件；至於與實際政治活動拉開一段距離的五四女作家，則透過文字書寫她們改造社會的熱情。盧隱的〈秋風秋雨愁煞人〉(1927)一文，藉由再現革命女烈士秋瑾舉義失敗、被捕臨刑前的情景，表現婦女對國民革命的支持，期待共和時代的來臨。❹小說主要著墨於女主角秋瑾濃厚的個人主義英雄形象，遊俠式的慷慨悲歌；她面對國難方殷，不捨卻堅決地拋下倫理親情爲國捐軀：

❷　韋慕庭〈國民革命：從廣州到南京 1923~1928〉，《劍橋中華民國史》
　　上卷(北京，中國社會科學出版社，1993年)，頁594。

❸　請參閱鄭學稼著，《由文學革命到革文學的命》(香港，亞洲出版，1985
　　年)，頁8~24；許豪炯著，《五卅時期文學史論》(上海，社會科學院出
　　版，1997年)，頁1~16。

❹　盧隱〈秋風秋雨愁煞人〉，《盧隱小說全集》(吉林，時代文藝出版社，
　　1997年)，頁185~189。

> 鮮紅的心血，彷彿是菩薩瓶中的甘露，它能救一切的生
> 靈。僵臥斷頭台旁的死屍，是使人長久紀念的。（頁188）

文中對女先烈忠孝正義的崇敬之情洋溢紙上，秋瑾雖死，而其
留給民主革命和女界革命的英雄主義精神卻永爲後進所繼承。
或許對盧隱而言，小説不單是記錄革命事蹟，書寫本身已是一
種革命行動，一種自我對革命英雌前輩的認同和師法。自辛亥
前後發生的女子從軍，是中國婦女史無前例的集體軍事行爲，
它不但標誌著中國婦女的政治覺醒，而且凸顯女性已開始具有
不讓鬚眉的勇敢和膽視。實際參與革命行動的女性，她們甘冒
鋒鏑、輕擲頭顱的英勇行爲，實堪與熱血男兒同垂青史。巾幗
從戎的昭昭事蹟，極大地鼓舞了五四新女性投入時代的鬥志，
並且一洗中國女性數千年來的柔弱形象，寄託女子英雄氣概的
欣羡嚮往之情。因此，這裏所謂「性別的革命」實際上已蘊含
兩層意涵。第一是指女性對社會國家問題的參與或關注，第二
則爲女性在生理性別和社會性別規範的突破。

　　五四女作家描寫革命題材的作品要屬石評梅最具代表性。
石評梅在她創作生涯亦是實際生命的最後階段，國民革命的時
代旋律更強烈激發她本人的正義感和同情心，再加上與共產黨
早期青年革命家高君宇的密切交往，「革命」對石評梅產生相
當大的影響。一九二七年間，她寫下不少女性投入革命行伍的
作品，〈紅鬃馬〉、〈餘輝〉、〈歸來〉、〈白雲庵〉、〈匹
馬嘶風錄〉等一系列短篇皆屬佳作。〈紅鬃馬〉(1927)描寫一

位參加過辛亥革命的健將，卻在國民革命中壯志未酬，死於軍閥之手。❺小說以倒敘方式，回憶「我」在幼時遭逢辛亥革命一連串戰爭逃難的生活經歷。正當鄉里硝煙四起、居民驚魂未定無家可歸之際，大家敬愛的革命英雄郝夢雄自外地凱旋而歸，受命駐守家鄉。大家都因為戰事稍平，並且有了這麼一位英勇的將領，紛紛對未來的生活萌發希望。文本裏的敘事者「我」，在孩提時就結識這位革命英雄和他的戀人小珊，彼此成為莫逆之交。「我」自幼及長，在這十多年的光陰裏，夢雄與小珊一直都是化兒女私情獻身國家大義，英雄兒女的英姿亦久久盤旋在「我」的腦海。爾後「我」赴異鄉求學，長期的流離生活再加上飽嚐人世的甘甜辛辣，令「我」懷憂頹喪，最後一身疲憊地回到山城裏的老家。當無意中再與珊姊相逢，「我」才得知自己心目中英勇的偶像——夢雄已於一年前的革命行動裏，暗遭軍閥毒手。「我」聽聞這位反清建國英雄的慘遭殺害，目睹這樣一個革命家庭的破碎，更加憤恨人世的無理及罪惡。相形之下，我們的女英雄——珊姊反倒強忍喪夫之痛，隱居山林獨力撫養遺子，冀望孩兒將來長大能克紹箕裘。受這股堅毅頑強的革命精神的震撼，「我」一掃長年積埋的消沉陰鬱：

> 不知怎樣，我陰霾包圍的心情中忽然發現了一道白采，
> 我依稀看見夢雄騎馬舉鞭指著一條路徑，這路徑中我彷

---

❺　石評梅〈紅鬃馬〉，《棄婦》(北京，燕山出版社，1998年)，頁25~35。

> 彿望見我已隕落的希望之星的舊址上，重新發射出一種
> 光芒。這光芒復燃起我餘爐的火花，剎那間由我這個世
> 界踏入另一個世界，一種如焚的熱情在我胸頭繚繞著，
> 燃燒著。（頁35）

〈歸來〉(1927)可說是〈紅鬃馬〉的翻版，男主角面對家破
人亡的慘劇，含淚飲恨堅持完成革命宿願，最後遺世而獨立。
〈白雲庵〉(1927)藉一位反清革命的老英雄，憶述他在四十多
年前與愛人一番英雄兒女的俠骨柔情，激勵了一位消沉久已的
年輕女子獻身社會改革運動。❻〈匹馬嘶風錄〉(1927)記述國民
革命狂潮中，一位決心把生命付予革命事業的女教師南下從軍
的經歷。❼女主角何雪樵帶著慘痛的身世與刻在心頭的愴痕向
愛人告別，她奔赴戰區，加入革命隊伍裏的隨軍救護行列。後
來她得到消息，她於亂世中尋得的愛侶竟在從事革命工作中被
捕犧牲，成為斷頭台畔的英雄。最後，女主角化一腔悲憤為報
國殺敵之力，毫不吝惜螻蟻人生：

> 此後我殘餘的生命便交給事業了。以我拋棄了這花園派
> 小姐的生活，去向槍林彈雨中尋找一個流浪飄泊的人
> 生，前途的黑暗慘淡我也早已料及，不過我是歡迎一切

---

❻　石評梅〈歸來〉、〈白雲庵〉，《棄婦》(北京，燕山出版社，1998年)，
　　頁39~42、49~57。
❼　〈匹馬嘶風錄〉，《棄婦》(北京，燕山出版社，1998年)，頁66~80。

的毀滅去的，我並不畏懼那可怕的將來。（頁67）

上述這幾篇小說勾劃革命經歷的輪廓，寫來壯麗蒼涼，確實如「匹馬嘶風」般動人。文本裏不論是男主角或是女主角，他們與愛人分手前的思緒、臨別時的場景以及聞知愛人死訊後的悲慟，都被作者描繪得筆足墨飽。

在創作這幾篇小說時，石評梅昔日同窗好友陸晶清已南下投奔革命行列，石評梅當時亦整裝待發，卻因北京教育界的需要以及校方百般的挽留而未能成行。❽不過，「墨寫的革命」與「血寫的革命」一樣令人動容，上述作品幾多帶著石評梅自訴身世境況和心願的意味，若非作者早逝，相信她是不會徘徊在革命行列之外的。另外，石評梅的散文〈狂風暴雨之夜〉、〈象牙戒指〉等篇，追述高君宇在國民黨追捕中鎮定自若，為革命理想將個人死生置之度外的壯志，文中並寫出這位革命者的愛情觀，可以說是從另一個側面反映中國早期革命份子的形象。❾二〇年代書寫「革命加戀愛」題材的女作家裏，石評梅可謂是其中的佼佼者之一，彼時謝冰瑩的《從軍日記》尚未問世，而丁玲也還在呢喃著莎菲語錄呢。❿

---

❽　鍾郁文著，《石評梅傳——青風石塚》(山西，北岳文藝出版，1996年)，頁69~71。

❾　〈象牙戒指〉、〈狂風暴雨之夜〉，《石評梅散文全集》(河南，中原農民出版社，1996年)，頁98~100、113~116。關於共產革命黨人高君宇與石評梅的苦戀，我在論文的第二章已有說明。

❿　「革命加戀愛」是一九二五至一九三一年流行於中國文壇的文學創作公

　　五四女作家將筆觸伸展到家國問題的同時，社會的動盪不安自然也是她們憂心的對象。二〇年代初冰心已連續發表〈一個兵丁〉(1920)、〈一個軍官的筆記〉(1920)、〈一篇小説的結局〉(1920)、〈魚兒〉(1920)、〈一個不重要的軍人〉(1920)等短篇小説，從不同的角度揭露軍閥殘酷廝殺的本質。❶筆觸深刻尖鋭地抨擊內戰帶給中國人民的災難，無論是下層軍官抑或是普通士兵，都充當軍閥爭權奪利的祭品，成爲無謂的炮灰。作者的茅頭直接明確指向發號司令的主戰者，對廣大無辜受騙的生命寄予深切的同情。這些控訴政治混戰造成社會動盪、經濟衰敗、民不聊生的作品，對二〇年代初期的文學而言無疑是別開生面的。

　　除此以外，馮沅君的〈劫灰〉(1926)、石評梅的〈戰壕〉、

式。它主要反映出知識份子在五四退潮(一九二三年)以迄無產階級工農大眾爲對象的這段期間，基於中國該何去何從而產生的個人與群眾之間的矛盾衝突。「革命加戀愛」的文學主題，提供了一幅大革命時代知識者投身革命前後的剪影，並從中突顯當時知識革命者以及革命作家的某些思想狀況。簡言之，革命與戀愛的關係就在於要突出真正的戀愛，亦即真正的個性解放，必須先完成整體大眾的解放。關於二〇年代中國知識份子對革命與戀愛問題的研究，請參閱呂芳上〈革命與戀愛：一九二〇年代中國知識份子的情愛難局〉，「近代中國的婦女國家與社會」國際學術研討會，二〇〇一年。

❶　〈一個兵丁〉、〈一個不重要的軍官〉、〈一篇小説的結局〉，《冰心文集》(上海，文藝出版社，1982年)，頁50~52、53~57、429~432；〈魚兒〉、〈一個不重要的軍人〉，《莊鴻的姊姊》(北京，燕山出版社，1998年)，頁46~48、56~58。

〈社戲〉同是譴責軍閥混戰、傷及無辜，中國變成一片生靈塗炭的人間煉獄；至於凌叔華的〈等〉和〈寫信〉兩篇小說，寫作時間都在二〇年代末，是間接反映軍閥革命與國民革命動亂時代的作品。⓬〈等〉(1926)中的貧病寡母，眼見獨生女兒終身有託，覓得一位年輕有為的佳婿，興奮地為他們準備吃食；不料母女殷殷期盼的那位大學生，在參加遊行時慘遭軍隊開槍打死。母女的期盼愈是殷切，愈凸顯那些大學生挨槍斃命的無辜和悲愴。〈寫信〉裏那位託伍小姐代筆問候夫婿的連長太太，在東拉西扯家務瑣事中脫口蹦出幾句「吃營裏的飯快十年了」、「他說叫我抱孩子照個八寸相片給他寄去」，更襯托出她對於金戈鐵馬、烽火連年、生活困頓並且一家無法團聚的無奈與思念。

在二〇年代的中國，沒有比女革命家形象更能凸顯女性的力量。步上不歸家不卸甲的花木蘭之路，女性第一次參與國家社會事業，藉著一身軍裝從歷史的客體躍升為歷史的主體，從而造就一批秋瑾式的英雌姐妹。文本裏「革命」一詞雖然指涉集體主義，但它同時也是個人「自我實現」的一種浪漫意識。這種浪漫觀念強調解放人的感情、經驗和能力，將新的感情和革命英雄主義融合為自我實現的模式。我們不難在小說中體

⓬ 馮沅君〈劫灰〉，《春痕》(上海，古籍出版社，1997年)，頁64~73。石評梅〈戰壕〉、〈社戲〉，《石評梅散文全集》(河南，中原農民出版社，1996年)，頁147~150、151~154。凌叔華〈等〉、〈寫信〉，《凌叔華文存》(成都，四川文藝出版社，1998年)，頁129~134、339~344。

察，五四女作家自二○年代中期開始，作品蘊涵的社會責任意識愈發強烈，作者個人生命的悲歡亦愈發與國家民族的命運聯繫在一起。

　　對中國第一批現代女性而言，加入社會行伍的過程，其明確目標就是要使婦女進入公眾政治領域，並使她們再一次覺得自己正在創造這個新的政治秩序。這自然有助於婦女參與現代民族國家的政治、經濟、社會領域的新價值觀和信條的形成，挑戰規範性別行為的傳統準則。女性投入社會參與革命，這樣的行為在無形中即是認可了女人不論是體力、勇氣和政治才能上可以與男性一樣具有潛力。革命／男性化，就某程度而言是女性心靈深處的夢幻與神話。西蒙・波娃在對幼兒心理分析的過程中曾指出：

　　　　在小女孩眼中，每一件事都有助於證實這種（性別化的）
　　　　等級制度。她所屬的歷史的與文學的文化，催她進入夢
　　　　鄉的歌謠故事，都是對男人的喋喋不休的讚美。是男人
　　　　建立了古希臘、羅馬帝國和法國，以及其他所有國家；
　　　　是男人在世界上探險，發明工具，並開發世界；是男人
　　　　在統治世界；也正是男人用雕塑、繪畫與文學作品充實
　　　　了世界。兒童讀物、神話、故事和童話，全都在反映那
　　　　種來自男人們的自尊與欲望的神話。所以，小女孩是透
　　　　過男人的眼睛發現這個世界，看到自己在其中的命運

的。❸

因此，期望眞正加入男性的世界、和男性一樣承擔各項社會工作，是女性爭取自身解放、謀求社會尊重的一種本能，也是對僵化的性別角色約制的一種反抗和爭取。

　　女性通過革命形象與革命身份獲得某一層面的驕傲和自信，這樣的自豪在很多現代女作家筆下都流露過。謝冰瑩的作品就是極佳的例證。❹謝冰瑩描寫自己參加革命軍隊的經歷：

---

❸　西蒙·波娃著、陶鐵柱譯，《第二性》(台北，貓頭鷹出版，1999年)，頁289。

❹　謝冰瑩因爲在二〇年代末才初出文壇，加上作品主題與三〇年代的文學主流較爲一致，所以大多數研究都將她置於三〇年代作家群裏來討論。本論文也基於主題與文學史劃分的原因，未將她列爲五四女作家研究的對象，但在這裏因爲與本文欲探討五四女性創作中的「革命文學」的主題相同，所以一併舉出說明之。謝冰瑩(1906~2000)湖南新化縣人，父親爲前清舉人。謝冰瑩自幼曾先後就讀縣立高等女子小學、長沙省立第一女子師範學校，一九二六年北伐戰爭爆發，她考取武漢中央軍事政治學校女生隊，成爲革命軍中的女兵。次年隨革命軍北伐。在軍旅生涯中，謝冰瑩寫下許多戰地隨筆、散文在報章上發表。文章一經刊登，立刻轟動文壇，並且很快就被譯成英、法、俄、日等國文字。一九二八年，這些文章結集成《從軍日記》由上海春潮書局出版。國民革命失敗後，謝冰瑩再次爲反抗封建包辦婚姻而離家出走，曾入上海藝術大學以及北京女子師範學校，並兩度留學日本。一九三六年四月，謝冰瑩因「抗日反滿罪」在日本被捕，監禁期間身心飽受摧殘。自二〇年代末至三〇年代中期，謝冰瑩創作了不少文學作品，其中最著名的當是《一個女兵的自傳》，此書出版後，再版二十餘次，廣受當時海內外讀者的歡迎。一九三七抗日開戰，謝冰瑩重上戰場，組織湖南婦女戰地服務團赴前線。一

> 我們的生活是再痛快也沒有了，雖然在大雪紛紛的冬天，或者烈日炎炎的夏季，我們都要每天上操，過著完全和士兵入伍一般的生活，但誰也不覺得苦……我只希望把生命貢獻給革命，只要把軍閥打倒了，全國民眾的痛苦都可解除。我只希望跑到戰場上去流血，再也不願為著自身的什麼婚姻而流淚嘆息了。**⑮**

「革命」是女性從自身存在的壓抑狀態中解放出來的管道之一，就在這樣的選擇下，謝冰瑩將自己的革命經歷寫成了《從軍日記》。又如她在《女兵自傳》裏所說的：

> 我完全像個男孩，一點也沒有女孩的習氣，我喜歡混在男孩子裏面玩，排著隊伍手拿著棍子操練時，我總要叫口令，指揮別人，於是他們都叫我魏司令。我常常想著將來長大了帶兵，騎在高大的馬上，我佩著發亮的指揮刀，帶著手槍，很英勇地馳騁於沙場。**⑯**

九四〇年告別戰場，赴西安主編《黃河》文藝月刊；一九四三年轉往成都製革學校任教。抗戰勝利後，曾主編《和平日報》、《華中日報》副刊，並於北平師範大學任教。一九四八年秋，謝冰瑩離開大陸居於台灣，從事教書與寫作的工作；晚年則旅居美國。

⑮ 謝冰瑩的《從軍日記》最初是於一九二八年由上海春潮書局印行。本處引文請見中國現代文學館編《謝冰瑩代表作——從軍日記》，(北京，華夏出版社，1999年)，頁56。

⑯ 《女兵自傳》係《一個女兵的自傳》(一九三六年，上海良友圖書出版)和《女兵十年》(一九四六年於漢口自費刊行)的改正合訂本，於一九四

明顯地，謝冰瑩作品裏男性化傾向的背後，隱藏著由來已久的對傳統女性世界的反抗情緒。在女性爭取解放的時代，這種情緒顯然不是偶然的，也不是單獨的。二〇年代女性小說裏中性化知識女性的描述，不但表現女作家的社會意識，也是出於一種自我發展的要求。為了實現這種自我發展，衝破社會為女性設下的種種限制障礙，女作家們通過自己筆下的知識女性，更強烈地呼喚著力量。

革命固然為女性開啓另一道解放生命的自由窗口，但是，女性加入愛國的革命行列是否就意味著全然正面的意義？「革命女性」這個新身份的歷史功能以及它對現代女性的意義，在五四女性小說裏很快地就出現了存疑的看法。在以下繼續要討論的幾篇作品中，我們將看到五四女作家如何以筆墨描摹女性與革命的複雜關係，她們的先述之明，直至今日仍是留予我們寶貴的教訓。

石評梅在呼應革命的同時，〈餘輝〉傳達了自己疲憊倦怠之意；而最關切社會政治問題的廬隱，也有如〈曼麗〉、〈歧路〉等幾篇反革命情緒的作品產生。⓱〈餘輝〉(1927)描寫一位

八年由上海晨光出版社出版。本文引文部份請參閱中國現代才女經典文叢，謝冰瑩著、李家平選編，《解除婚約》(北京，燕山出版，1998年)，頁13。

⓱　石評梅〈餘輝〉，《只有梅花知此恨》(上海，古籍出版，1999年)，頁43~45；廬隱〈曼麗〉、〈歧路〉，《廬隱小說全集》(吉林，時代文藝出版，1997年)，頁165~175、498~512。

投入戰爭前線、誓言救護傷兵的女護士，在歷經百戰後歸來，帶著滿心創痛寫信給友人傾訴自己對戰爭的厭惡以及改革無望的苦悶：

> 三年來諸友相繼戰死，我眼中看見的盡是橫屍殘骸，血泊刀光，原只想在他們犧牲的鮮血白骨中，完成建設了我們理想的事業，誰料到在尚未成功時，便私見紛爭，自圖自利，到如今依然是陷溺同胞於水火之中，不能拯救……我真倦了我再不願在荒草沙場上去救護那些自殘自害，替人做工具的傷兵和腐屍了。（頁45）

小說意圖傳達作者對軍閥混戰、國人互殘的失望抗議。我們看到當時個人與社會之間的根本問題：在國家大動亂的形勢裏，個人的努力實在微不足道。這些參與北伐運動的青年，都是為了求取個人解放以及效忠國家雙重理想而努力，一旦革命理念及其行動成了笑話，皆不免產生個人與社會格格不入的反應。他們的失意消沉不單說明了舊社會的罪惡，同時亦強調如果沒有適切地以仁愛、智慧為基礎，那麼一切極端的政治活動都是無濟於事。

　　盧隱的〈曼麗〉與石評梅的〈餘輝〉相似，表現女性投身社會政治革命之希望及熱情的幻滅；至於〈歧路〉，更尖銳揭露了革命根本是一種「性別的事業」，投身革命的女性同胞在此中受到莫大的傷害。〈曼麗〉(1927)描述女主角曼麗抱著一腔愛國熱忱，為了維護國家正義犧牲自己的前途，加入某個革

命黨的陣營。她寄予革命無限希望的想像，怎知入黨後不但賦閒無事，還因此發現革命的光榮旗幟下，許多齷齪不堪的現實。她被派入婦女部做事，整天只是聆聽女部長的高調演說，其他幹員也都百無聊賴，「彷彿天下指日可定，自己將來都是革命元勛，作官發財，高車駟馬」。革命黨員驕逸之態，簡直不可一世，甚至還有黨員侵吞公款、中飽私囊，或者色欲薰心、出賣重要機密。曼麗的愛國熱血頓時幻滅爲水中泡影，當初加入革命黨時自詡肩負著衛國的萬鈞重擔的驕傲，如今對她來說　無疑是一種諷刺和懊悔：

> 我不曾再三的慎重……我只抱著幼稚的狂熱的愛國心，盲目的向前衝，結果我像是失了羅盤針的海船，在驚濤駭浪茫茫無際的大海裏飄盪，最後最後我觸在礁石上了！（頁167）

初時日記裏載錄的興奮期待之情，現在只剩頹喪消沉之意，女主角灰心喪氣、精神耗弱而致病入院。

　　在一九二六年到一九二七年的北伐期間，許多知識份子成了群眾組織活動或新成立的武漢政府機構的參與者，這樣的經歷激發了他們的民族主義的激情，冀望革命能實現國家統一，將中國改造成一個全新的社會。〈曼麗〉裏的女主角可以說就是這種城市知識份子的典型。他(她)們是具有全面反傳統主義思想的五四青年，這時有了實際的機會參加一連串生氣勃勃的政治事件，然而知識份子改造社會的理想熱情似乎太過一廂情

願。正如曼麗的好友彤芬在得知她欲加入某個政黨時，立即寫信勸她三思：

> 我自然相信你是愛國而加入的，和現在一般投機份子不同，不過曼麗你真了解某黨的內容嗎？你真是對於他們的主義毫無懷疑的信仰嗎？你要革命，真有你認為必革的目標嗎？（頁169）

文本正描側寫地刻劃曼麗由「家庭天使」到「革命天使」的女性形象的轉變，還有在實際上女性投入社會事業後的懷疑和失望。固然，女性加入社會革命 可爲個體尋求另一種解放的可能，但我們也不可忽視，主流社會秩序對女性產生的誤解以及造成的傷害。小說中的女主角將階級解放、民族解放與作爲個體的人的解放簡單化爲因果必然關係，或以前者代替後者，這種過度樂觀的想像讓她無法正視問題並且接受挑戰。我們不得不承認，二十世紀初的中國，其社會結構與意識形態還是相當男性中心的。因此，現代女性並沒有作爲一個社會性別群體出現在政治舞台上，她們爲了反抗傳統性別角色，最後還是不得不忘記／放棄自己的性別。「革命」作爲女性對自身命運和身份的另一種選擇，仍不免受歷史所利用。

如果說盧隱在〈曼麗〉中藉女性之眼透視國家革命的聖戰表象下，其實是如軍閥盜匪混戰般的事實，那麼〈歧路〉(1931)一文更是女作家敏銳道出革命之性別政治的本質。小說描述一群參與政治運動的男女青年，革命的激情讓大夥感情甚篤，彼

此稱兄道弟。在這個革命小團體裏面，亮麗耀眼的女主角張蘭因總是豪爽大方的與男同志摟抱擁吻，因此成為眾男士爭相呵護奉承的寵兒。在某次慶功宴裏，大夥兒酒酣耳熱之際，張蘭因受誘失身於其中一位男同志，隨後這位男主角馬上留信離去。女主角發現自己受騙被棄後，既無顏返回部隊，亦不願再見自己的父母，在饑貧侵迫下最後淪為娼妓。小說最後安排了這些革命青年又一次在酒樓裏慶功，暢飲歡笑間大家高談闊論廢娼的問題；就在為娼妓之存廢爭議不休之際，化名秋雯姑娘的張蘭因卻應召而來，忽然出現在大家面前。

正如小說的標題「歧路」所示，作者警告了婦女解放道路上的重阻與陷阱。女主角張蘭因這位新時代的都市女性，她天真熱情努力學習邁著時代步伐，從大家閨秀到離家出走的娜拉，以至革命時期婦女運動的代表……女主角用全部的精神力氣吸納新思潮、實踐新作為。但是無論是知識革命，抑或社會政治革命，此中無一可以為她提供自由安全的出口。這位接受現代教育的都市女性，她所面對的重重困難，主要在於似是而非的新觀念的衝突：

> 現在的時代已經不是以前了，女人嚐點戀愛的滋味，是很正當的事……我們是受過新洗禮的青年，為什麼要受那不自然的禮教束縛？婚姻制度早晚是要打破的，我們為什麼那麼願意去做那法制下的傀儡呢？（頁503~504）

女主角在禮教約規與男主角甜言蜜語的煽動誘惑下掙扎，最後

盲目衝動的叛逆熱情戰勝一切，女主角以身體證明自己是自由
開放的新女性。「婦女解放」作爲社會改革以及建設資源這一
信念，通過「革命」，以一種嶄新的文學語言上演，但是隨著
敘事的發展，新女性所包含的批判思想，卻變得越來越令人懷
疑。小説透過男主角傳達近似於「杯水主義」的「革命家的戀
愛觀」：

> 革命家沒有結婚，也沒有戀愛，只有性交。因為革命家
> 的生活是流動性的，因而不能結婚，同時革命家沒有時
> 間精力去搞那種小布爾喬亞戀愛的玩意，所以沒有戀
> 愛。走到那裏，工作到那裏，有性的需要時，就在那裏
> 解決，同喝一杯水和抽一支香煙一樣。❸

結果，我們在革命行伍中看到新青年－現代男女關係荒腔走板
的演出。男女主角一夜歡情後，男主角留書離去，信中以出任
特別任務必須即刻遠行爲由，因此不能當面告知。並且説道：

> 我走後，你仍努力你的工作，我們是新青年，當然不論
> 男女都有獨立生活的精神和能力。你離了我自然還是一
> 樣生活，所以我倒很安心。(頁504)。

當男主角一去不回，這位表面看似前衛進步的新女性卻只能往

---

❸　引文部份爲一九二五年中共旅莫斯科支部執行委員陳喬年在與共青團
　　座談會上的發言。轉引自陳碧蘭，《我的回憶》(香港，十月書屋出版，
　　1994年)。

最悲慘的命運墜落。女主角既無顏回到她的封建家庭，亦無法以新社會標準裏的"正當"女性立足，私娼暗妓成爲她存活的不得已出口。

　　現代女性獲得對自我生命更多的選擇權，她們亦因此常常面臨複雜弔詭的險境。〈曼麗〉、〈歧路〉正描側寫地刻劃出由「家庭天使」到「革命天使」的女性形象的轉變，還有在實際上對女性解放的懷疑失望。廬隱讓革命女性角色作爲傳統和視覺上的物化對象，重新返回舞台，無疑是暗示二十世紀初的中國婦女有多少是一再聽從指示，扮演"可以扮演"的種種角色。強調民族革命解放婦女的思想者，在愛國的民族主義口號聲中，通過國家政策塑造婦女角色，動員婦女爲國家所用。然而，國家接替了「父親」的位置，中國婦女從「家」掉入「國家」這個相似卻更大的桎梏裏，更徹底地爲父權犧牲、服務。❶❾〈歧路〉裏的另一位女革命員在目睹女主角張蘭因淪落的慘劇後，忍不住憤怒地嘲諷著：

　　　　哦！諸位同志，這也是革命的一種犧牲呢！張蘭因她本
　　　　來是名門閨秀，因爲醉心革命，一個人背了父母跑出來，

---

❶❾　例如女子國民軍隊長張馥貞和女子北伐隊丁志謙，遁入空門當了尼姑；
　　廣東女子北伐隊的鄧慕芳、黃扶傭爲逃避封建婚姻及重新淪爲女傭的厄
　　運，幾經掙扎未果，最後攜手沉於肇慶飛水潭；梁荃芳則於北伐結束後，
　　迫於生活潦倒，流落到香港當妓女。這些不僅是個人的不幸，更是中國
　　婦女解放運動的悲劇。參閱何沁主編，《中國革命史參考資料》(北京，
　　北京大學出版，1992年)。

> 現在弄到這種悲慘的結局，能說不是革命誤了她
> 嗎？……而且小王那東西專門會勾引人，他一天到晚喊
> 打破舊道德、自由戀愛，他再也顧不到別人的死活，只
> 圖自己的開心，把一個好好的女青年，擠到坑陷裏。（頁
> 512）

在追逐愛情與革命的過程中，女主角自己的身體——女性主體
的最後方寸之地——也被折磨得不像樣了。小說裏，軍隊所代
表的一個新的環境，以及軍隊所透露的一個強烈的意識型態的
號召，無一不是男性中心的象徵。五四女作家揭示了女性與革
命的複雜關係，正是女性無以逃脫地周旋在與歷史之間選擇以
及被選擇的經歷。[20]

---

[20]　除了石評梅與盧隱，同是二〇年代出道文壇的女作家白薇，亦記錄了新
　　女性在革命洪流裏的搏擊浮沉。發表於一九二九年的長篇小說《炸彈與
　　征鳥》（《白薇作品選》（湖南，人民出版社，1985年），頁19~225），記述
　　了余玥、余彬兩姊妹逃出家門走入社會、在現實裏掙扎的心路歷程。姊
　　姊先後在國民黨中央黨部婦女部和其他部門工作，當她看到所謂婦女部
　　並沒有為婦女落實具體的解放，不禁深感失望與茫然，轉而加入共產黨
　　的暗殺活動，卻為了營救同志身陷鐵窗。妹妹一開始是在漢口婦女協會
　　交際部任職，名為工作實為花瓶，現實使她驚異「革命時的婦女的社會
　　地位，如此不自由，如此盡做男子的傀儡嗎？」她由懷疑嫉憤進而消沉
　　頹廢，生活放縱。小說對婦女解放歷程的艱難弔詭有相當深刻的啟示。
　　與此同時，作品圍繞兩位女主角的遭遇、將國民革命軍的北伐西征、國
　　民黨內部左右派勢力的分裂、以及共產黨的鬥爭活動一一納入筆中。走
　　出封建家庭的新女性，雖說她們有了自由，但徘徊在社會的十字街口，
　　卻不一定就是擁有女性自我。即使社會為她們預備了新位置和新角色，

　　新女性投身時代，捨棄私人愛情及家庭，進入歷史大潮；然而，女性得以解放的管道卻通通在愛國的民族情緒號召裏被抹銷掉。正如吉爾馬丁(Christina Kelley Gilmartin)在一篇研究二〇年代國民革命時期的性別與政治文化論文中指出，性別問題是二十世紀裏中國每一場革命運動的核心：二〇年代中期以後的國民革命，是首先採取最激進的政治措施來改變婦女所處的附屬地位，藉由婦女參與革命活動，並且因此轉換了家庭、社會、經濟以及政治中的性別關係。❷然而，值得深思的是，在

　　但整體來說，只要她們不像男性一般工作或打仗，便很可能成為交際花的功能。正如余彬她興致勃勃地投入廉價愛情的漩渦中角逐，不為愛，只為表演。表面上對愛情不屑一顧，但實際上已然失去女性的主體性，對於情場中所扮演的角色失去自覺與反省。另一個當然可以余玥為代表，她屬於對角色有所反思的女性，她時時發現角色的要求與自我的要求之間的差異。在愛情與革命的選擇裏，她走向革命，將自身命運繫於戰場而非情場；但是最後，革命對女性自身並沒有多大的幫助，反倒帶來她們精神的放逐。革命並未讓余玥更貼近自我，反倒加重女性的異化，余玥不能像男人一樣手拿武器衝鋒陷陣，便不得不以身體作為革命的工具，先是出賣自己的性，最後則是身陷牢獄。《炸彈與征鳥》或許粗糙、稚嫩，但絕對可以提供我們一個屬於女性視角的鮮明的時代感：女性關於革命、關於浪漫愛情的表現和解釋。相較之下，這是茅盾的《蝕》所無法達致的。關於作者白薇 (1894~1987)原名黃彰，湖南資興縣人。白薇自一九二二年開始創作，寫過詩歌、小說、散文等，最主要的成就是在戲劇方面。重要劇作有《琳麗》、《打出幽靈塔》、《北寧路某站》等。《炸彈與征鳥》(一九二九年，出版社不詳)是白薇第一部長篇小說，描寫二〇年代共產黨革命時期的女性命運，而《悲劇生涯》(一九三六年，上海文學出版社)則是作者的長篇自傳體創作。

❷　Christina　K.　Gilmartin　"Gender,　Political　Culture,　and　Women's

辛亥革命時期，革命政府沒有採取任何有意義的行動，來塑造一個以秋瑾等人爲代表的中國革命女性傳統。至於國民革命期間，又常常將「婦女解放」與「民族主義」問題結合在一起，強調只有在完成國民革命的基礎上，才有實現婦女解放的可能整體而言。但是最後的結果卻往往是，婦女解放成爲中國民族主義者和共產主義政治黨派用以創立一個統一的民族國家的革命話語的重要內容。在婦女動員革命運動的過程裏，女性尋求另一種解放的可能始終受到來自革命聯盟內部的阻撓。正是由於創造婦女解放象徵結構的努力，受到了夾雜著個人主義男性中心的民族主義的阻礙，帶有婦女解放的動員運動才在民族主義與父權主義的雙重作用下夭折。統照這些革命女性形象的，是她們背後那道男性／國家／政治的意識型態光譜。

Mobilization in the Chinese Nationalist Revolution, 1924~1927", *Engendering China: Women, Culture, and the State*, ed. by Christina K. Gilmartin and Gail Hershatter etc. (Cambridge: Harvard University Press, 1994.), pp.198~201、205~206.

第二節　階級意識的萌發

　　二〇年代中期五卅烽火初起，許多人在「一致對外」的口號聲中，多少忽略國內階級鬥爭的開展；實際上，仍有不少作家意識到反帝國與反封建之間緊密不可分的關係。❷因此從二〇年代中期開始，許多文學作品將反封建與民族意識的主題結合，向更深的層面挖掘和拓展。其中，階級意識的昂揚是一個相當重要的創作指標。在這一小節，我要處理的就是五四女性小說中的階級意識表現。五四女作家在二〇年代初的創作裏，最主要關心的是新女性的問題，儘管她們對舊式婦女也略有著墨，但是眞正從階級差異意識到低下階層婦女的處境和遭遇，還是在二〇年代中期特別是社會政治環境大變動才開始的。從此，女作家的作品不僅重視社會階級、民族群體所遭受的浩劫災難，其中還包括對底層婦女遭受壓迫與不幸的人生際遇的深摯同情。這些以階級問題爲主題的作品雖然不多，但是足已破解歷來對五四女作家「閨秀」、「小資產階級意識」、「缺乏現實眼界」等等的訾語，並且小說觸及的面向亦不能說是狹隘。檢視這些作品，我們如何能再以偏概全，一味地苛責她們的中產階級身份以及文學美學品味？

　　以素來被喻爲「高門巨族的精魂」的凌叔華爲例，她出道

---

❷　許豪炯著，《五卅時期文學史論》(上海，社會科學出版社，1997年)，頁39~62。

早期所寫的短篇小說〈資本家的聖誕〉(1924)，正是嘲諷那些當時乘機而起、爲西方帝國資本主義做買辦服務的中國人。❷³小說內容描寫一位中年得意的銀行家，回憶誇示自己由書記到總經理、自白手到百萬家財的"辛苦奮鬥"過程。這位原本出生窮困家庭的銀行家，自十多歲起就跟著中國牧師上洋人教堂，學了洋文並且很幸運地還有留學的機會。他欣羨西方發達的物質文明、羞慚中國的潦倒落魄，爲此而盡力討好美國人。他大罵中國政府昏庸，改革無能，不但美國人聽了大悅，他更贏來許多鼓掌讚賞，爲自己塑造年輕有爲的中國青年形象。回國後他仍不改其道：

> 那時也不知道發什麼瘋，悼亡之暇還作了許多社論稿子登報紙，罵政府，詆社會，晚上不到一兩點不收筆。什麼賣國賊，納賄賂，休妻納妾，傳產給子孫……（頁16）

一方面他認爲「這爲名譽的事，也不可有的」，另一方面卻對上述諸端惡習一樣也捨不得不放過。有了與西方人溝通的好本領，他騙賣國產從中謀取暴利；第一任夫人屍骨未寒，他已有妾侍曲意奉迎，一連娶了八位姨太太。

中國自一九一七年到一九二三年之間，不但是新文化運動

---

❷³　〈資本家的聖誕〉，《凌叔華文存》(成都，四川文藝出版社，1998年)，頁14~20。

的巔峰階段，還是民族資本主義發展的黃金時期。❷中國二〇
年代初，民族資本主義開足了馬力，新一代的企業家已經出現。
他們直接參與工業生產及剝削勞動階級，他們獻身振興實業，
自由企業和經濟合理化的思想體系。❷但是在中國—這個半殖
民地的環境下，境內實業的發展很明顯地是受西方的控制支
配；再加上中國尚未盡除的封建勢力更助長帝國主義的盛燄。
〈資本家的聖誕〉圍繞著銀行家野心、貪婪、傾軋的描寫，再
現中國二〇年代新興的民族資本勢力，如何充當西方帝國主義
的幫凶，剝削中國的勞動階級。就在這一天，與西方耶穌聖誕
的同一天，這位中國銀行家喜獲麟子，在冬夜隨處傳送的耶誕
樂音聲中，他欣喜地告訴八姨太，凡是在這一天出生的人都大
有可為。就好像西方人對耶穌的崇拜一樣，他們的兒子將來也
會成為中國的耶穌受人景仰。銀行家口中喃喃唸道「我那新添
的兒子，將來很有希望，我這千萬的財產，什麼樣的功名富貴
都夠他將來擺佈的了」，至於八姨太則滿足地看著懷中幼兒，
想像一幅聖嬰與聖母圖。

　　小說不但精妙地掌握時代特徵，並冷嘲熱諷了這些自詡為
現代社會新貴的“仲介階層”諸般投機、自私、虛榮、功利的
心理。至於小說裏安排象徵著未來中國救世主的銀行家之子，

---

❷　瑪麗・克萊爾・貝熱爾〈中國的資產階級：1911~1937〉，《劍橋中華
　　民國史》上卷(北京，社會科學出版社，1993年)，頁836~853。

❷　張靜如、劉志強著，《北洋軍閥統治時期中國社會之變遷》(北京，中國
　　人民大學出版，1992年)，頁77。

更是作者對中國買辦的極盡嘲諷。凌叔華描繪二○年代這些新興的「高門鉅族」的嘴臉並不讓人陌生。例如〈開瑟琳〉裏的局長夫人，留過洋，是出了名的賢內助；她長袖善舞，為丈夫爭得許多升遷的機會，她慎重打扮小孩，家人一律用洋名。她自私高傲，深怕別人不知道她局長夫人的地位；對家僕屬聲呼喝、強制剝削他們的勞動能力，並且告誡小女兒開瑟琳不准與僕人的小孩玩，「仔細她的頭上的蝨子跳到你頭上來」。㉖與上述作品中的銀行家一樣，這位高高在上的局長夫人是新時代特定階級裏又一位可惡、可悲復可鄙的人物。

凌叔華的作品關注到社會不同層級裏的眾生相，至於冰心的短篇小說〈分〉一文，更明確展露五四女作家對社會階級問題意識的萌發。㉗〈分〉(1930)以寓言形式，描述了兩個剛剛離開母體的嬰兒的對話。這兩個在同一家醫院出生的嬰兒，一個是中產階級的孩子，另一個卻是屠夫的孩子；前者一出世就住在醫護人員細心看顧的保溫房，至於後者一離開母體，就因為雙親付擔不了昂貴的醫藥費而匆忙出院。雖是短促的相遇卻他倆都意識到，在未來的人生道路上「一切種種」勢必會把他們倆一生的遭遇截然區隔。屠夫的兒子對知識份子的兒子說：

> 你將永遠是花房裏的一盆小花，風雨不侵的在劃一的溫
> 度之下，嬌嫩的開放著。我呢，我是道旁的小草，人們

㉖　〈開瑟琳〉，《凌叔華文存》(成都，四川文藝出版社，1998年)，頁312~322。

㉗　〈分〉，《相片》(上海，上海古籍出版社，1997年)，頁212~221。

　　的踐踏和狂風暴雨，我都須忍受。你從玻璃窗裏，遙遙
　　的外望，也許會可憐我，然而在我的頭上，有無限闊大
　　的天空，在我的四周，有呼吸不盡的空氣，有自由的蝴
　　蝶和蟋蟀在我的旁邊歌唱飛翔。我的勇敢的卑微的同
　　伴，是燒不盡割不完的，在人們的腳下，青青的點綴遍
　　了全世界。（頁221）

對於這樣的結局，屠夫的兒子以淒傲的笑容離開醫院，知識份
子的兒子卻哭了。在〈分〉這篇小說裏可以明顯看到冰心自覺
地發揮階級的觀點，展現在兩個初生嬰兒的對話以及他們不同
命運的描寫。小說在刻劃人物表現主題方面，充分運用對立的
手法，緊扣「階級」二字，圍繞兩個新生生命展開多方的對襯
映照，深刻揭露了社會仍舊存在的貧富懸殊差距。本文相較於
作者慣常書寫的愛的哲學，展現了相當程度的逆轉。

　　同樣地，廬隱的〈西窗風雨〉(1926)也是藉由一對小生命，
描述兩個來自不同階級、不同世界的生存遭遇。❷⑧壽兒這個才
六歲的小丫頭，瘦伶伶地脖頸還不及人家三歲小孩的粗細，便
因為雙親俱亡家境窮困而被賣到鄰家當僕役。她光禿的頭顱配
上一身縐亂骯髒的藍布衣裳，一雙只剩骨頭的小手吃力地挪動
掃帚……雖然如此，鄰家主人的拳打咒罵與壽兒的哀叫哭嚎卻
不曾停止過。小說最後，這個諷刺性地喚作"壽兒"的可憐小

---

❷⑧　〈西窗風雨〉，《廬隱小說全集》(吉林，時代文藝出版社，1997年)，
　　頁146~149。

女孩重回到天上的母親的溫暖懷抱。一位年輕的母親目睹這位
鄉下小女孩最後在飢寒交迫中嘔血而死的慘劇卻無力拯救，相
形之下，自己懷中的小女兒一會兒吃餅一會兒喝奶，實在幸運
許多。望著小女兒豐潤的面頰，年輕的母親悲哀地想著「這世
上還有多少不幸的小生命呢？」。

　　階級意識的萌發同時亦加劇主體對其身份的思考，特別是
性別位置的問題。同時期的五四女作家裏，石評梅最先在作品
中深刻表現婦女解放與階級解放之間的關係。一九二五年，石
評梅在她主編的《京報副刊・婦女周刊》上發表短篇小說〈董
二嫂〉，故事內容描寫一個勞動窮苦家庭裏，董二與母親藉百
般虐待他們的媳婦來消除心中的憤懣怒氣。❷⁹只要母親賭錢輸
了或是董二在外頭喝酒不痛快，他們就把辛苦勞作的董二嫂毆
打一頓。儘管一再商請族裏的父兄出面勸導董二，又不論「我」
如何的默禱，董二嫂還是無由從黑洞中爬出來，逃過被野獸們
蹂躪的悲劇。當敘述者「我」正享受著溫馨和樂的家庭生活，
無意間卻從家僕口中聽得被善意隱瞞的消息──董二嫂死了！
告訴我這個駭人消息的張媽，一方面和我一起悼憐董二嫂的不
幸，另一方面又勸慰我：

> 　　其實何必瞞你呢！這些事在外邊也很多，你雖看不見，
> 然而每天社會新聞欄裏有的是，什麼稀奇事兒！（頁10）

---

❷⁹　〈董二嫂〉，《只有梅花知此恨》(上海，上海古籍出版社，1999年)，
　　頁6~11。

朱門酒肉臭，野有凍死骨；〈董二嫂〉透過張媽這位同樣是下層婦女的視角，再次從婦女問題呈現階級的差異。而敘述者「我」耳聞目睹這樣的慘劇，正為可憐的董二嫂抱不平時，「我」的嫂嫂卻拋下一個令「我」困窘的問題：

> "珠妹！你整天講婦女問題，婦女解放，你能拯救一下這可憐被人踐踏毒打的女子嗎？"（頁7）

一聽到這樣的話，「我」渾身顫慄、慚愧不已！「我」發現原來時時掛在自己嘴邊的高深道理，竟無能力挽救一位瀕臨絕境的可憐女同胞。小說最後女主角因為目睹了董二嫂的不幸，痛心後悔地說：

> 董二嫂死了！不過像人們無意中踐踏了的螞蟻，董二仍然要娶媳婦，董二娘依然要當婆婆，一切形式似乎都照舊。同時很慚愧我和她是兩個世界的人，我感覺到自己的力量太微小了，我是貴族階級的罪人，我不應該怨恨一切無智識的狠毒婦人，我應該怨自己未曾指導救護過一個人。（頁11）

〈董二嫂〉不單止於描寫一位可憐婦女的悲慘命運，最重要的是它展現了石評梅在二〇年代已具有相當進步的社會主義女性主義思想。❸⓿社會主義欲創造無階級壓迫的社會，女性主

---

❸⓿　見羅思瑪利・佟恩著、刁曉華譯〈對自由主義女性主義的批判〉，《女

義亦堅持兩性平等；因此，婦女解放必須透過社會、政治以及經濟結構等全面性社會改造，在互助的共產社會方能實現。透過小說，我們顯見女作家視「性別」為現代社會結構中的一種階級壓迫，而不單只是男作家眼中控訴封建的罪證，尤有甚者，「性別」本身亦有階級差異的問題。相較於中產階級知識女性的敘述者「我」整日尋求參政、受教等中上層婦女的活動權利，董二嫂的悲慘處境更加直接迫切地需要被援救，但很諷刺地「我」卻束手無策。她的貧困生活、她的非人地位乃至她的殘暴家庭，一一令「我」這個「貴族階級的罪人」膽顫心驚。又如石評梅在生前尚未曾發表的作品〈沄沁〉中，敘述者「我」的自省：「你是以改革一切舊社會制度，和保障女權的運動者，你怎樣能夠救這位可憐的婦人？」[31]文本透過一封寫予友人的書信，揭露一位中年婦女—陳君被迫接受包辦婚姻後的不幸遭遇。丈夫的欺凌再加上家庭的煎熬，令陳君長年臥病，身陷死境。面對這位形容枯槁的婦人，「我」為自身的幸福滿足卻無能幫助苦難婦女而羞愧不已，最後覺悟道：「我們不知道淪陷於此種痛苦的女人還有多少，我們不能不為她們去要求社會改革，我們不努力，她們更深落到十八層地獄下永不能再睹天日了。」造成婦女受壓迫與造成階級不平等的原因，其相互重疊

性主義思潮》(台北，時報出版，1996年)，頁54~60。
[31] 〈沄沁〉，《石評梅散文全集》(河南，中原農民出版社，1996年)，頁222~225。

以及彼此矛盾緊張之處，這可能是石評梅在短暫的生命中所不及細思。但是石評梅能立於性別的立場並適時跳脫其框架，省思性別本身的階級差異問題，女作家目光所及，其前衛深入處，亦不亞於後之來者。

特別值得一提的是，擅寫中產女性戀愛悲歡的馮沅君，亦將視角投向其他階級婦女的非人境遇。〈貞婦〉(1926)是作者在創作後期唯一一篇描寫舊式婦女被棄的作品；小說描述年輕的女主角何姑娘嫁給有錢勢並曾留學國外的慕鳳宸為妻，因為女主角出身貧寒，無法與"洋翰林"匹配，所以雖未犯「七出」之條，仍無端被休棄。❸❷滿腹悲憤的何姑娘回娘家後，因辛酸難狀而染上重病。但她矢志不移，對忘恩負義的丈夫堅貞不已，臨死前終於得以重入夫門、埋骨慕家塋地，如願以償地成為一個"貞婦"。小說顯見作者視野的開展，已關注到處於低層婦女的問題。在一連串情節敘寫後，小說最後塑造出一位被擺在頹圮的封建祭壇上示眾的無知婦女，而文末所附季樹芳的刺血詩「死亦無別話，願葬君家土，儻化斷腸泥，猶得生君家」將作者為這位可憐婦女哀其不幸、怒其不爭的兩種情緒完全表達出來。

從馮沅君的創作歷程來看，〈貞婦〉是一篇意義特殊且值得重視的小說。作者刻劃出一位被封建禮教吞噬身心的農婦形象，女主角何姑娘的思想性格與馮沅君早期的新女性形成鮮明

---

❸❷　〈貞婦〉，《春痕》(上海，上海古籍出版社，1997年)，頁74~84。

強烈的對比。她是活生生舊式女子的化身，卑弱柔順，毫無反抗意識，三從四德、從一而終的封建教誨深入骨髓。家庭將她逼上絕路，她竟只是將之歸諸於命運的捉弄。窮鄉僻壤的落後環境裏，沒有任何人看重她的生，卻毫無例外地讚揚她的死。馮沅君為女主角的心理狀態提供了充分的現實依據，並且注意到世態人情的描繪。作者沒有像寫作〈隔絕〉時在文本中過多地說理，卻將悲憤之情藏隱於現實主義的筆觸中，沉痛控訴當時廣大中國婦女所受的迫害。這篇小說與作者那些驚世駭俗的情愛詩樂自是大不相同，但在反映婦女命運的深度及廣度，可以說是一個有意義的補充。

　　如果說上述幾篇小說皆是厲聲嚴譴性別階級壓迫的話，那麼冰心的〈六一姊〉(1924)倒是有別於上述作品，作者在幽幽思念中傷感一位女性友人無可抗力的惡劣環境與命運。❸❸小說透過敘述者「我」，記述與童年的親密玩伴六一姊兩人幼時的點滴回憶。「我」和「六一姊」兩人感情很好，然而卻因為不同的家庭背景而被塑造成兩種截然不同的個性。「我」活潑外向，學堂裏一下了課就往海邊撒野；「六一姊」沉默內斂，她在學堂外等我放學、陪我四處玩耍還不忘撿拾路邊的木柴。我蹦蹦跳跳，她卻裹著一雙小腳；我學詩造句，她卻只能扎花鞋……漸漸地我和六一姊越來越兩樣。待我及長，十多年後置身異國山水中，我突然強烈想念起兒時的玩伴：

---

❸❸　〈六一姊〉，《相片》(上海，上海古籍出版社，1997年)，頁106~112。

　　她這時一定嫁了，嫁在金鉤寨，或是嫁在山右的鄰村，
　　我相信她永遠是一個勤儉溫柔的媳婦……她或在推磨，
　　或在納鞋底，辛苦工作之餘，她偶然抬起頭自籬隙外望
　　海山，或不起什麼感觸。她決不能想起我，即或能想起
　　我，也決不能知道這時的我，正在海外的海、山外的山
　　的一角小樓之中，凝陰的廊上，低頭疾書，追寫她的嘉
　　言懿行。（頁112）

縱使「我」熱淚盈睫，心中百般傷懷，「我」卻也無力改變這
位兒時玩伴貧枯悲涼的生命境遇。只能將過去年少眼中無識人
間愁苦的天眞往事，一一敘寫出來。

　　作者冰心或許無法爲勞動階層婦女代言，但她懷著深切的
同情，細膩而間接地刻劃了她眼中傳統中國勞動婦女無由選擇
的生活與非人的地位，以及她們內心累累的傷痛。正如史碧娃
克(Gayatri C. Spivak)指出，在第三世界特別是一些殖民地國
家，被壓迫的主體始終是一種複雜的概念。帝國主義與殖民地
社會中的男性中心、民族主義與階級壓迫有著千絲萬縷的共謀
關係：

　　與任何結盟都全然無緣的下層無產階級婦女，在她們那
　　裏，消費主義的抑制和剝削結構與男權社會關係相輔相
　　成……即使是那些不代表她們發言的男性知識份子荒謬
　　地給她們留出一線說話的空間，剝削主體仍然無法了解

和敘述女性剝削的文本。**㉞**

〈六一姐〉本身不似同期主流作家那般濃墨重彩地鋪染廣大農村婦女思想意識上所受到的封建毒害，以及愚昧和麻木。而是更著力於農村經濟急劇破產的背景下，那些無法離開土地、無法改變勞動方式、日復一日掙扎在困苦環境下求生存的農村婦女。文本將她們的命運與精神狀態，從正面與特定的殖民經濟、社會階級以及性別身份聯繫在一起，將婦女的不幸與階級壓迫、性別壓迫敏銳地關聯。

綜合前述兩節，無論是對「革命」問題的關注抑或「階級」意識的萌發，我們都可以看到五四女作家對中國境內社會問題的道德使命感；至於對外的反抗，例如控訴日本帝國主義侵華的惡行，更是五四女性小說最強烈的論調。石評梅於逝世前幾個月遭逢「濟南慘案」發生，她在〈我告訴你，母親〉詩中激昂地寫道：

> 我告訴你母親／你不忍聽吧這淒慘嚎啕的聲音／是濟南同胞和殘暴的倭奴扎掙／槍炮鐵騎踐踏蹂躪我光華聖城／血和淚凝結著這彌天地的悲憤／……母親你讓我去吧戰鼓正在催行／你莫過份悲痛這晚景荒涼淒清／我有四

㉞ 史碧娃克著，〈屬下能說話嗎？〉，中文譯本收錄於羅鋼、劉象愚主編《後殖民主義文化理論》(北京，中國社會科學出版社，1999年)，頁99~157。引文部份爲頁126。

萬萬同胞他們都還年輕／有一日國富兵強誓將敵人擒殺／沸我熱血燃我火把重興我中華！」**❸❺**

至於盧隱的遺著《火燄》(1933)更是透過中日兩國戰爭的描寫，凸顯激越昂揚的民族意識，五四女性小說中，莫此爲甚。**❸❻**一九三二年，日軍進犯上海，「一二八」淞滬戰爭爆發，十九路軍與上海民眾奮勇抵抗；盧隱帶著帶著學生到醫院慰問傷兵，耳聞目睹許多感人的愛國事蹟，於是作者揮汗疾書長篇小說《火燄》，謳歌爲民族存亡英勇奮戰的時代兒女。滿天的火燄、滿地的瓦礫、滿山滿谷的枯骨殘骸、滿城滿鄉的哭兒啼女……迥異作者過去作品哀婉幽怨的氛圍，《火燄》猶如一部戰爭史詩，從頭至尾譴責日本帝國主義野心侵略的報應，洋溢著中國民族解放的努力與熱情。這部作品一掃盧隱昔日歧路徬徨的苦悶、抑鬱憂傷的性情，取而代之的是堅定樂觀的信念和奮鬥求生的意志。個性解放的呼喊轉變爲民族解放的贊頌，青年的男女的愛情苦吟轉而爲中華民族的愛國高歌，顯得慷慨悲壯、激越沉雄。這些文本不斷地展示民族意識持久發揮了大規模民眾動員的作用，正是通過這些運動與戰爭，中國向世界證明了它的確能凝聚民族力量，並且具有伸張民族意志的決心和能力，所以有權作爲一個政治主體立足於現代世界。**❸❼**

---

❸❺　〈我告訴你，母親〉，《棄婦》(北京，燕山出版社，1998年)，頁418~419。

❸❻　《火燄》，《盧隱小說全集》(吉林，時代文藝出版，1998年)，頁1026~1130。

❸❼　蘇雪林在一九四九年以前的小說創作裏，其實也有不少感時憂國之作。

第三節　現代性與民族主義的扞格

　　在五四感時憂國的文學主題裏還有一個相當重要的面向，就是中國現代化過程裏和西方世界在各種層面上的相應模式與

　　武漢戰爭爆發後，蘇雪林隨武漢大學遷往四川樂山。她在一九四〇年著手編寫《南明忠烈傳》，介紹了數百位反清復明的烈士；隨後，作者便從中取材，創作了六篇宣傳民族氣節的歷史小說，結集爲《蟬蛻集》，一九四五年在重慶印行。在她爲了學術研究，閱讀了大量的歷史和神話典籍，由此也寫了一些鮮爲人知的歷史小說。正是在這些奇妙瑰麗的歷史神話中，蘇雪林展現了她作爲一位文學家的想像力和一位學者的思想深度。在這些小說中，蘇雪林先是在形式上進行了大膽的創新，她一改五四小說的流行寫法，有意向中國舊小說文體回歸。造句單純、表意直捷，且富有質樸渾健的修辭風格，開創《棘心》之外的另一特色。再者，蘇雪林借助這些歷史和神話故事，謳歌了王二(〈偷頭〉)一類聰明機智、見義勇爲、富民族血性的民間草莽英雄；鞭撻了丁魁楚(〈丁魁楚〉)、馮都司(〈蟬蛻〉)之流賣國求榮、奴顏媚骨的卑劣行徑。(請參閱蘇雪林著《蟬蛻集》，重慶書局出版，1945年)。蘇雪林以飽蘸激情的筆刻劃了一批大義凜然、臨死不屈卻又迂腐天眞、懦弱無能的忠君「愛國」的士大夫形象。作者並且挑明了說：「他們的學問向來是"紙上談兵"，從來不肯在事實上學習、歷練，遇見了問題擋在前面，便一點辦法拿不出。承平時代當個"太平宰相"無所謂，碰著了根盤節錯的危局、雨驟風狂的亂世，有骨氣的一死了之，無節操的，便不免隨波逐流，與惡勢力妥協。」(引文轉錄自該書前序言)這類小說，表現了強烈的民族情緒，並且對於當時如火如荼的抗日救亡行動來說，起了一定的警示作用。很可惜的是，這類文章寫於抗戰時期，本書限於年代以及主題的研究範圍，在此不列入討論。與蘇雪林同樣寫作歷史小說的還有女作家沈祖棻，這類作品皆待日後有心人的研究。

對話內容。五四以降，中國與西方世界的接觸碰撞使得中國傳統快速解體；許多中國現代作家植基於感時憂國、救亡圖存的民族情感與道德使命，透過書寫表現追求現代性的渴望。然而，民族主義和現代性之間顯然是相當複雜的，它們既可比彼此強化，又可以彼此對抗。西方漢學家白魯恂(Lucian W. Pye)在研究中即指出，民族主義與現代化互動過程中，個別的、地方性的傾向與普遍的、世界性的規範之間經常存在緊張的張力：

> 就民族主義而言，它的形構肯定來自社會的歷史傳統以及文化遺產；但它只有和其他民族國家並列相比才顯得有意義，因此它也是同世界性的規範相呼應。現代性同樣地反映了世界性的價值及共同標準，但是假使現代性想成為一個具體有意義的力量，它還是必須和個別社會的地方傳統產生共鳴。❸

所以，在民族主義和現代性之間存在著社會的地方文化與世界性的普遍規範的相互張力。表面上，民族主義與現代性是促使中國建立現代民族國家的兩股重要動力；但它們也可以相互對抗，令進步癱瘓。

五四一代就在救亡強種的愛國使命下，全心全意毫無批判地左擁西方價值，右抱中國民族主義。五四新文化推動者如陳

---

❸　白魯恂(Lucian W. Pye)，〈中國民族主義與現代化〉，《二十一世紀》一九九二年六月號，頁15。

獨秀、吳虞、胡適等人，以絕不調和的立場看待中西文明的衝突，旗幟鮮明地主張接受近代西洋文明以全盤否定中國的封建傳統。❸在國家積弱、自覺矮人一截的深刻痛苦中，爲了更逼切‧更有價值的救國大業，在這種不惜一切要把中國「世界化」、「現代化」的知識份子的熱情衝激下，他們並沒有察覺民族霸權與西方霸權的問題。也或者可以說是他們對這兩種霸權選擇了規避及壓抑。❹事實上，民族主義與現代性這兩股動力對建構新中國所產生的重重矛盾與焦慮，在五四女性小說中獲得到某種程度的表達。以下我將分別以蘇雪林及冰心兩位女作家的作品，檢視五四女作家對西方現代性與中國民族主義的複雜看

---

❸ 例如主張徹底西化的胡適，他在〈讀梁漱溟先生的〈東西文化及其哲學〉〉一文中，就直接提出東方落後民族應當以西化方式實現現代化的目標。隨後又在〈我們對西洋近代文明的態度〉文中進一步提出打破東／西、精神文明／物質文明對立的偏見，並充份肯定西洋文明具備理想主義與精神主義的特質。清末以來，對西方文明的評估是從器物層次提升到制度層次，至於五四則又是從制度層次提升到精神層次。胡適的這篇文章可謂是五四西化論者的代表作。請參閱羅榮渠編，《從西化到現代化──五四以來有關中國的文化趨向和發展道路論爭文選》(北京，北京大學出版，1990年)。

❹ 五四前後的十餘年，對於中／西化問題的論戰一直都是持續著的。在這其間，第一次世界大戰引發國際思想大變動，相對地中國思想界亦掀起波瀾，知識份子對東西文化的態度隨之面臨考驗。例如，鼓吹西方民主自由的陳獨秀，明顯轉向俄國社會主義靠齊，造成新文化運動的大分化。又例如，五四徹底反傳統的西化派到底取得多大成果，亦有待深入研究。不過基本上，五四新文化推動者皆以「歐化」、「新化」或「西化」的主張作爲中國現代化的理想。

法。

　　在中國現代化的進程裏，海外留學不但是現代化的具體表
徵，更是民族主義與現代性接觸對話的重要場域。五四女作家
蘇雪林的《棘心》(1929)是最早有關留學生域外生活的實錄之
一，小說除了記錄留學旅途的經驗表象，更重要的是文本透過
中國新興知識份子與西方現代文明的接觸，展示現代中國如何
在與他者的對話交鋒中尋找自我的主體。順著女主角杜醒秋的
羈旅經驗，小說不斷發抒有識之士渴望藉由先進國家的知識技
術乃至政教模式，為個人和民族國家重新找尋定位。「海禁開
了，同白種民族一比，便相形見絀」，所以，醒秋想到法國求
學將自己鍛造成一個有用的人才，再回到中國改善自己國家的
文化。自中國——里昂——來夢湖——丹鄉——巴黎，《棘心》
一路構築現代世界的象徵版圖。歐洲國家自由平等的民主體
制、蓬勃先進的科學、豐富燦爛的文明、歐洲人民博愛與服務
的精神、克盡道德的本份……這些無一不讓女主角醉心與崇敬。

　　海外留學是抱持知識取經、文化朝聖的心態，前往瞻仰一
個在許多方面都是帶領風潮、擺脫傳統的現代化國家；而留學
生涯的記錄，更是呈現了知識份子如何看待自己的國家與其他
進步的國家。女主角對西方現代文明所萌發的孺慕之情，在更
大程度上表現於文本內的中／西之比。文本自後半部開始，除
了難解的愛情之謎與思親之念，更多的篇幅著重在女主角對法
國的物質條件以及精神文明的欽佩與嚮往。小說第十三章特別
抒發了中國現代青年身處中／西二種強烈對比文化的心理：

一到法國便不想回家，這不是醒秋一人如此，實為留學
生普遍的現象。有錢的子弟浪跡巴黎市上，出入金碧樓
台擁抱明眸善睞的舞女……他們說"此間樂不思蜀"也
還合乎情理，但也有些人窮得不名一錢以借貸做工度
日，或家庭像醒秋一般，多故函電紛馳的叫他們回去，
他們還是一再逗留，即勉強言歸，而三宿空桑猶無餘戀，
這又是什麼緣故呢……留學生之愛戀法國一半為學問之
欲難填，一半為法國文化的優美實有教人迷醉的魔
力……不像中國之哀鴻遍也，干戈滿地，令人痛恨的罪
惡層出不窮，驚心動魄的災變刻刻激刺乎神經。兩下一
相比較：一邊不啻是世外桃源，一邊不啻阿鼻地獄或血
腥充塞的修羅場，誰不願辭苦就甘？誰不願身心寧謐？
（頁142）

女主角離家在外，跨入他者的地理及文化版圖，產生一種
追尋烏托邦的欲求。雖然文本以紀錄實證經驗自詡，但潛藏在
主角心中的欲求，卻促使自我主體持續藉由外在世界的刺激而
產生內省，思考我與他者的定義，還有兩者之間的關係：

我沒有到外國來之前不知他們的生活是怎樣，現在得了
比較，回顧祖國更使我難堪了。我是愛國的，永遠要愛
國的。祖國啊！如果能使你好起來，我情願犧牲一切。（頁
135）

人在異鄉，踽形吊影，杜醒秋對國家憂喜交織的情緒，尤其每當家鄉傳來噩耗，親人病逝或是鄉里遭荒兵土匪騷亂，她的憂家愛國之情倍加滋長。因此女主角一方面迷戀法國，另一方面又覺得作客況味孤寂可憐：

> "她們待我優渥異常但我只覺得孤寂，一種說不出來的孤寂"。留學生在這等環境裏 "思鄉病" 仍然劇烈，故國在我們的想像裏成了一種極奇怪的東西，一面怕與它相近，一面卻又以熱烈的愛情懷慕著它。（頁141~143）

中國早期的留學之旅「離家——歷練——榮歸」三階段，事實上就是一則國家民族主義的論述，藉以鞏固國族的價值觀。在這裏我需要叉開主題，再次回顧第三章關於現代中國文化社會結構裏「新」女兒與「舊」母親的討論。杜醒秋在母女親情與自我意願的扞格中反覆掙扎：要顧全自己，只有犧牲母親，要顧全母親，只好犧牲自己。這些部份向我們展示一個女性主體，在母女親情的認同與維護中，同時是重覆父權社會所規定的方式。因此，故事最後女主角為了母親的病情，一身疲憊地回到中國，完成她長久以來逃避抗拒的封建婚姻。總觀《棘心》，不論異鄉思親母、抑或海外論國是，我們很快地就能發現小說後半部將念母之心與愛國之情繁複交纏：

> 她夢見自己走在一片曠野裏，四望衰草茫茫，天低雲暗，景象異常愁慘。路上沒有一個行人，連一頭牲畜都看不

見,如血的斜陽中,她獨自拖著瘦長的影子,彳亍前進,
心裏充滿了淒惶的情緒……但她的心靈似乎在對她說:
這世界裏還有一個親人,那就是她的母親,她須去尋得
她。(頁130)

就在醒秋惦母病危、思親甚切的同時,中國內戰頻仍、軍匪橫
行的消息亦紛紛傳至耳邊。女主角身在萬里海外,飽受家國切
膚之痛,夢境裏她看見中國國土上一片漫天火光、如麻的槍刺
以及她的母親直僵僵的倒在血泊中。「母親」與「中國」這兩
個符指在文本裏相互指涉,形成籠罩自我主體意識的民族主義
的龐大身影。前者以一個「受難母親」的意象,誘導女主角認
同後者──中國的苦難以及苦難的深度。作為現代女性知識份
子,杜醒秋陷於保有自我抑或保有母/國的抉擇和掙扎之中。
在母親病危、故國憂患的恐懼包圍下,她作出「莊周化夢蝶,
我實化國魂」的宣誓,暗示中國民族主義者「恢復家邦」的雄
心壯志,杜醒秋最後投向母親/中國的身影。

主角負笈離家,從事地理與心理版圖的踰越,追求自我主
體的擴張,卻也同時因為依循取經之旅的終極目的,在旅行結
束時回歸群體意識和大一統的中國意識。當醒秋回到中國並且
完成她的婚姻大事,在寫給丈夫的一封信裏她不禁懊悔當初離
家的天真:

真的,我很悔到法國,三年半的憂傷悲苦,好像使我換
了一個人……"法蘭西"三字在我竟成了惡魔的名詞。

回國兩年，始終不敢翻開帶回來的法文書，不敢會見一個留法的舊同學，感謝光陰的惠愛，這病近來才稍稍平復，但法文卻忘得一乾二淨了。說來真教人好笑。(頁209)

一種文化的現代國際觀以及民族主義的思維交錯辯證，複雜地表現在文本內容裏，從中更顯出個人的欲求及恐懼。對祖國而言，留學是期望知識份子在外遊歷，增長見識之後盡速返國，致力奉獻服務。對留學生而言，去國可以使自己作自己的主人，點明主角欲藉「取經」反抗某種既定建制的約束。正如孫任以都在一份研究中國現代教育機構的論文裏指出，留學海外的知識精英，容易陷入現代化無可避免的矛盾心理。❹在某種程度上他們具有雙重文化，既熟悉中國的精英文化，亦熟悉西方國家的精英文化：

> 透過海外培訓的知識份子所建立起來的中國與西方人文科學傳統的共同紐帶，揭露了現代化運動在教育層面不僅促進傳播技術，更尖銳地引出在中國標榜具備純正民族主義的軍政要人眼中，這些海外學人被要求發揮切合中國需要的專業作用。(頁415)

簡單地說，對中國而言，海外培訓的知識份子是受過西方訓練的專業人才，必須設計出如何作出最大貢獻的自我形象。但就

---

❹　孫任以都〈學術界的成長：1912~1949年〉，《劍橋中華民國史》下冊(北京，中國社會科學出版社，1993年)，頁411~438。

這些自由化的知識份子來說，個人對自我主體與國家民族關係的衡量定位可能產生極大的差異和拉距。或許，我們可以如此詮釋《棘心》中女主角的心志認同：知識精英階層特有的國際觀加上中國的民族情結，在醒秋這位中國子民身上形成一個不穩定的混合。個體的自主性和評斷民族現狀、籌謀民族未來一樣可貴。海外取經顯現了一個矛盾混合體的形塑過程，主角的自我主體擺盪在追求個人自由與服膺集體共識之間，留學／現代化的動機在掙脫傳統宰制，而留學／現代化的目的卻在回歸傳統文化建制。

　　《棘心》沒有留學生文學習見的一貫反抗或堅持的浪漫，惟存現代中國人置諸國學／西學、民族主義／現代性之間的掙扎，一種不能自已的追求、妥協與傷感。在去國懷鄉的主題裏，海外求學作爲探求現代眞理的最直接活動，這個行爲本身就是爲國家民族主義而服務的。《棘心》爲中國民族主義和現代化運動提供一個交鋒對話的空間，更展示兩者之間可能存在的矛盾與扞格。小說行文處處皆是主角爲母／國代言的欲求，至於遊子個人的恐懼，在愛母／國的使命下被強迫壓抑。相較於二〇年代男性文人將富國強兵與西化劃上等號，我們不難從女作家文本裏發現五四一代人內心、對民族主義與追求現代性之間潛藏壓抑的複雜情感。在世界化進程中，所謂"第三世界"位置的尷尬和困窘，恰恰反映在這種對中學與西學欲拒還迎的文本與敘事當中。「蔚藍色文明」與「黃土地文明」的並置思考，一方面揭露了西方或日資本主義的複雜歷史與多樣現實體制，

預告了日後越來越深刻的中國的第三世界處境，另一方面亦預言了往後中國內部越來越激烈的民族矛盾。中國充滿異質性的現代化過程裏，它無疑可以被利用在國家民族主義的動員中，成爲使用國家暴力爭奪區域霸權的依據，建立整一純淨的中國、中國人的大敘述。

　　另一位五四女作家冰心，她筆鋒一轉，不寫現代中國面對西潮衝擊的複雜心理，反倒對東方論述裏的「中國情調」多所著墨。迥異於〈去國〉裏那位眼見國家衰頹卻無能爲力的熱血青年，〈相片〉(1934)一文讓我們驚豔於冰心如何敏感於西方帝國主義強力加諸在中國民族主體建構的過程。❷小說藉由中／西、淑貞／施女士兩位女主角爲情節主線，上演西方國家的東方主義想像。施女士是一位西洋女傳教師，年輕時就離開故鄉新英格蘭來到中國；傳道佈教之餘，對中國民族愛好之情油然而起。她欣賞中國清疏古意的山水風情，學習細緻典麗的書畫，並結識了幾位友好的中國朋友。長年離家，施女士不但不思念故鄉，一回國反而置異地如坐針氈，直想趕快返回中國。淑貞——這位文雅嫻靜的中國女孩，因爲雙親早逝，施女士一手將她帶大。她視這個蒼白瘦小如柳花兒般的小姑娘爲自己親生的小女兒。六年一次的例假，施女士爲免寂寞而帶著淑貞回新英格蘭探親，當這個年輕的中國女孩因著新世界、新生活、新知識興奮不已時，衰老的施女士卻幽愁地對她說：「孩子，

---

❷　〈相片〉，《相片》(上海，上海古籍出版社，1997年)，頁119~136。

我想回到中國去！」。

〈相片〉裏這位西方女子對中國的無限眷戀再加上中國女兒與西洋母親的關係，大幅度地展現東方主義論述對中國的制式想像。施女士依著她腦海裏的古中國圖像那般地看待、養育她的中國女兒：

> 施女士握著淑貞的不退縮也無熱力的小手……從微暈的光中，一切都模糊的時候，她覺得手裏握著的不是一個活潑的小女子，卻是王先生的一首詩，王太太的一縷繡線，東方的一片貞女石，古中華的一種說不出來的神秘的靜默。（頁123）

> 在施女士手裏調理了十年，淑貞並不曾沾上半點西方的氣息。洋服永遠沒有上過身，是不必說的了，除了在不懂漢語的朋友面前，施女士對淑貞也不曾說過半句英語……（頁125）

在她眼中，這個中國女兒如紙片柳條般蒼白虛弱，溫和害羞。她不勉強淑貞交朋友也不急於幫她找婆家，她無法想像女兒離開她之後的孤寂淒涼。唯有淑貞如一朵柳花，一片雲影似的追隨著自己，施女士的心裏才有萬分的安慰與滿足。哈柏瑪斯在討論現代性理論時即認為，主體需要不斷地肯定自我的同一性，因此在追求「自我肯定」的同時，需要「異己」作為征服

的對象。❹〈相片〉裏施女士"養育"淑貞的方式正是如此。在西方理性的「同一性」與「普遍性」的光暈裏，異質的「非西方」只能繼續落後崩潰或者成爲其亦步亦趨的「影子」。西方母親對中國女兒的強烈興趣甚至種種想像的靈感，一一反映出帝國主義文化霸權的獵奇心態，不斷以各種關於非西方的刻板形象，通過自我複製繼續衍生在中國這個「他者」之內。

　　文本裏自幼失怙的小女孩淑貞，自然成爲舊秩序崩坍、新結構初建的現代中國的象徵。她的稚嫩、脆弱、蒼白以及不發一語，是搖擺學步的新生中國，每每勾引洋母親無限的同情和愛憐。淑貞跟隨施女士來到新英格蘭，起先不免拘謹怯畏，與同是爲了求學的中國青年天錫相處之後，兩人成爲志同道合的理想青年。漸漸地，淑貞開始與他人親近，安排自己的學習課程；望著淑貞日漸豐美的身影、緋紅的臉頰以及春天般的肌膚，施女士驚訝地發現她已不再是昔日怯生生的小女孩。淑貞愈發顯得活潑有生氣，施女士清淚滿盈的眼底卻盡是浮現中國友人憂鬱的臉，一座古城，一條胡同，一片牆垣，一個小院，還有一叢野茉莉。在淑貞展顏歡笑的刹那，施女士哀傷地對表示想回到「中國」。正如「相片」的定格拍攝及靜態呈現，小說敘述在小女孩回眸注視母親並聆聽母親心願時旋即嘎然而止。這個在帝國主義與民族主義語境裏塑造的女性形象，已凸顯二十

---

❹　Jürgen Habermas, *The Philosophical Ciscourse of Modernity: Twelve Lectures,* trans. Frederic Lawrence (Cambridge: MIT Press, 1987), pp.21.

世紀初中國在現代化與傳統、進步與固守、吸收外來物質文明與保存既有內在文化、反抗帝國主義與逆來順受殖民統治等諸多歷史複雜情境。

雖然冰心的〈相片〉暗示了西方帝國主義與中國現代化的無法分割，但文本裏，作者卻也透過另一位男性人物——天錫，爲二十世紀的中國主體性尋求解套。天錫這位落魄書香家庭出生的年青人，尋著現代中國人爲生存求知識的最直接方式——受洗成西方基督教信徒，進神學校讀書……他典型地表現了追求現代化的中國人的步伐：

> 我自己是個教會學校的產品……到禮拜堂去，作些小演講，事後照例有人們圍過來，要從我二十年小小的經歷上，追問出四千年中國的種種問題。這總使我氣咽，使我恐惶，更使我不自在的，有些人們總以爲基督教傳入以前，中國是沒有文化的。在神學裏他們稱我爲模範中國青年，我真是受寵若驚，在有些自華返國的教育家，常常叫我到台上去，介紹我給會眾，似乎說 "這是我們教育出來的中國青年" 你看！這不是像耍猴戲的藝人，介紹他們練過的猴子給觀眾一樣嗎？我敢說 倘然我有一絲一毫的可取的地方，也決不是這般人訓練出來的。
> （頁130~131）

男主角的自省與自覺，是作爲尋求中國主體性的希望象徵。正如彼埃特思和巴域在〈意象的轉移〉一文裏，對於如何

挑戰、超越殖民主義抱持積極樂觀的看法，他們認爲：

> 解殖所需要做的，絕不是回歸殖民年代以前被標榜為源
> 遠流長、連綿不斷的純正傳統，而是要富於想像力地去
> 創造新的自覺意識和生活方式。❹

既然二十世紀初期東、西方的接觸啓動了帝國主義微妙的散播，促使中國的現代化與帝國主義無法分割。擺在中國面前的問題，可能已不再是鼓吹回到純粹種族的原初狀態，而應該是表明種族形成的特定狀態。冰心的〈相片〉不僅顯露深藏五四人潛意識裏對西方文化論述霸權的矛盾焦慮或是抗拒，甚至藉由這個小說主題，幽微傳達中國在世界化與民族主義兩難的糾纏裏，建構所謂「中國主體性」的可能策略。

結　語：

在五四的現代感所衍生出來的現實觀、在政治立場與性別意識型態的角力下、乃至面對西方文化帝國主義的鯨吞蠶食裏，二〇年代的女性小說書寫出不同的接受程度以及相應方式。我們看到，五四女作家筆下處理(女性)身體／國體的必然

---

❹ 彼埃特思(Jan Nederveen Pieterse)、巴域(Bhikhu Parekh)著，〈意象的轉移——解殖自內解殖和後殖情狀〉，中文譯本收錄香港嶺南學院文化社會研究譯叢編委會編，《解殖與民族主義》(香港，牛津出版，1998年)，頁101~128。引文部份爲頁104。

性關聯正在經歷一些細緻的轉變。除了將(女性)身體投射爲國族的生存，並在其中獲得推崇和肯定，(女性)身體所具有的辯證能量也在女作家感時憂國的道德使命裏，不斷流露出來。儘管五四女作家相關國家民族的作品，無法與她們探索個人、人生基本問題的作品等量齊觀，而這正可説明父權國家將男／女角色劃分至公／私領域的結果。雖説有限，但五四女性小説所呈現的頗爲特殊的家國論述風貌是不應被輕忽漠視的。

第五章　五四女性文學的落幕及其影響

第一節　建構第二／現代性

　　「女性」是建構中國「現代性」不可磨滅抑或簡化取代的一部份。作為現代史上第一批獲得發言權、講壇及聽眾的性別群體的文化代言人，五四女作家對現代性的想像、琢磨與辯證，可以成為我們眺瞰中國現代主體形構的另一扇窗口。本書意在重讀中國現代文學史上首批出現、也是歷來最易受到忽略的「五四」時期女性小說；以陳衡哲、蘇雪林、廬隱、凌叔華、馮沅君、冰心、石評梅這七位最具代表性的女作家創作為主要研究對象。選擇「第二／現代性」作為研究主題，其實已說明本書不是對五四女性文學的概括性研究，也不想面面俱到，包羅萬象。我的研究目的即在於透過五四女性小說開展「女性」與「現代性」的相互對話，討論中國可能蘊含的「女性現代性」，並以此凸顯中國「第二種現代性」的企圖。

　　同樣承載「感時憂國」與「個人主義」的社會使命與現代精神中，女性的社會性別和社會位置讓五四女作家在追求現代性的過程中，同時也察覺到一些不同的問題。五四女作家對於主流文學與文化樂觀信奉、大力促銷的現代性理念，顯得有些遲疑與質疑，甚至表達了她們自己不同的意見。我們可以在本書的第三章與第四章，清楚看到五四女性小說對當時文學主流內容的增補或詢疑。首先，在書中的第三章，我著眼於辯證五四女性小說對個人主義主流論述所發出的質疑與建構。五四女作家寫出新女性爭取主體自由後面臨的多重困境；新女性追求知識冀望獲得個體的獨立自主，然而現代社會結構卻沒能提供她們一個發揮個人才能的空間。現代知識婦女依舊無法掙脫承擔傳統女性的角色及功能，在新社會結構裏不過是扮演著現代版豪華型的賢妻良母。另外，她們也質疑現代愛情神話，在自由戀愛的招牌蠱惑下，依舊磨煞耗盡女性主體其他發展的可能。因此，對於女性無法解脫的現代異性戀婚姻機制，五四女作家在小說裏做了很大程度的想像及發揮。經由「欲望」這個在五四時期最被重視的議題之一，女作家檢視女性自身最密切的經驗。她們筆下塑造出來的性／別主體，甚至大膽表現女性同性之間的愛戀─女人彼此相互看得見的情感連結與欲望流動的可能。文本不但表現性別主體的其他認同的出口，僭越了主流文化秩序中的性／別規範，也可以視爲在主流文化體制壓抑下的一種想像的反動，影響我們對欲望在思維上、智識性的話語辯證。再者，面對自我生命裏的種種選擇權，五四女作家細

膩剖陳新女性在開展創造生命新境界的衝動、掙扎和猶豫。她們從主流社會文化的建構中區別出女性自己的意願、複雜的心緒以及兩性之間的差異。文本不僅清楚折射二〇年代女性的處境，她們勇敢表達自我的女性觀，更爲日後女性自覺意識的濫觴。

　　第四章主要在於強調五四女性小說一樣具有強烈的社會參與意識以及社會批判意識。特別自二〇年代中期開始，整個中國內外局勢的快速變遷，政治革命呼聲與社會階級意識的突起，同時也在五四女作家的作品中得到相當大的關注。首先，五四女性小說對戰爭革命的描寫與革命女性形象的塑造，表現女性感時憂國的一面，還有女性對社會大眾欲盡心力的赤血熱情。但是女作家也質疑了「革命女性」這個新身份的歷史功能以及它對女性的意義。纏繞著性別與政治關係的對話辯證，更是女性感時憂國的重要特質。其次，五四女作家的階級意識可以分成兩個層次來說明。第一是她們作品表現的社會階級意識，第二則是她們注意到性別階級壓迫的問題。五四女性小說不是僅止於關注自我與愛情，女作家一樣重視同情社會階級、民族群體所遭受的浩劫災難，以及低層婦女遭受壓迫與不幸的人生際遇。再者，當知識份子透過文學想像樂觀地構築「中國」的圖像，五四女性小說在某種程度裏卻微妙展現了民族主義與現代性消長關係的曖昧及弔詭，凸顯建構現代中國過程中可能遭逢的問題。凡此種種都可以作爲並且列入建構現代民族國家、建全現代人格主體的重要參考。

　　隨著五四新文化運動的潮起潮落，在二○年代密集創作的五四女作家，自三○年代起亦陸續淡出文壇。除了冰心持續不斷有作品產生，其餘幾位都在三○年代中期以前便結束了她們創作力最旺盛的階段。石評梅與廬隱在二○年代末與三○年代初相繼逝世；陳衡哲與馮沅君亦在二○年代後期便停止小說創作，轉而致力學術研究。凌叔華與蘇雪林在三○年代中期遷居武漢，兩人雖然陸續還有創作問世，但前者主要的重心擺在文學刊物的編輯，後者則致力教學與著述，一直到四○年代蘇雪林才繼續又有創作出版。五四女性小說在二○年代後期漸漸告近尾聲，再加上社會政治的動盪丕變，文化意識型態的截然轉向，無一不是預告了下一階級三○年代包括女性寫作在內的現代中國文學主題及風格的變遷。循序這樣的邏輯，本文企圖建構五四女性小說的「第二／現代性」也應該隨著二○年代的告結而停筆。但是，在我為論文寫作而旁及閱讀的三、四○年代女性小說的過程中，卻無意發現由五四女作家開啟的第二／現代性特質，事實上或隱或顯地繼續在往後三、四○年代的女性小說裏發聲。而這樣的發現即意味著五四女性文學傳統並不全然「與時進退」，因此我希望透過以下精簡的篇幅，爬梳歷來對於中國現代女性文學的分期和定論，並且再探五四女性小說對日後女性創作可能帶來的影響。

第二節　深化與變化：中國現代女性文學史分期再探

　　每當描述二十世紀中國現代文學的歷史進程，許多研究者都認爲自二〇年代末開始，文學已轉向與五四時期明顯不同的道路。五四那種崇尚個人及浪漫的風氣大爲減弱，取而代之的是社會現實（例如革命戰爭）與黨派政治觀念（例如文藝爲抗戰抑或文藝爲工農兵服務）鑄造成形的一系列新的文學風格。而這樣的時代及文學氛圍，對三〇年代的女性寫作可能也產生莫大的影響。似乎，由二〇年代女作家構建起來的女性文學的初步規模，在三〇年代一批新人換舊人的情況下，亦隨之隕歿湮滅。

　　由盛英、喬以鋼等人編寫的《二十世紀中國女性文學史》，其中對「五四」以迄一九四九年以前的女性文學，依二〇、三〇、四〇年代劃分成三階段。❶論者認爲三〇年代女作家是「由面向自我到面向社會」，積極參與社會變革，因此「女性文學的性別特徵，從社會政治層面上說，它富廣闊社會內涵，因而具備了新的質素。而從文化層面上看，性徵則淡化了。」例如，五烈士裏的女性受害者馮鏗，她在小說〈紅的日記〉中疾呼「紅的女人應該把自己是女人這回事忘掉，否則會干擾革命進展的」，女主角斬釘截鐵地宣誓做(男)人的資格。丁玲亦曾冷傲

---

❶　盛英主編，《二十世紀中國女性文學史》（天津，人民出版社，1995年），頁22~23。

地對邀稿人說「我賣稿子,不賣"女"字」,拒絕為《真善美》雜誌的「女作家專號」撰文。楊剛則自稱是「**有男人,不能做男人的女人;有孩子,不能做孩子的母親**」。《二十世紀中國女性文學史》從社會歷史、階級背景來看待現代女性創作,認為性別對於女作家而言,其意義在於得以追求個人解放,繼之參與社會革命,至於女性自身特殊的性別經驗和心理體驗,幾乎全都融化於社會意識裏,與主導文學主流文化同步。再者,這部女性文學史雖然在導言中表示,該書的編寫是秉持著融合現代中國文學的概念與西方女性文學史的分期依據。但是我們從上述各階段的特徵以及其中的內容,不難看出這樣的劃分還是等同於一般現代文學史的分期。

　　同樣地,在孟悅、戴錦華合著《浮出歷史地表》❷一書,從性別意識審視五四以迄四九年以前的女性創作,依然秉持二〇、三〇、四〇的斷代分期。孟悅、戴錦華指出,三〇年代雖然有一大批女作家因不滿足於囿限在女性生活的狹小創作天地中,而「**走向戰場與底層**」,但即使是描寫革命的戀情中竟也不帶性別意味,似乎女性的唯一標誌只是她們遭受了更大的苦難。最後的結果就是「**一旦她們匯入時代主潮,便既不復保存女性自我,又不復有反神話的揭示力。她們放棄自己的結果,**

---

❷　孟悅、戴錦華著,《浮出歷史地表》(台北,時報出版,1993年)頁74~76、170~171、298~299。

只能是臣服於主流意識型態……」。❸從《浮出歷史地表》對
中國現代女作家的劃分歸納，從女兒到女人再臻至女性的成長
過程，換言之，即是女作家從模仿男性主流到反抗女性價值標
準，最後才是自我發現的過程。這樣對中國現代女性文學的發
展劃分，十分類似女性主義文學批評家伊萊恩‧蕭華特(Elaine
Showalter)對西方女性文學三階段：女性化(Feminine)、女性主
義(Feminist)、女性(Female)三階段的歷史縮影。❹如此看來，
論者對中國現代女性文學的發展，是抱持著持續進步的線性發
展的意函。雖然女性意識的發展也許與時代有著莫大的關聯，
女性也無法完全游離於歷史之外再去書寫另一種歷史，但是它
與時代的變遷並不全然同步。《浮出歷史地表》企圖建立一種
屬於女性的文學傳統，既是如此，又何須按照傳統的第一個十
年、第二個十年、第三個十年的文學史的劃分方法，分析這些

---

❸　同上註，頁177。

❹　Elaine Showalter, *A Literature of Their Own: British Woman Novelists from
Bronte to Lessing,* (Princeton: Princeton University Press,1977).蕭華特在此
書中指出，從文學史上的亞文化群創作，我們可以發現它們皆歷經了三
個階段。第一—Feminine階段是模仿主流模式，使其藝術標準與社會觀點
內在化；第二—Feminist階段是反抗這些標準及價值，要求弱勢群體的自
主權；第三，Female階段是自我發現，從依賴中掙脫出來取得自身身份
的時期。一樣是處於邊緣的婦女文學，相同地也歷經這三種發展。用合
適的詞語來說，1840年~1880年是女人化(Feminine)時期、1880年~1920
年為女性主義(Feminist)時期、1920年以降是女性(Female)時期。中文可
參閱劉再復主編，《女權主義文學理論》(湖南，文藝出版社，1989年)，
頁18~25。

本來就不被納入男性歷史框架內的女性作品？由於《浮出歷史地表》這種明確意味著進化的線性劃分，並且無法將女性文學獨立於一般文學史的沿革，使得本書對每個時代女性創作主題的分析及概括不免顯得籠統而主觀。

綜合上述，我們很明顯地可以看出對於中國現代女性文學的系統化研究裏，由二〇年代的"為人"到三〇年代的"為人民"，女性創作幾乎與時代主流沆瀣一氣。西方學者溫蒂·拉森(Wendy Larson)更在〈婦女文學的中止〉("The End of "Funu Wenxue": Women's Literature from 1925 to 1935")研究論文中提出一九二五年至一九三五年是中國現代女性文學創作的中止階段這樣的觀察。❺溫蒂·拉森認為中國現代婦女文學肇始於一九一六年，並持續蓬勃發展至一九二五年以前。然而，自一九二五年「五卅」慘案的發生，到一九三五年中國共產黨在陝西一帶逃竄，這一時期則是婦女文學中止的階段。一九三五年以後，毛澤東與共產軍隊進駐延安，在那裡不僅建立共產主義政權，其文藝政策及理論實踐繼續影響當時的中國。政權的對峙

---

❺　Wendy Larson, "The End of Funu Wenxue: Women's Literature from 1925 to 1935" in *Gender Politics in Modern China*. Edited by Tani E. Sarlow, (Duke University Press, 1993), pp.58~73.附帶說明一點，溫蒂·拉森於此文中表示，「婦女文學」的詞義事實上與「女性文學」相似，同指女性的創作活動或行為，該文在詞彙的選擇上並無特別意涵。至於「婦女文學」與「女性文學」這兩個詞彙在意涵上的區分是在八〇年代以後才開始。相關討論可參閱張岩冰著《女權主義文論》第五章〈影響研究——女權主義文論在中國〉(山東教育出版，1998年)，頁198~201。

分裂使得國統區、共黨區以及淪陷區的文學創作生態不一而足，而正是這個時候婦女文學才得以接續發展。簡言之，溫蒂拉森認爲自一九一六年萌發的婦女文學，在一九二五到一九三五這十年間可說是中止或說是消失的。而最快則要到三〇年代末期、四〇年代初以後，婦女文學才又漸漸出現。

溫蒂‧拉森以一九二五到一九三五年作爲婦女文學的中止階段，雖有其立論，但筆者對此觀點卻持保留態度。一九二五年「五卅慘案」的發生，讓中國現代作家們從「五四」樂觀浪漫的酩酊中猛然覺醒。西方帝國主義的強行侵略、中國社會裏的苦難工農大眾，這些都刺痛了他們的政治神經。因此，中國在一九二五年結束了「五四」新文化運動的階段，它同時也代表中國作家從浪漫主義與寫實主義的文學創作風格，轉變爲向左或向右的政治立場與寫作態度的結合。簡單來說，即是中國現代文學由「文學革命」導向了「革命文學」。

五四以強調「人的文學」的寫實主義與浪漫主義審美傾向，在中國內憂外患愈加劇烈的狀況下飽受左翼文人的攻擊。左翼文學批評理論視過去的文學(包含五四文學)皆爲陰柔的、女性化的(feminine)，因此，他們開始激化無產階級大眾文學的現實主義寫作原則。可以說，攸關個人、感性、詩化、抒情、浪漫……等林林總總可以與陰柔劃接等號的文學特質，就是「女子小人」式的狹隘口吻，無法將寫作提升到一個更高層次的偉大境界。左翼理論將以往的「文學」與「婦女」並置，一起排除於無產階級寫作的意識型態範疇之外，重新建構另一套「陽剛」的、

去女性化的文學美學標準。因此，在一片「大眾之神」的呼聲
裏，三〇年代的女性創作勢必要剔除所有與婦女有關的「個人」
雜質。

　　溫蒂‧拉森打破一般所謂「年代文學」的分期模式，以為
一九二五年至一九三五年間是婦女文學的中止階段；這裏所謂
的「婦女文學」是泛指五四文學的浪漫個人主義風格，而又特
別是針對二〇年代女作家的作品而言。她在文中並以冰心及丁
玲為例，分析她們在二〇年代後期以迄三〇年代中期以前的創
作與當時受到的批評。溫蒂‧拉森指出，一般批評家都認為這
個階段的女性創作，除了丁玲之外，皆無法將個人視角延伸到
國家社會和民眾。以五四最著名的女作家冰心為例，作者在其
作品中盡是發抒對大自然和母愛的依戀以及兒時的點滴記趣。
這些虛無飄渺的愛的理念因為缺乏對現實社會問題的確切關照
或貢獻，而遭到三〇年代主流文學批評的一致譴責。至於丁玲
—中國現代文學另一位偉大的女作家，自二〇年代末期以〈夢
珂〉、〈莎菲女士的日記〉豔驚文壇，到三〇年代初期經過〈一
九三〇年春上海〉到〈水〉，諦造丁玲現實主義創作的高峰。
時人認為丁玲由個人的女性視角延伸至國家社會民眾，不僅超
越她個人的關注，更解決了她在創作上的困境，提升作品的佳
績。❻

---

❻　丁玲曾在〈我與雪峰的交往〉、〈致白濱裕美〉等文中，提及一九二八
　　年作者與胡也頻住在杭州的生活；「那個時候，也頻也好，我也好，我

　　綜合上述研究與批評，很明顯地可以看出許多研究者對於三〇年代的女性創作，皆抱持著中性化的看法。革命生活、階級鬥爭、民族抗戰等成爲女性主體意識與女性文學表述的新支柱。這樣的定論無疑暗示，由五四女性小說中開展出來的第二／現代性表徵，似乎灰飛湮滅已不復見。五四女性小說裏的現代性想像，是伴隨著五四女性文學的落幕而消失？還是變化爲各種強弱不一的音律繼續在往後一、二十年的女性創作裏發聲？以下我將接續本文第三章及第四章所探論的五四「第二／現代性」的兩個層面，分析自二〇年代後期以迄三〇年代出現

們仍感覺到苦悶。希望革命，可是我們還有躊躇。總以爲自己自由地寫作，比跑到一個集團裏面去，更好一些。我們並沒有想著要參加什麼，要回到上海。我們只是換了一個地方，仍然寂寞地在寫文章。」丁玲與胡也頻苦悶的寫作生活一直持續到一九三〇年五月，當時國民黨政府通緝胡也頻，兩人逃避到上海。逃難上海期間，兩人適識共產黨要員潘漢年，在潘漢年的引介下，決定參加左聯。丁玲在〈回憶潘漢年同志〉以及〈一個眞實人的一生〉文中說道「他(指潘漢年)坐了一個多鐘頭，我們就像老朋友那樣分手了。我們就在這一個多鐘頭裏愉快地決定了我們的一生。也頻一生雖然短暫，但他在此後的半年多的時間裏所放射的光芒，卻照耀著後代，成爲有志青年的楷模。而我自己呢，多年來的艱辛跋涉，也是在這愉悅地一席談話之後，總結了過去多年的摸索、躊躇、激動，而安定下來，從此札根定向，一往直前，永不退後的。」自二〇年代末期以〈夢珂〉、〈莎菲女士的日記〉騷動當時文壇，到三〇年代初加入左聯，丁玲在意識型態上的改變以及創作上摸索的心路歷程，我們都可以在她的書信文集裏得到確切的證明。詳細內容可參讀《丁玲文集》。上述引文請參閱王增如、李燕平編《丁玲自敘》(北京，團結出版社，1998年)。

的創作質量均佳卻較少爲人注意的女性小說。五四女性小說中個人主義與感時憂國的現代性想像，如何在三〇年代女性小說裏繼續延燒或做成各種變化轉換？穿過三〇年代女性小說所開展的圖景，我們將發現這個時期的女性創作者不但具有更寬闊的視野與伴隨主體成長的生命力道，更重要的是我們得以看出五四女性文學傳統對往後女性創作的持續影響力。這對歷來的女性文學史分期與批評定論，或許也可稍事說明和補充。

一、「五四」女性個人主義的深化

個人主義風潮裏最重要的「情感的革命」，並未在二〇年代後期隨即消失。雖然在國家社會民族大眾巨偉身影的籠罩下，愛情淪爲邊緣與次要，但在女作家筆下卻未曾間斷過。五四女作家從個人主義出發表現女性對愛情的追求與幸福美景的質疑，在三〇年代女作家筆下更變成兩性內心鬥爭的描寫。下文我將以繼五四之後崛起的頗富盛名的女作家陳學昭、袁昌英以及沈櫻爲討論代表。她們的創作不但持續延燒著五四一代對愛情的熱烈探討，並且我們還可以看到小說女性人物在愛情徵逐的過程中，表現出來的許多負面女性特質。這些女性角色在現代生活裏帶著猜忌和遊戲愛情的心態，解構了自傳統以迄五四以來被長期鞏固推崇的"女性本質"——諸如溫柔、善心、慈愛等等。承延五四女性小說裏追求愛情的新女性，她們在三〇年代已不再有信賴與忠誠，不再與愛人誓言生死，不再有甜

蜜愉快，甚至也不再有眞情假愛的區別。在過去，「女性」伴隨「愛情」緊密關聯的甜蜜完美象徵，在三〇年代女作家筆下已開始出現虛僞、懷疑、逢場作戲的商品。

　　與左翼文學集團過從甚密的女作家陳學昭，在四〇年代以前的小說創作卻大多以婚戀爲題材，她善於描繪在戀愛或是婚姻家庭結構中的男女心理，尤其切入肌理地呈現男女兩性的鬥爭。❼寫於一九三三年的中篇小說《幸福》，描述一對戀人自

---

❼　陳學昭(1906~1991)浙江海寧縣人。原名陳淑英、陳淑章；素慕《昭明文選》故又名學昭，偶用野渠、式微等筆名。陳學昭出身書香門第，父親具有民主思想，反對女子纏足穿耳，鼓勵女子受知識教育。陳學昭自幼生長在書香家庭，積累深厚的古典文學涵養，及至成年，陳學昭獨立赴法深造，一九三五年獲得法國克萊蒙大學文學博士學位。一九二三年，陳學昭以處女作〈我所希望的新婦女〉一文獲《時報》徵文第二名，並得到該報主筆戈公振的大力讚賞，此後遂開始她文學創作的道路。陳學昭在二〇年代的創作以散文爲主，大多發表在《婦女雜誌》、《京報副刊》、《晨報副刊》及《新女性》等刊物上；三〇年代中期以前，即陳學昭赴法求學期間，其創作之質量兼優，小說與散文一改以往柔弱感傷，不論是婚戀題材抑或寫景抒懷，皆有率直敏銳之姿。總體說來，從二〇年代到三〇年代中期爲止，陳學昭有大量的創作出版，如散文集《倦旅》、《煙霞伴侶》、《寸草心》等，小說集《南風的夢》、《幸福》、《海上》等。至於《敗絮集》與《時代婦女》二部，更是作者對現代中國的婦女問題的專論，是現代知識女性對婦女及性別議題之思考與見解的重要著作。抗戰前夕，陳學昭自法返國並加入延安革命陣營，自此之後，她的作品開始遵奉共產主義無產階級文學的寫作爲準則，計有《延安訪問記》(1940)、《新櫃中緣》(1948)、《漫走解放區》(1949)、《工作著是美麗的》(1951)等等。陳學昭這位自稱是「從個人主義到共產主義」的女作家，文革時自然難逃清算的命運，肉體上的折磨與精神上的

相識、相愛、結合，轉而欺騙、爭吵、仇恨，到最後分離以終的經過。❽女主角錢郁芬自學校畢業後，賦閒在家，偶識男主角趙子衡，兩人在書信往返中漸生愛苗。此時錢父爲郁芬訂下一門婚約，郁芬因不從而遭軟禁，隨後在子恒的慫惠下私逃結婚。婚後短暫的甜蜜馬上就被經濟問題所沖淡，借貸舉債的日子加上婆婆的壓迫挑唆，夫妻感情的裂痕越來越大與生活上的爭執也越來越大。最後，子恒的懦弱使他選擇逃避責任並且開始尋找外遇刺激，郁芬在哀痛之餘與丈夫結束了婚姻關係，帶著兩個幼子獨自辛苦的生活。正如小說女主角的痛心：「我們現在不是為謀我們切身的幸福而相愛，我們是為我們的敵人而相愛著」，陳學昭的《幸福》延承了五四女性小說的傳統，從親情倫理和經濟問題，深刻地挑明新女性在現代家庭結構中的複合身份。她們既被要求具有新女性的生存能力，同時又要兼備傳統婦女的美德。❾

虐待整整持續二十年之久，直到一九七六年後才得以重回文壇。

❽ 陳學昭，《幸福》(據上海漢文正楷印書館1933年影印版)。

❾ 與此同時，陳學昭在其散文論著《時代婦女》(據上海女子書店1932年影印版)中，更直接地指明「想把處在中國的畸形社會裏的中國婦女的地位表白出來」。收錄在這本集子裏的〈結婚與戀愛〉一文，作者從性別主體的角度考量現代婦女的問題，批評新中國社會仍舊難脫男性沙文心理；另外在〈中國女子是不是比法國女子幸福？〉文中又比較中國與西方社會，直言女性對戀愛自由以及家庭責任的雙重要求：「現代中國女子，在自由戀愛，與自由結婚的結果裏，男子對於她們只有比在舊社會下更不負責任，而她們在社會上，在家庭裏的地位能比先前買賣及父母

　　與五四女作家陳衡哲一樣，三〇年代的女作家袁昌英是一位西洋文學以及藝術史研究學者；她對中國文壇的影響最明顯體現在她早期的劇作。❿袁昌英擅以戲劇的藝術形式來表達她對現代中國兩性問題的關注及思考。劇作〈人之道〉以女主角梅英目睹一場家庭悲劇，來展現作者對現代婚姻愛情的權利義

　　主張與媒妁之言的婚姻下爲好些麼？卻不見得：現代中國婦女，多或少，完全成了自由戀愛及自由結婚中的犧牲品。我攻擊契約式的婚姻制度，然而我也攻擊以男性爲主體的中國婦女的自由戀愛及自由結婚，因爲在以中國男性爲主體的自由戀愛及自由結婚裏，中國女子完全做了被動的犧牲者。」（〈結婚與戀愛〉頁3~4）；「愛情不能寫保票，但是愛情卻有責任與義務。愛情如脫卻了責任與義務，便變成不尊嚴的兩性玩弄。」（〈中國女子是不是比法國女子幸福？〉頁53）陳學昭以進步明確的性別意識，表達她的對中國現代婦女最切身的問題的關注。

❿　袁昌英(1894~1973)湖南醴陵人。出生封建仕家，中學就讀中西女塾，一九一六年赴英國留學，五年後獲愛丁堡大學文學碩士學位。一九二六年，袁昌英爲求法語的精進以及法國文學的研究，再次出國入法國巴黎大學深造。兩年後返國，先於上海中國公學任教，講授莎士比亞；一九二九年任武漢大學外文系教授，時與凌叔華、蘇雪林相過從。袁昌英與陳衡哲一樣，堪稱是學者型的女作家。她雖不曾以文學創作爲主，但具有一定的文壇影響力。在上海公學任教期間，袁昌英即開始嘗試戲劇寫作。一九三〇年由商務印書館出版戲劇作品集《孔雀東南飛及其他獨幕劇》、一九三七年與一九四五年又分別由商務印書館出版散文集《山居散墨》與《行年四十》、小說〈牛〉收入趙清閣主編的《無題集》，至於劇本《飲馬長城窟》則於一九四七年由正中書局出版。此外，早在二〇年代末袁昌英即著有《法蘭西文學》、《法國文學》、《西洋音樂史》等學術專論。

務觀。❶歐陽若雷先前在家鄉娶了一位賢淑德慧的妻子，兩人
感情甚篤，爲了他能出洋讀書，妻子幫忙說服老母變賣多數田
產。五年後，歐陽若雷的妻子卻等來一封離婚信，原來丈夫在
國外另結新歡，棄嫌妻子既沒學問又不通世故，宣佈與她斷絕
婚姻關係。妻子無以爲生，帶著幼子到上海幫佣，被喚做王媽。
怎料王媽的女主人素蓮正是歐陽若雷的新婚妻子，王媽來時恰
逢歐陽因事離滬，王媽向素蓮以及好友梅英道訴自己的不幸遭
遇，但隱瞞了丈夫姓名，因此雙方一時都被矇在鼓裏。不久歐
陽若雷返家，相逢之際，他與前妻所生的兒子卻因久病沉痾而
死。王媽哀痛萬分衝出屋門一頭撞死在汽車輪下，歐陽呆若木
雞，素蓮跪地悔不當初……全劇在一片蕭殺的氣氛中結束。

　　袁昌英透過〈人之道〉裏處於「三角關係」外的旁觀者—
善良正直的梅英，藉由她的情感經歷以及人生態度對一些極端
個人主義者宣揚的「人之道」進行批判。相較全劇男主角歐陽
若雷出洋留學後背棄先前的婚姻誓盟，梅英自己亦遭逢相似的
情感與道德考驗。她與未婚夫雙雙赴洋留學，未婚夫因家事先
行回國，梅英卻因此有機會與一位有家室的男同學發生感情。
梅英並非拘限禮教之人，但她深知個人對自己的行爲負起全
責。他們彼此克制情感，最終保持了純潔的友誼，回國後二人
亦各自保有幸福的家庭。劇作中，素蓮對此議論道「世上很少
你們這樣理性堅強的人」時，梅英尖銳地反駁「不是很少，是

---

❶　　《袁昌英作品選》(湖南，人民出版社，1985年)，頁105~133。

不肯這樣做，因為這樣做包含著犧牲，自苦，自克」。素蓮認
為王媽的丈夫遺棄妻子是出於對愛情的追求，「愛情是神聖，
無所謂對不對」，梅英對這樣的論調表示極大的反感，「禮教
如果能保持我們的人道心，維持我們的人格，那禮教二字的罪
惡也未必如此可怕」。她並且痛斥道：

> 現在一般人之所謂愛情簡直是獸慾，簡單純粹的肉
> 慾……這種幌著西洋文化作護符的鬼男女，簡直是些野
> 鬼惡獸……他們的行為使得人類和諧的共同生活不可
> 能。今日愛，明日棄……別人本是和和睦睦的家庭，他
> 們可以冒著一幅假面具闖進來，奪人之所愛，竊人之所
> 喜，作祟，搗亂，無所不為……這種滅絕信義，不顧羞
> 恥，欺善凌弱，自私自利的舉動，就是他們所謂人道、
> 人權，所謂新信仰，所謂新生活！（頁119~120）

在梅英心目中，真正的愛情是「精神與肉體合作的」，如果人
的良知和理性沾上了醜陋的污點，以後任何肉體的享受都算不
得真正的愛情，而只是「野獸的行為」、「豬狗的結合」。她
並不反對離婚，相反地，她認為維持沒有感情的婚姻殘局是虛
偽的，她反對的是因為見異思遷或淫蕩成性而離棄原來的配
偶。通過梅英這個角色，袁昌英表達她的「人之道」的見解——
現代人應該同時具備婚戀自由與家庭責任的雙重條件。

　　中國現代女性文學史上，沈櫻雖然罕入名冊，但特殊的文

風讓她在三〇年代初試身手便驚豔文壇。⑫沈櫻的作品幾乎都以女性生活為題材，尤其擅長探討女性婚戀時的心理及處境；小說引人之處不在於情節的複雜曲折，而在於細膩捕捉人物心理的微妙變化。〈女性〉熱情好學的女主角對文學創作懷著強烈的企圖心，婚後她依然渴望像學生時代一般浪漫的生活方式，然而懷孕使這個願望備受威脅。⑬由於害怕「陷在作母親的牢籠裏」，幾經猶豫後還是選擇人工流產。〈欲〉的女主角綺君原是某大學的高材生，為了結婚，她在大學中途就輟了學，滿懷期盼地展開生命的另一階段。⑭但是時間消磨的力量，讓

---

⑫　沈櫻(1907~1988)本名陳瑛，山東淮縣人。一九二七年入上海復旦大學中文系並開始文學創作。次年以〈回家〉一文刊登《大江月刊》上，署名"沈櫻"。茅盾讀到這篇文章隨即寫信給編者，詢問：「沈櫻何許人，是青年新秀，還是老作家化名？」可見這位年輕女作家出手不凡。稍後她又在《小說月報》上刊登反映女性婚姻生活的短篇小說〈妻〉，由此引起廣泛注意。一九四七年沈櫻與家人定居台灣，教書之餘還翻譯了二十多種西方文學名著。沈櫻在三〇年代出版的作品有《夜闌》、《喜筵之後》、《某少女》、《女性》等中短篇小說集。她探討的題材多與女性現實生活有關，諸如戀愛熱潮退落時的女性心理，還有女性在面臨家庭與事業選擇時的兩難等等。一九四七年沈櫻與家人定居台灣，教書之餘，她還翻譯了二十多種西方文學名著。她的譯文精鍊流暢，很受歡迎；其中她所翻譯奧地利作家諸威格的小說《一位陌生女子的來信》，一年之間就印了十版，後來又再印行多次，打破台灣翻譯銷售的記錄。

⑬　〈女性〉，《沈櫻小說・愛情的開始》(上海，上海古籍出版，1997年)，頁45~54。

⑭　〈欲〉，原收錄於沈櫻短篇小說集《喜筵之後》(一九二九年，上海北新書局出版)。本處引文部份以一九九六年花城出版社出版的《喜筵之後》

她對恬靜的婚姻生活日趨感到枯燥無聊。綺君於是背著丈夫與小叔偷情，在情感與道德的糾葛中痛苦與矛盾，女主角既不能滿足又無力改變，只好任憑往後的生命如「窗外一排黃了葉的街樹」。〈舊雨〉、〈生涯〉等則是通過未婚女子的雙眼同情注視那些已爲家庭主婦的知識女性們，她們有的家務纏身終日爲生計勞碌，有的失去理想在空虛無聊中打發時光，「似乎是一個蟄了的蟲子」。⑮這些小說著意鏤刻女主角猶豫不決、憂柔寡斷、痛苦糾纏在爲難中的複雜心理，刻意凸顯一般女性軟弱、怯懦的一面。

　　除此之外，諸如〈愛情的開始〉、〈下午〉、〈喜筵之後〉、〈時間與空間〉等作品，更是沈櫻描繪現代女性的「負面」特質來解構現代愛情神話的一系列創作。⑯〈愛情的開始〉一對男女經過短暫的相戀而結合，但過不了多久，妻子就發現丈夫對自己不忠實，起初妻子還幻想丈夫能夠回心轉意恢復以往對自己的愛，但一次次的失望使她變得焦慮多疑，於是她開始施展報復的行爲，令彼此都痛苦不快。當丈夫厭倦在外的玩樂，不無誠意地表示希望雙方重新經營婚姻關係，妻子卻已經心灰

為依據。頁115~131。

⑮　〈舊雨〉、〈生涯〉，舒乙主編《沈櫻代表作》(北京，華夏出版，1999年)，頁189~202、203~229。

⑯　〈愛情的開始〉、〈下午〉、〈喜筵之後〉、〈時間與空間〉，舒乙主編《沈櫻代表作》(北京，華夏出版，1999年)，頁75~83、84~92、93~103、169~182。

意懶，兩人就在種種無謂的磨擦中讓婚姻崩潰。〈喜筵之後〉裏的女主角茜華同樣面臨婚姻和愛情的困境——丈夫淡漠、另結新歡。茜華難以面對這樣的婚姻卻也無力獨自把握未來，寂寞的侵蝕讓她下意識地渴望著刺激。某日她赴約友人的喜筵，巧遇昔日戀人今杰，但對方在失戀的打擊下消沉不振，不但燃不起過去的熱情，對茜華的情緒心理亦不能體會。女主角大為失望，覺得眼前這個男人癡呆可憎，兩相比較茜華又將一顆心收歸到丈夫身上。喜筵散後，她為自己新鮮刺激的經歷興奮不已，撒嬌地向丈夫說：「真是奇怪呢！為什麼當我怨恨你，想著向別人追求時，總要想起你來，覺得誰都沒有你可愛。」不料丈夫頗為得意地回答：「這樣你就可以知道我向別人追求時，也是一樣總忘不了你的啊！」女主角的心瞬間冰涼。顯然，沈櫻這位二〇年代末崛起的女作家更深刻地掌握了現代女性的生命型態。五四帶動所謂的婦女解放，在新女性身上是以爭取婚戀自由作為實踐的起點，很殘酷地，沈櫻告訴我們婚戀自由同時也是現代女性爭取解放的困境。

三〇年代仍有部份女作家如沈櫻、袁昌英、陳學昭等人，她們的創作不但延續五四女性小說的愛情主題，探討現代社會結構裏的兩性關係，並且更進一步藉由愛情拆解「女性」既定的本質。我們看到，三〇年代都會女性的戀愛觀和五四女性對自由戀愛的追求，是非常不一樣的。對五四一代人而言，追求戀愛自由是個體獲得自主性的莫大象徵，而三〇年代卻藉愛情寓言女性的苦悶。愛情不再是現代兩性關係的解放的圖騰，愛

情反成爲女作家隱喻兩性關係的現代化過程中，一種感傷的覺悟。「女性」同「愛情」一樣，是中國現代化過程裏，最先被開發卻最未得到充分了解的主體與經驗。尤其是沈櫻，她在三〇年代持續觀察那些經由自由婚姻進入家庭的知識婦女的生存狀態——特別是將此間的心理變化詳加著墨地表現出來。沉櫻是上繼陳衡哲、廬隱之後，進一步對封建父權傳統定義下的女性本質的質疑，並且下開日後所謂「海派女作家」張愛玲、蘇青、施濟美等人的性別意識書寫。

二、性別與國家民族話語的交鋒

在國局的動盪以及一股世界性的左翼思潮的影響下，三〇年代個人／小我／女性／愛情的敘述畢竟是爲少數；主導整個社會的意識型態是充滿著刀與槍的殺戮、血與火的革命。無產階級強迫性正當性的威攝下，凡是觸及小我與大我、個人與群體、城市知識份子與工農大眾之間的關係時，都未能逃脫前者卑瑣與後者偉大的一抑一揚模式。沒有一個背棄大我的小我、一個孤傲倨世的個人，或是蔑視工農大眾的小資產階級知識份子，能夠承獲判斷與審美的正面價值。知識份子在民族危機中信守無產階級社會主義的承諾，服從國家民族戰爭的需要，眞誠地相信期待光明的未來。然而當大眾的苦難遮蓋了個人的生存榮辱，似乎也只有從婦女自身的經驗及處境中，看出大眾的麻木與冷漠，重申父權歷史的吃人與滯重，發現主導意識型態

的「神話」性。除此以外，不論女作家的政治立場與意識型態
爲何，事實上，那種自五四開始的女性對於自我與國家民族話
語的辯證琢磨，仍然持續在進行。

在三〇年代以鄉土小說名噪文壇的女作家羅淑，並非左翼
文學陣營的成員，也沒有參加實際的社會革命活動，但從她的
小說裏，我們看到一位密合於時代模式──社會鬥士的中性作
者，在敘述層面卻保有一位細膩體貼的女性作者的痕跡。以作
者最爲膾炙人口的短篇小說＜生人妻＞爲例，故事描繪一幅社
會貧富懸殊差異導致「典妻」的人間悲劇。❶一個賣草的山農
困難無以維持生計，不得已將自己的女人賣給有錢人家爲妻；
過門當晚，女人不堪新夫的辱罵與小叔的調戲，連夜出逃。天
明時她逃回家中，但賣草的丈夫已因她的逃婚而被抓走了。

在羅淑之前，新文學的小說創作取材「典妻」陋習的作品
已有多篇，其中以柔石〈爲奴隸的母親〉影響最大。這篇小說
記述一位心地善良的農村婦女春寶娘被賣給逼位秀才地主作生
育工具的悲慘遭遇。❶就題材來看，羅淑的〈生人妻〉與柔石
〈爲奴隸的母親〉同是帶著深切同情，細膩描繪出中國勞動階
層婦女在生活中的非人地位與傷痛難言的命運。然而，柔石對
春寶娘的刻劃主要側重在她逆來順受、忍氣吞聲並無私無償地

---

❶　〈生人妻〉，《羅淑小說·生人妻》(上海，古籍出版社，1997年)，頁
1~23。

❶　柔石〈爲奴隸的母親〉，嚴家炎選編《中國現代各流派小說選·第三輯》
(北京，北京大學出版，1983年)，頁362~377。

貢獻自身的弱女子特質。春寶娘與其說是喻指歷史現實裏的低層勞動婦女，不如說是去性別化的無產階級意識型態的「大眾」象徵。而羅淑卻在此突出「生人妻」的倔強和反抗：在買主大胡家，女人見到為這件買賣煞費苦心的九叔公，不由得心生恨意；酒席上她既不願正眼認識大胡這個買她的男人，亦不肯與他對杯喝新人酒；半夜裏小胡企圖調戲她，她氣憤地罵了對方，又「伸手一掌」將醉醺醺的小胡推倒在地，自己連夜逃出胡家大門。雖然小說女主角未來的命運依然黯淡，但是卻微妙地掙脫了三〇年代無產階級勞動婦女的「地母」形象，細膩寫實地呈現了女主角的性別，使得廣大勞動婦女的生存處境避免再次淪為無產階級意識型態價值的重新編碼。

　　在三、四〇年代中國文壇稍露身影的女作家沈祖棻，儘管與政治保持距離並以其學術成就聞名，但是她的文學創作特別是歷史小說，以女性視角回顧及反思歷史教訓，具有特殊的意義和價值。[19]沈祖棻在歷史人物的精神世界和生命形態的探求

---

[19]　沈祖棻(1909~1977)，出生於蘇州，字子苾，別號紫曼，筆名絳燕、蘇珂。沈祖棻自幼生長在富有文化傳統的家庭，耳濡目染培養出作者對文藝特別是古典文學的愛好。自三〇初期開始，她一面潛心研習古典詩詞，一面嘗試白話文學創作。沈祖棻偏好在白話小說創作裏，將源於現實的強烈民族情感注入歷史題材。〈崖山的風浪〉以南宋滅亡的史實為小說情節主線，對忠貞愛國將士表達至高的尊崇；〈辯才禪師〉於字裏行間更透露作者對民族歷史文化的熱愛。沈祖棻以詞學研究專家享譽盛名，其學術著作計有《宋詞賞析》、《唐人七絕詩淺釋》、《古典詩歌論叢》、《古詩今選》等等。

中，讀出那些未曾寫出的意義，成為人的現存處境的歷史模式
的最佳註解，在回顧歷史的同時獲得了對「現代」的觀照。取
材唐代安史之亂馬嵬坡兵變的〈馬嵬驛〉，作者將敘述視角投
注在楊貴妃身上，對她賦予極大的熱情和希望。❷小說無遺地
展現著楊貴妃的絕世驚豔、高傲自珍的性情，她願意背負一切
罪責幫助愛人脫離困境，然而愛人唐玄宗卻背叛了她。在馬嵬
坡，玄宗受叛變的禁衛軍逼迫，賜貴妃歸天；癡迷在愛情裏的
楊貴妃一時未能理解，誤以為是與玄宗同死，因而悲哀卻又鎮
靜。但當她終於明白玄宗的眞正意思，刹那間驚醒一切的幻夢，
面對至高無上的君王，發出沉痛憤恨的譴責：

> 在你的國家的責任，皇帝的寶座的面前，一個弱女子是
> 顯得多麼渺小啊！為了保持你的國家的威權、皇帝的尊
> 嚴，犧牲一個女人的愛情和生命又算得一回什麼事呢？
> （頁86）

文本裏女性意識與國家民族社會糾結在一起，權力、威勢、
地位、尊嚴的巨大身影，女性的愛情、生命顯得如此微不足道。
楊貴妃最後終於意識到自己以至所有女性的歷史命定：她將作
為一切罪惡的擔受者，獨自承擔歷史的罪責。女性的生命、愛
情等一切價值，原來都只是作為男性、國家、民族權力話語的

---

❷　〈馬嵬驛〉，《沈祖棻小說·馬嵬驛》(上海，上海古籍出版，1999年)，
　　頁65~91。

犧牲和獻祭。因此當她孤獨而自覺地跑向死地，作爲女性主體的自覺便以一個輕蔑地冷笑，拒絕生命和愛情。同時也拒絕歷史所賦予的所有定論。這一行爲本身，也使得男性作者——從〈長恨歌〉到《長生殿》——所謂的愛情、月宮重逢、相約來生等等的美好願望，永遠成爲男性中心的神話。當歷史事件、歷史人物作爲意義象徵的符碼，沈祖棻以誠摯的同情理解展開對歷史的想像；而〈馬嵬驛〉正是作者掙脫歷史敘事的束縛，對女性的歷史命運提出更深層的反思與質問。

　　承續寫作鄉土社會現實主義的羅淑及學者型女作家沈祖棻的討論，本文重點接著要聚焦於左翼文學女作家的作品分析。在左翼文學陣營裏，白朗稱得上是最早加入的女作家之一。❷

---

❷　白朗(1912~1994)原名劉東蘭，生於瀋陽。與共產黨地下黨員羅烽的結縭以及「九一八」事變的發生，是促使白朗走向共產革命的契機，至於她的文學創作則開始於三〇年代初從事新聞工作時。一九三二年，白朗考入哈爾濱《國際協報》擔任記者與副刊編輯，隨後又主編該報大型文學周刊《文藝》，當時《文藝》與長春《大同報》副刊《夜哨》同是共產黨領導的文藝刊物。一九三三年，白朗在《夜哨》發表她的第一篇小說〈只是一條路〉，往後的兩年裏陸續又以劉莉、戈白、白朗等筆名發表小說《叛逆的兒子》、〈逃亡日記〉、《四年間》等作品。一九三五年至一九三六年間白朗逃亡上海，此時創作的短篇小說結集爲《伊瓦魯河畔》，一九三八年由文化出版社出版，並收入巴金主編的“文學叢刊”。四〇年代寫作的《老夫妻》、《我們十四個》以及五〇年代《爲了明天的幸福》、《在軌道上前進》，都是白朗在各個階段的重要代表作。一九五八年，白朗被誣爲“丁(玲)、陳(企霞)反黨集團”而被錯劃爲右派份子；文革時期又飽受殘酷的精神與肉體折磨，以致精神分裂病日愈嚴重。一九七八年，蒙受二十一年冤案的白朗中於獲得平反，然而已癱瘓

白朗的創作始於三〇年代初，作品以強烈批判日僞統治造成東北故鄉的哀鴻遍野爲重點。然而，一九三四年當白朗爲丈夫被日軍逮捕而歷經艱難營救，以及往後一連串危險流亡的生活之後，她在作品中開始細膩地反思女性與整個民族國家的問題。《伊瓦魯河畔》，就是作者寫於一九三五至一九三六年流亡上海時的作品。㉒結集在《伊瓦魯河畔》裏的短篇小說，一共分爲兩輯；輯一的〈伊瓦魯河畔〉、〈輪下〉、〈生與死〉、〈一個奇怪的吻〉等作品在內容上全是以東北人民的英勇抗日爲題材，作品基調較先前更加悲壯激烈。但是以〈探望〉、〈女人的形罰〉、〈珍貴的記念〉構成的第二輯，反而是作者在宣傳愛國主義之餘，流露她對女性切身問題的關注。小說以三部曲的形式，描繪一對盡忠革命的夫婦，妻子如何在個人家庭與民族政治之間取捨、如何在萬難中經歷了生產的痛苦及短暫歡愉、又如何在數月後嘗盡喪兒之痛。鑒於篇幅所限，在此僅以〈探望〉一文示例。小說敘述一對抗日夫婦，男主角因遭日軍逮捕，而女主角假報社記者的身份掩飾，藉宣傳報導日軍監獄之由，伺機探視被囚禁的丈夫。文本集中描寫女主角在丈夫被囚禁的百餘日裏，無法得知他的生死且奔走營救無方，心中千折萬磨的焦慮煎熬。她心急如焚，望眼欲穿，日裏夜裏都在監獄外徘徊，盼望有一天奇蹟出現能從牢門內走出她的丈夫。在

病床，形容枯槁。

㉒ 白朗，《伊瓦魯河畔》(據上海文化生活出版社1938年影印版)。

「民族團結」的旗幟下，女性個人所有的付出犧牲被視爲理所當然，而她的苦楚往往被迫消音。平時，她必須故作冷靜爲抗日活動奮鬥，一旦她得以獨處，想到生死未卜的丈夫，她即武裝盡卸失控地說：「我是一個平凡的人，一個濃於感情的人，我沒有克制情感的理智，我沒有一把鋒利的比首斬段綿綿的情絲……」。面對漫長的生死等待，朋友們輕鬆地安慰她「這，這是多麼偉大而值得驕傲的別離啊！」但此刻女主角卻癱軟絕望地想：

> 是的，這別離是偉大的，是光榮的，同時，也時也正是
> 我生命史上最慘痛的一頁呢！（頁152）

在「抗日愛國」的道德使命下，女作家拒絕對女性身體的昇華或取代，這一拒絕就是使小說在「民族主義」的表象下取得一種具有性別意義的立場。〈探望〉是女性的不滿也是女性欲望的表示，它揭露女性在政治鬥爭中無權選擇的被定位，挑明女性個人與國家社會利益的衝突。

《伊瓦魯河畔》並存著白朗對國家民族與女性身體的複雜情緒，從作者的經歷到文本的形式及內容，都可以作爲小說獲得其內涵和意義的重要來源。白朗流亡上海時已懷有身孕，上海騷亂不安的日夜、文藝界爲「兩個口號」的激爭，都讓白朗的處境更加地惡劣，但是她卻澄明思慮、潛心寫作。㉓因此〈探

㉓　閻德純著〈白朗〉，閻德純主編《中國現代女作家》(黑龍江，黑龍江人

望〉、〈女人的形罰〉、〈珍貴的記念〉三部曲，倒成了作者從個人的角度抒發個人的感受與心情。女作家的性別身份在此暫脫無產階級意識型態的束縛，白朗藉由描繪爲人妻母的點滴展現女性對自己身體在生產、家庭活動、政治鬥爭中所受的摧折，每有令人觸目驚心的告白。而一同收錄在《伊瓦魯河畔》的這兩個輯子，不論在形式上或是內容上，儼然是女性個人與家國社會的並置，更成了女性主體與國家民族話語的交鋒之處。

　　同一時間，凌叔華對女性身體與國家民族話語的相互扞格，也有不同層次的發揮。短篇小說〈千代子〉描寫不同國族間的婦女情誼，展現作者對不同族群的婦女的關心。❷小說場景放在京都市郊不景氣的大文字町，以一個支那料理店裏小腳的中國老闆娘作引線，描述日本居民對這個中國女人的好奇議論，孩子們的淘氣取鬧，還有日本教師對中國人的惡意攻訐，灌輸狹隘的愛國思想和侵占弱國的野心。文本最精彩處在某日千代子與好朋友百合子相邀一起上澡堂，當她們得知附近那位中國女人亦將帶著她的娃娃前往沐浴，「驅逐韃擄」之心油然而生，兩人開始計劃羞辱這個小腳婆娘。百合子是學校老師的傳聲筒，她相信把這個支那女人趕出日本澡堂是一件愛國大事。怎知一進熱水池，就看見好幾位日本女人正圍著一個白胖

民出版社，1983年)，頁53。

❷　〈千代子〉，原載於一九三四年四月《文學季刊》第一卷第二期。本文引文參閱陳學勇編《凌叔華文存》(成都，四川文藝出版，1998年)，頁301~311。

的娃娃和那位中國母親又說又笑：「他的母親面上露出特有的
又得意又憐愛的笑容，圍著他們的幾個女人，都是目不轉睛的
望著小娃娃，笑的多麼，自然多麼柔美。」不到一分鐘，千代
子已忘了原定任務，加入眾人的笑聲裏。最後千代子與百合子
走出澡堂，百合子氣憤地責備她沒有愛國心，千代子委屈地想
「人家好好的，怎能取鬧？」而她一直惦記著的那雙小腳，也
在愉快的笑聲中忘了要細看。在國族要題下，〈千代子〉一文
中／日兩國婦女的可貴情誼，展現另類的女性國族觀。小說特
別取景寒冬裏溫暖濕熱的澡堂，描摹一個人間和樂的景象，是
跨越國族界線的烏托邦象徵。在沒有米糧，沒有平安，只剩戰
爭不斷的日子，女性的反戰——對和平生活的企求——往往超越
她們對國家民族的認同。婦女掙脫國家機器運作框架的限制，
不再淪為男性政治權力鬥爭中的應聲者與犧牲品。

即使政治立場與意識型態不同，女作家的作品卻往往表現
出婦女和國家民族主義及父權傳統之間的矛盾。而這樣的現
象，亦非在三十年代的中國所特有，英國女作家吳爾芙同樣也
經歷了相似的情感衝突。一九三八年，吳爾芙在她的小說《三
枚金幣》裏表示，作為女性不可能分享這一民族鬥爭所提供給
男性的光榮利益以及男性的成就感。㉕她嘲諷著表示當國家有
難，婦女即被要求成為 "我們國家" 的一員；然而 "我們的國
家" 在絕大部份的歷史時期都視女人為奴隸，剝奪她們的教育

㉕　維金尼亞・吳爾芙《三枚金幣》(台北，天培文化出版，2001年)。

權與財產分配。因此，無論在過去或是現在，女人們沒有什麼特別的理由需要感謝或是保衛自己的祖國。作者以女性的身份立場，表明自己絕不認同一切屬於男性父權民族國家的侵略行爲及統治欲望。從白朗、羅淑、沈祖棻、凌叔華到吳爾芙，女作家自女性主體出發，建立了一種特定的民族意識的角度。從這個角度，使得女性個體與國家民族主義的話語產生對抗與衝擊。㉖雖然在不同的環境中女作家們除了種族與文化上的差異，她們作爲父權社會裏的女性這一共同身份，的確造成她們在家國觀念上不尋常的相似。

結 語：

歷來關於三〇年代女性小說的批評，都企圖拼湊出一個截然不同的故事；或者無視女作家對性別問題的重視敏感、或者譴責女作家對於民族主義的不夠忠貞，藉此抹煞她們對主流話語的顛覆。但是綜合上述，我們可以自二〇年代後期到三〇年代中期的女性小說，描繪出一條由女性的觀點所帶來的對現代中國主流論述的質疑。並且明顯可見地，這些內容及特點無疑是延承著五四女性小說中的第二／現代性的深化與變化而來。

任何歷史敘述本身，必然是建築在對另一些未被寫入歷史

㉖ 類似的情形亦出現在蕭紅的作品中，相關研究請見劉禾著〈文本、批評與民族國家文學〉，收錄於王曉明主編《批評空間的開創》(上海，東方出版，1998年)，頁259~316。

的史實的否定和遺忘之上。關於中國現代性的歷史敘述自然也不例外。在這本書的結論部份，儘管擔心畫蛇添足，我還是試圖在手邊可能掌握的的文本，一路細數中國／現代／女性所能打開的視界。當我們從五四女性小說裏，順著時代脈絡以及歷史內涵所針挑出來的中國女性的現代性想像，進一步分析這樣的女性文學傳統如何在三〇年代未受注意或不被提及，繼續壓抑沉潛或幽微發抒在女性創作之中。我們於是不難理解爲什麼丁玲，這位在二〇年代末先由「個人」走向「大眾」，卻在如願投奔到延安聖地之後寫出〈三八節有感〉等文章，指出延安所允諾婦女的幸福與現實差異之間的距離。另外，其他幾位左翼女作家例如郁茹、關露、楊剛……等人，她們在四〇年代所寫的《遙遠的愛》、《新舊時代》以及《挑戰》等自傳體小說，在民族革命奮鬥過程裏從未放棄強調性別差異。她們不願抹煞女性自身的生活方式和性別特徵，並且不曾放鬆她們對婦女解放的急迫關心。而我們也更能解釋爲什麼在四〇年代的淪陷區上海，何以開出一片繁花似錦的海派女性文學奇觀了。

附錄一：五四女作家小傳暨
文學創作概覽

　　編寫凡例：五四女作家小傳按出生年代先後順序排列，援引資料主要以《中國新文學大師名作賞析》(台北，海風出版社，一九九一年再版)之五四女作家創作年表爲主(秦賢次先生編訂)，暨以本論文研究之引用書目爲輔(見後頁291~293)。細部資料若有出入者，以最新更訂或是最多數說法爲依據。再者，有鑑於五四女作家創作之迄尾時間不一，又作品數量之多，本附錄所列單篇小說創作日期及出處，概以一九四九年以前爲限。四九年以後的單篇作品雖未列入考證範圍，但亦附錄單行本以供參考。

壹、陳衡哲

一、小傳

陳衡哲（1893—1976）江蘇武進人。筆名莎菲。其祖父與父親都做過地方官員，又都是知名的學者和詩人；母親是名門閨秀在繪畫方面頗有造詣。可以說，陳衡哲是出生在一個深具學術傳統與文化根基的家庭。陳衡哲中學階段就讀上海愛國女校，一九一四年通過清華學堂第一批官費留學生的考試，一九一五年進入美國瓦沙女子大學歷史學系，隨後再進入芝加哥大學攻取碩士學位。回國後相繼擔任北京大學及四川大學歷史系教授，成為中國現代史上第一位女教授；商務印書館並為陳衡哲出版過《文藝復興史》以及《西洋史》等學術專著。陳衡哲一生雖未以文學為主業，但她是中國現代文學史上最先嘗試白話文體的創作者，這樣的具體行動確實可貴並且令人敬重。抗日期間，陳衡哲先後遷往昆明、香港、重慶等地，抗戰勝利後更放棄移民美國的機會，長期定居在上海。然而這位熱愛國家、潛心學術研究的女學者，一樣難逃文革的摧折與磨難，平反後更是深居簡出，不復著述。

二、單篇小說創作概覽

小說篇名	日期／出處
〈一日〉	1917年《留美學生季報》
〈老夫妻〉	1918年《新青年》8卷2號
〈小雨點〉	1920年《新青年》8卷1號
〈波兒〉	1920年《新青年》8卷2號
〈巫峽裏的一個女子〉	1922年《努力周報》15期
〈洛綺思的問題〉	1924年《小說月報》15卷10號
〈一支扣針的故事〉	1926年《現代評論》5卷106期
〈孟哥哥〉	不詳
〈西風〉	不詳
〈運河與揚子江〉	不詳

三、小說、散文單行本

《小雨點》	上海新月書店出版	1928年
《衡哲散文集》（上、下二冊）	上海開明書局出版	1938年

貳、蘇雪林

一、小傳

　　蘇雪林（1897—1999）原名蘇小梅，安徽太平縣人。筆名綠漪、老梅、綠天、杜若、天嬰、靈芬等。一九一九年考進北京女子高等師範學院國文系，與廬隱、馮沅君等人為同學。蘇雪林就讀女高師兩年後，旋即考取官費赴法留學，先肄業於中法學院，再入里昂國立藝術學院深造。一九二五年因母病輟學回國，奉母命與張寶齡締結舊式婚姻。爾後相繼在蘇州東吳大學、上海滬江大學、安徽省立大學執教。一九三一年以後，蘇雪林任教武漢大學長達十八年，期間與同校教授袁昌英、凌叔華往來密切，時人稱「珞珈三傑」。一九四九年，蘇雪林先赴香港，次年再轉往法國留學。一九五二年起定居台灣，先後擔任國立台灣師範大學、國立成功大學國文系教授，主要致力於屈賦的研究，廣受學術界的矚目及推崇。蘇雪林在二〇年代末以《綠天》、《棘心》二書打下文壇地位；而自三〇年代起，她一方面發表相關新文學的評論文章，如〈阿Q正傳與魯迅創作的藝術〉、〈周作人先生研究〉、〈沈從文論〉等，另一方面致力古典文學的研究。一九四〇年受國民黨中央宣傳部委託，編寫《南明忠烈傳》，之後陸續發表一些歷史小說以及評論。作品表現強

烈的民族氣節、與早期柔婉清新的文風大相逕庭。五〇年代定居台灣後，出版多種著作，其中包括散文、小說、文壇回憶錄以及學術專著。

二、單篇小說創作概覽

小說篇名	日期／出處
〈母親的南旋〉	不詳
〈自廚房踏入學校〉	不詳
〈赴法〉	不詳
〈光榮的勝仗〉	不詳
〈噩音〉	不詳
〈來夢湖上的養病〉	不詳
〈家書〉	1928年《北新半月刊》2卷20期
〈丹鄉〉	1928年《北新半月刊》2卷21期
〈白朗女士〉	1928年《北新半月刊》3卷1期
〈中秋夜〉	不詳
〈馬沙的家庭〉	不詳
〈家鄉遭匪的惡耗〉	不詳
〈他不來歐洲〉	不詳
〈皈依〉	不詳
〈巴黎聖心院〉	不詳

〈法京遊覽與歸國〉	不詳
〈一封信〉	不詳

三、小說、散文單行本

《綠天》	上海北新書局	1928年
《棘心》	上海北新書局	1929年
《蠹魚集》	上海眞善美書店出版	1929年
《青鳥集》	長沙商務印書館	1938年
《屠龍集》	長沙商務印書館	1941年
《南明忠烈傳》	重慶國民圖書出版	1941年
《蟬蛻集》	重慶商務印書館	1945年
《鳩那羅的眼睛》	上海商務印書館	1946年
《雪林自選集》	台北勝利出版	1954年
《歸鴻集》	台北暢流出版	1955年
《歐遊獵勝》	台中光啓出版社	1957年
《天馬集》	台北三民書局	1957年
《秀峰夜話》	台北文星書店	1967年
《我的生活》	台北文星書店	1967年
《閒話戰爭》	台北文星書店	1967年
《眼淚的海》	台北文星書店	1967年
《風雨雞鳴》	台北源成文化圖書	1977年
《趣味的民間故事》	台北廣東出版	1978年

《靈海微瀾》第一集	台南聞道出版	1978年
《靈海微瀾》第二集	台南聞道出版	1979年
《靈海微瀾》第三集	台南聞道出版	1980年
《遁齋隨筆》	台北中央日報出版	1989年
《浮生九四》	台北三民書局	1991年

參、盧隱

一、盧隱小傳

　　盧隱（1898—1934）本名黃英，福建閩侯縣人。出身官宦之家，其父為清朝舉人，曾任長沙知縣。盧隱六歲時父親去逝，家道衰落，隨母親遷往北京，寄居舅父家。她十三歲便考入女子師範學校，畢業後任教於北京等地。盧隱二十一歲時因為厭倦四處飄泊的教書生活以及現實社會的黑暗腐敗，她於是再度求學，考取北京高等女子師範學校國文部。一九二二年盧隱女高師畢業，先後在安徽、北京師大附中等處任國文教師。一九二三年與相戀數載的郭夢良結婚，艱苦奮鬥建立起來的家庭僅維持兩年，郭夢良便一病而逝。一九三〇年盧隱與李

唯建東渡日本旅行並舉行婚禮；次年八月廬隱赴上海工部局女
中任教。一九三四年廬隱因難產病逝上海大華醫院，享年三十
六歲。在五四女作家群裏，廬隱的創作質、量皆是有目共睹。
從《海濱故人》、《曼麗》到《玫瑰的刺》、《女人的心》等
等，無論長篇、短篇，無論寫實風格抑或浪漫抒情，一一為五
四文學增添豐富色彩與多樣面向。

二、單篇小說創作概覽

小說篇名	日期／出處
〈一個著作家〉	1921年《小說月報》12卷2號
〈一封信〉	1921年《小說月報》12卷6號
〈兩個小學生〉	1921年《小說月報》12卷8號
〈紅玫瑰〉	1921年《小說月報》12卷7號
〈靈魂可以賣嗎？〉	1921年《小說月報》12卷11號
〈思潮〉	1921年《小說月報》12卷12號
〈一個病人〉	1921年《世界日報·文學周報》6期
〈餘淚〉	1922年《小說月報》13卷 6號
〈一個女教員〉	1922年《世界日報·文學周報》29期
〈月下的回憶〉	1922年《小說月報》13卷10號
〈或人的悲哀〉	1922年《小說月報》13卷12號

〈麗石的日記〉	1923年《小說月報》14卷6號
〈徬徨〉	1923年《小說月報》14卷1號
〈跳舞場歸來〉	1923年《申江日報·海潮副刊》15號
〈海濱故人〉	1923年《小說月報》14卷10~11期
〈淪落〉	1924年《小說月報》15卷4號
〈前塵〉	1924年《小說月報》15卷6號
〈灰色的路程〉	1924年《東方雜誌》21卷2號
〈舊稿〉	1924年《小說月報》15卷5號
〈父親〉	1925年《小說月報》16卷1號
〈秦教授的失敗〉	1925年《小說月報》16卷10號
〈幽弦〉	1925年《小說月報》16卷5號
〈勝利以後〉	1925年《小說月報》16卷6號
〈西窗風雨〉	1926年12月8日《晨報副刊》
〈寂寞〉	1926年《小說月報》17卷12號
〈血泊中的英雄〉	1927年4月20日《晨報副刊》
〈憔悴梨花〉	1927年
〈風欺雪虐〉	1927年4月30日《晨報副刊》
〈曼麗〉	1927年
〈房東〉	1927年1月29日《晨報副刊》
〈蘭田的懺悔錄〉	1927年《小說月報》17卷1號

〈何處是歸程〉	1927年《小說月報》18卷2號
〈秋風秋雨愁煞人〉	1927年
〈一幕〉	1927年
〈雨夜〉	1928年《小說月報》19卷12號
〈時代的犧牲者〉	1928年
〈雲夢姑娘〉	1929年《小說月報》20卷1號
〈歸雁〉	1929年《華嚴月刊》1卷2~7期
〈乞丐〉	1929年《華嚴月刊》1卷3期
〈亡命〉	1929年《華嚴月刊》1卷8期
〈歧路〉	1931年
〈玫瑰的刺〉	1931年
〈戀史〉	1931年
〈狂風裏〉	1931年
〈象牙戒指〉	1931年《小說月報》22卷6~12期
〈擱淺的人們〉	1932年《讀書雜誌》2卷1期
〈女人的心〉	1932年《時事新報·青光》
〈漂泊的女兒〉	1932年
〈前途〉	1933年《前途雜誌》創刊號
〈一個情婦的日記〉	1933年《申江日報·海潮》18~23號
〈火燄〉	1934年

〈好丈夫〉	不詳
〈偵探〉	不詳

三、小說、散文單行本

《海濱故人》	商務印書館	1925年
《曼麗》	北京古城書店	1928年
《歸雁》	上海神州國光社	1930年
《靈海潮汐》	上海開明書店	1931年
《雲鷗情書集》	上海神州國光社	1931年
《介子推》	中華平民教育促進會	1932年
《不幸》	中華平民教育促進會	1932年
《穴中》	中華平民教育促進會	1932年
《婦女生活的改善》	中華平民教育促進會	1932年
《玫瑰的刺》	上海中華書局出版	1933年
《女人的心》	上海四社出版部	1933年
《水災》	中華平民教育促進會	1933年
《象牙戒指》	上海商務印書館	1934年
《廬隱自傳》	上海第一出版社	1934年
《火燄》	上海北新書局	1935年
《東京小品》	上海北新書局	1936年

肆、馮沅君

一、小傳

馮沅君（1900—1974）本名馮恭蘭，河南唐河縣人。父親是清朝進士，曾任湖北崇陽知縣。由於馮沅君出身書香門第，因此自幼便在四書、五經的傳統薰陶下成長。一九一七年，她考進國立女子高等師範學校，一九二二年自女高師畢業後又順利考取北京大學研究所國學門，研習中國古典文學，成為北大的第一位女研究生。研究所期間，馮沅君開始新文學創作；在女高師的幾位同學中，較之英年早逝的石評梅與廬隱，馮沅君的人生道路要長出數十年，但她從事新文學創作的時間並不長。自一九二三年至一九二九年與陸侃如結婚，馮沅君一共出版了三部短篇小說集。一九三二年，馮沅君考取法國大學文學院博士班，一九三五年取得文學博士學位返國。此後，馮沅君主要致力於學術研究以及教學工作，先後曾任教於中山大學、武漢大學、東北大學、山東大學等。

二、單篇小說創作概覽

小說篇名	日期／出處
〈隔絕〉	1923年《創造季刊》2卷2期
〈隔絕之後〉	1923年《創造周報》49期
〈旅行〉	1924年《創造季刊》45期
〈慈母〉	1924年《創造季刊》46期
〈誤點〉	1925年《莽原》
〈緣法〉	1925年《語絲》42期
〈林先生的信〉	1925年
〈我已在愛神面前犯了罪〉	1925年
〈寫于母親走後〉	不詳
〈晚飯〉	1926年
〈劫灰〉	1926年《語絲》60期
〈貞婦〉	1926年《語絲》86期
〈春痕〉	1927年
〈潛悼〉	1928年
〈EPOCH MAKING…〉	1928年

三、小說、散文單行本

《卷葹》	上海北新書局出版	1926年
《春痕》	上海北新書局出版	1927年
《劫灰》	上海北新書局出版	1928年

伍、凌叔華

一、小傳

　　凌叔華（1900—1990）本名凌瑞唐，出生北京，祖籍廣東番禺。其母為偏房，凌叔華從小就是生長在一個封建仕家的環境。父親特別喜愛繪畫，常與騷人墨客交往，因此凌叔華自幼就受到良好的文化薰陶，學習外文、古典詩詞以及繪畫。就讀天津直隸第一女子師範學校時，適逢五四運動發生，因此同時受到新文化思潮的影響。一九二○年考入燕京大學，學習一年自然科學後轉攻讀外國語文。大學畢業後，凌叔華因為精於書畫，所以受聘為故宮博物院書畫審查專門委員。一九二七年，

凌叔華與北京大學教授陳源(西瀅)結婚；抗戰期間隨學校遷居四川。此時凌叔華因緣際會開始與英國著名女作家維吉尼亞・吳爾芙通信，並著手寫作英文自傳體小說*Ancient Melodies* (《古韻》)。一九四七年，凌叔華隨陳源出任中國駐聯合國教科文組織代表，先住巴黎，後定居倫敦。五○年代後期曾赴新加坡南洋大學任教；六○年代以後應倫敦大學、牛津大學、愛丁堡大學之聘，開設中國文學與書畫專題講座，並先後在各國舉辦個人畫展和藏畫展，爲中外文化交流做出相當的貢獻。

二、單篇小說創作概覽

小說篇名	日期／出處
〈女兒身世太淒涼〉	1924年1月13日《晨報・副刊》
〈資本家的聖誕〉	1924年3月23日《晨報・副刊》
〈我哪件事對不起他〉	1924年《晨報六周年增刊》
〈酒后〉	1925年《現代評論》1卷5期
〈繡枕〉	1925年《現代評論》1卷15期
〈吃茶〉	1925年《現代評論》1卷20期
〈花之寺〉	1925年《現代評論》2卷48期
〈再見〉	1925年《現代評論》2卷34期
〈太太〉	1925年《晨報・副刊》七周年紀念增刊

〈茶會以後〉	1925年6月1日
〈中秋晚〉	1925年10月1日《晨報‧副刊》
〈等〉	1926年《現代評論》3卷70期
〈春天〉	1926年《現代評論》4卷79期
〈有福氣的人〉	1926年《現代評論》一周年增刊
〈說有這麼一回事〉	1926年5月3日《晨報‧副刊》
〈寫信〉	1926年
〈病〉	1927年《現代評論》5卷121期
〈綺霞〉	1927年《現代評論》6卷138~139期
〈他倆的一日〉	1927年《現代評論》6卷145~146期
〈弟弟〉	1927年《現代評論》二周年增刊
〈瘋了的詩人〉	1928年《新月》1卷2號
〈小劉〉	1929年《新月》1卷12號
〈小蛤蟆〉	1929年《新月》2卷1號
〈小哥兒倆〉	1929年《新月》2卷2號
〈送車〉	1929年《新月》2卷3號
〈楊媽〉	1929年《新月》2卷4號
〈搬家〉	1929年《新月》2卷6~7號

〈鳳凰〉	1930年《新月》3卷1期
〈晶子〉	1931年《北斗》1卷2期
〈倪雲林〉	1931年《文藝月刊》2卷3號
〈旅途〉	1931年《文季月刊》復刊號
〈千代子〉	1934年《文學季刊》1卷2期
〈無聊〉	1934年《大公報・副刊》
〈異國〉	1935年《武漢日報・現代文藝》4期
〈轉變〉	1935《武漢日報・現代文藝》31~32期
〈奶媽〉	1936年《文藝月刊》第8卷4期
〈一件喜事〉	1936年《大公報・副刊》
〈死〉	1936年開明書店創業十周紀念《十年》
〈八月節〉	1937年《文學雜誌》1卷4期
〈一個故事〉	1937年《中學生》雜誌73號
〈李先生〉	不詳
〈小英〉	不詳
〈開瑟琳〉	不詳

三、小說、散文單行本

《花之寺》	上海新月書店出版	1928年
《女人》	上海商務印書館	1930年
《小哥兒倆》	上海良友圖書出版	1935年
Ancient Melodies（中譯本《古韻》）	London: The Hogarth Press	1953年
《愛山廬夢影》	新加坡星州世界書局	1960年

陸、冰心

一、小傳

　　冰心（1900—1999）原名謝婉瑩，生於福州，祖籍福建長樂縣。其父創辦海軍軍官學校，並擔任海軍部軍學司長，深具反帝國的強烈使命感。冰心的童年在山東煙台度過，一九一三年全家遷至北京。次年考入貝滿女子中學，一九一八年冰心以優異成績進入北京協和女子大學理預科，爾後轉讀燕京大學國文系。一九二三年畢業，並獲得金鑰匙獎赴美國威爾斯利大學留學。一九二

六年取得該校碩士學位後返國，相繼在燕京大學、北平女子文理學院、清華大學任教。冰心是最早響應五四新文化運動、以白話文進行小說創作的女作家之一。早期小說多以鼓吹愛國運動、反映社會現況以及婦女問題為主題，奠定她在中國現代文學史上的地位。整體而言，冰心的作品時代氣息濃郁，至於語言則雋永清新、情感柔美真摯，具有獨特的藝術風格。三〇年代中期開始，冰心與夫婿吳文藻先後赴日本、美國、英國、義大利、法國、德國、蘇聯等國家進行考察。一九三七年「七七事變」發生，冰心由歐洲返抵國門，遷居西南，展開一連串顛沛流離的戰亂生活。抗日勝利後，冰心隨吳文藻東渡日本，為戰後赴日的中國代表團成員進行日本社會考察。這期間，她除了應東京大學之聘講授中國文學課程之外，還辦過中國人子弟小學，出任該校校長。並且不時公開發表演講、撰寫文章，其內容皆為宣揚民主思想，呼籲反侵略戰爭。五〇年初離開日本、輾轉香港，最後回到中國。

二、單篇小說創作概覽

小說篇名	日期／出處
〈兩個家庭〉	1919年9月18日~22日《晨報·副刊》
〈斯人獨憔悴〉	1919年10月7日~11日《晨報·副刊》

〈去國〉	1919年11月12日~26日《晨報·副刊》
〈秋風秋雨愁煞人〉	1919年11月30日~12月3日《晨報·副刊》
〈世界上有的是快樂…光明〉	1920年《燕大季刊》1卷1期
〈一個憂鬱的青年〉	1920年《燕大季刊》1卷3期
〈莊鴻的姊姊〉	1920年1月6日~7日《晨報·副刊》
〈一篇小說的結局〉	1920年1月29日《晨報·副刊》
〈最後的安息〉	1920年3月11日~13日《晨報·副刊》
〈骰子〉	1920年4月6日~7日《晨報·副刊》
〈還鄉〉	1920年5月20日~21日《晨報·副刊》
〈一個兵丁〉	1920年6月10日《晨報·副刊》
〈一個奇異的夢〉	1920年8月1日《晨報·副刊》
〈一個軍官的筆記〉	1920年8月9日《晨報·副刊》
〈三兒〉	1920年9月29日《晨報·副刊》
〈懺悔〉	1920年10月7日《晨報·副刊》
〈魚兒〉	1920年12月21日《晨報·副刊》
〈國旗〉	1921年3月13日《晨報·副刊》

〈月光〉	1921年4月19~20日《晨報・副刊》
〈一個不重要的軍人〉	1921年8月9日《晨報・副刊》
〈超人〉	1921年《小說月報》12卷4號
〈愛的實現〉	1921年《小說月報》12卷7號
〈最後的使者〉	1921年《小說月報》12卷11號
〈離家的一年〉	1921年《小說月報》12卷11號
〈煩悶〉	1922年《小說月報》13卷1號
〈瘋人筆記〉	1922年《小說月報》13卷4號
〈遺書〉	1922年《小說月報》13卷6號
〈寂寞〉	1922年《小說月報》13卷9號
〈悟〉	1924年《小說月報》15卷3號
〈六一姊〉	1924年《小說月報》15卷6號
〈別後〉	1924年《小說月報》15卷9號
〈姑姑〉	1925年
〈劇後〉	1925年《小說月報》17卷1號
〈第一次宴會〉	1930年《新月》2卷6號
〈三年〉	1930年《小說月報》21卷1號
〈分〉	1931年《新月》3卷11號

〈冬兒姑娘〉	1933年《文學季刊》創刊號
〈我們太太的客廳〉	1933年
〈相片〉	1934年《文學季刊》3期
〈西風〉	1936年《文季月刊》1卷2期
〈我的同班〉	1943年
〈張嫂〉	1943年
〈空屋〉	1944年《華聲半月刊》1卷2期

三、小說、散文單行本

《繁星》	商務印書館	1923年
《春水》	新潮社出版	1923年
《超人》	商務印書館	1923年
《寄小讀者》	北新書局	1926年
《往事》	開明書局	1930年
《南歸》	北新書局出版	1931年
《冰心遊記》	北新書局	1935年
《冬兒姑娘》	北新書局	1935年
《關於女人》	天地出版	1943年
《冰心小說集》	重慶開明書店	1943年
《冰心詩集》	重慶開明書店	1943年

《冰心散文集》	重慶開明書店	1943年
《還鄉雜記》	中國少年兒童出版社	1957年
《小橘燈》	北京出版社	1957年
《歸來以後》	作家出版社	1958年
《我們把春天吵醒了》	百花文藝出版社	1960年
《櫻花讚》	百花文藝出版社	1962年
《拾穗小札》	作家出版社	1964年
《冰心兒童散文選》	吉林人民出版社	1980年
《晚晴集》	百花文藝出版社	1980年
《冰心自敘》	團結出版社	1996年

柒、石評梅

一、小傳

　　石評梅（1902—1928）山西平定縣人，學名汝璧，素慕梅花高潔，所以又常擇名評梅。石評梅的父親是清朝舉人，因此她幼承庭訓，古文根底扎實。一九一九年受五四風潮感召，石評梅懷著致力教育改造社會的志向，考入當時最高女子學府——北京女子高等

師範學校，與陸晶清、廬隱、馮沅君、蘇雪林以及學生運動領袖許廣平、劉和珍等爲同學。在大學以及任教北京師大附中的短短七年間，石評梅在當時各大報刊上計有數十萬字的作品發表。她的小說不以情節見長，卻以摹寫自然情狀擅揚。另外，石評梅與摯友陸晶清等合編《京報副刊・婦女周刊》和《世界日報・薔薇周刊》，這兩份刊物充分表現女作家對實現自我以及變革社會的熱忱。她在《婦女周刊》的發刊詞裏明確表示，要讓寫作發出進步的呼聲，用自己的筆「尋覓東方的白采，黎明的曙輝」。《薔薇周刊》編發「三・一八紀念專號」，痛斥北洋軍閥暴行；出版「國恥紀念號」爲聲討濟南慘案的日本侵略者，爲此，石評梅還受到反動當局的懷疑與監視。一九二八年，石評梅因突發腦膜炎猝逝，年僅二十六歲。在好友廬隱及陸晶清的努力下，石評梅的作品——小說散文集《偶然草》於一九二九年由北京華嚴書店出版，散文集《濤語》則於一九三一年由上海神州國光社出版。

二、單篇小說創作概覽

小說篇名	日期／出處
〈只有梅花知此恨〉	1925年《京報副刊・文學周刊》12號
〈董二嫂〉	1925年《京報副刊・婦女周刊》50號
〈棄婦〉	1925年《京報副刊・婦女周刊》周年紀念特號

〈禱告—婉婉的日記〉	1927年《晨報副刊》
〈紅鬃馬〉	1927年《晨報副刊》
〈餘輝〉	1927年《世界日報·薔薇周刊》27期
〈歸來〉	1927年《世界日報·薔薇周刊》28期
〈被踐踏的嫩芽〉	1927年《世界日報·薔薇周刊》33期
〈白雲庵〉	1927年《世界日報·薔薇周刊》37~38期
〈流浪的歌者〉	1927年《世界日報·薔薇周刊》37~38期
〈匹馬嘶風錄〉	1927年《世界日報·薔薇周刊》周年紀念增刊
〈噩夢中的扮演〉	1928年《世界日報·薔薇周刊》52期
〈毒蛇〉	1928年《世界日報·薔薇周刊》52期
〈偶然來臨的貴婦人〉	1928年《世界日報·薔薇周刊》75期
〈晚宴〉	1928年《世界日報·薔薇周刊》76期 (原題目《天下為婆》，收入《偶然草》時改為本題)
〈卸妝之夜〉	1928年《世界日報·薔薇周刊》77期
〈懺悔〉	1928年《女一中季刊》2期
〈林楠的日記〉	1928年《中央日報·紅與黑》42~43期
〈病〉	不詳
〈惆悵〉	不詳

〈蕙娟的一封信〉	不詳
〈一夜〉	不詳

三、小說、散文單行本

《偶然草》	北京華嚴書店	1929年
《濤語》	上海神州國光社	1931年

參引書目

一、引用小說・散文・文集

（一）五四女作家

石評梅著、黃紅宇選編，《石評梅小說選集・只有梅花知此恨》，
　　　上海古籍出版，1999年。

―――――、劉　屏選編，《石評梅・棄婦》，北京燕山出版，
　　　1998年。

―――――、張　軍、瓊　熙編，《石評梅散文全集》，中原農
　　　民出版，1996年。

冰　心著、卓　如選編，《中國現代作家選集・冰心》，台北
　　　書林出版，1992年。

―――――、卓　如選編，《冰心小說選集・相片》，上海古籍
　　　出版，1997年。

―――――、林樂齊、郁　華編，《冰心自敘》，北京團結出版
　　　社，1996年。

―――――、官　璽編，《冰心文集》(全四冊)，上海文藝出版，

1983年。

─────、劉亞鐵選編，《冰心·莊鴻的姊姊》，北京燕山出
　　　　版，1998年。

凌叔華著、洪範出版社編，《凌叔華小說集》(全二冊)，台北
　　　　洪範出版，1984年。

─────、楊　揚、江　雁選編，《凌叔華小說選集·花之寺》，
　　　　上海古籍出版，1997年。

─────、陳學勇編，《凌叔華文存》(全二冊)，四川文藝出版，
　　　　1998年。

陳衡哲著，《小雨點》，新月書店出版，1928年。

─────，《衡哲散文集》(全二冊)，開明書局出版，1938年。

─────、羅　崗選編，《陳衡哲小說選集·西風》，上海古
　　　　籍出版，1997年。

馮沅君著、人民文學出版社編，《卷葹》，北京人民文學出版，
　　　　1998年。

─────、孫曉忠選編，《馮沅君小說選集·春痕》，上海古
　　　　籍出版，1997年。

盧　隱著、陳　虹選編，《女人的心》，廣州花城出版社，1996
　　　　年。

─────、肖　鳳編，《中國現代作家選集·盧隱》，台北鍾
　　　　馗出版，1987年。

─────、郭俊峰、王金亭編，《盧隱小說全集》(全二冊)，吉
　　　　林時代文藝出版，1997年。

─────、范玉吉選編，《盧隱小說選集·何處是歸程》，上

· 參引書目 ·

海古籍出版，1999年。

————、張　軍、瓊　熙編，《廬隱散文全集》，中原農民
　　出版，1996年。

蘇雪林著、柳　珊選編，《蘇雪林小說選集‧蟬蛻》，上海古
　　籍出版，1999年。

————、劉　納選編，《蘇雪林代表作》，北京華夏出版，
　　1999年。

————、傅一鋒選編，《棘心》，北京燕山出版，1998年。

————、左克誠編，《蘇雪林文集》(全四冊)，安徽文藝出版，
　　1996年。

（二）其他

白　朗著，《伊瓦魯河畔》，上海文化生活出版，1938年影印
　　版。

白　薇著、曾果偉編，《白薇作品選》，湖南人民出版，1985
　　年。

沈　櫻著、陳寧寧選編，《沈櫻小說‧愛情的開始》，上海古
　　籍出版，1997年。

————、孫金鑑選編，《沈櫻代表作》，北京華夏出版，1999
　　年。

————、陳　虹選編，《喜筵之後》，廣州花城出版，1996
　　年。

沈祖棻著、徐曙蕾選編，《沈祖棻小說‧馬嵬驛》，上海古籍

出版，1999年。

袁昌英著，《袁昌英作品選》，湖南人民出版社，1985年。

陳學昭著，《幸福》，上海漢文正楷印書館，1933年影印版。

————，《時代婦女》，上海女子書店，1932年影印版。

謝冰瑩著、李家平選編，《解除婚約》，北京燕山出版，1998
　　　年。

————、程　丹選編，《謝冰瑩代表作》，北京華夏出版，
　　　1999年。

羅　淑著、徐曙蕾選編，《羅淑小說·生人妻》，上海古籍出
　　　版，1997年。

二、中／西文著作

（一）中文著作

台北幼獅文化編，《中國新女界雜誌重刊》，台北幼獅文化出
　　　版，1977年。

丁守和著，《民主科學在中國的命運》，香港中華書局出版，
　　　1994年。

丁守和編，《中國近代啓蒙思潮》，北京社會科學文獻出版，
　　　1999年。

中國社科院文學研究所現代文學研究室主編，《革命文學論爭
　　　資料選編》，北京人民大學出版，1981年。

中華全國婦女聯合會婦女運動歷史研究室主編，《五四時期婦
　　　女問題文選》，北京三聯書店出版，1981年。

王岳川主編，《後現代主義文化與美學》，北京北京大學出版，
　　　2000年。

王　政、杜芳琴主編，《社會性別研究選譯》，北京三聯書店
　　　出版，1998年。

王德威著，《從劉鶚到王禎和》，台北時報出版，1986年。

————，《小說中國》，台北麥田出版，1996年。

————，《如何現代，怎樣文學》，台北麥田出版，1998年。

王曉明編，《二十世紀中國文學史論：第一卷》，東方出版中
　　　心出版，1997年。

————，《文學研究會評論資料選》，華東師範大學出版，
　　　1986年。

————，《批評空間的開創：二十世紀中國文學研究》，東
　　　方出版中心出版，1998年。

白舒榮、何　由著，《白薇評傳》，湖南人民出版，1983年。

北京大學主編，《文學運動史料》(全五冊)，上海教育出版，
　　　1979年。

平　心著，《中國民主憲政運動史》，台北古楓出版，1986年。

肖　鳳著，《中國現代作家傳記叢書·冰心傳》，北京十月文
　　　藝出版，1995年。

何　沁主編，《中國革命史參考資料》，北京京大學出版，1992

　　　　年。

余英時等著，《五四新論：既非文藝復興，亦非啓蒙運動》，
　　　　台北聯經出版，1999年。

佘碧平著，《現代性的意義與局限》，上海三聯書店，2000年。

吳中杰著，《中國現代文藝思潮史》，復旦大學出版，1996年。

呂乃基著，《科學文化與中國現代化》，安徽教育出版社，1993
　　　　年。

呂建忠、李奭學著，《近代西洋文學》，台北書林出版，1993
　　　　年。

呂美頤、鄭永福著，《中國婦女運動(1840~1921)》，河南人民
　　　　出版社，1990年。

宋劍華主編，《現代性與中國文學》，山東教育出版社，1999
　　　　年。

李又寧、張玉法編，《中國婦女史論文集·第一輯》，台灣商
　　　　務印書館，1981年。

──────，《中國婦女史論文集·第二輯》，台灣商
　　　　務印書館，1988年。

李何林著，《近二十年中國文藝思潮論》，各地生活書店出版，
　　　　1939年影印版。

李歐梵著，《現代性的追求》，台北麥田出版，1996年。

村樹明著，《女性主義文學批評在中國》，貴州人民出版，1995
　　　　年。

沈從文著，《沈從文文集》，香港三聯出版，1985年。

汪　丹編，《女性潮汐──民國名報擷珍》，天津人民出版社，

1998年。

汪一駒著，《中國知識份子與西方》，台北久大出版，1991年。

汪榮祖編，《五四研究論文集》，台北聯經出版，1979年。

周　蕾著，《婦女與中國現代性：東西方之間閱讀記》，台北麥田出版，1995年。

周作人著，《周作人代表作》，北京華夏出版，1997年。

周振甫編，《嚴復思想評述》，台北台灣中華書局出版，1964年。

周敘琪著，《一九一○～一九二○年代都會新婦女生活風貌：以《婦女雜誌》為分析實例》，國立台灣大學出版，1996年。

周策縱著、楊默夫編譯，《五四運動史》，台北桂冠出版，1993年。

周陽山編，《五四與中國──知識份子與中國現代化》，台北時報出版，1985年。

孟　悅、戴錦華合著，《浮出歷史地表：中國現代女性文學研究》，台北時報出版，1993年。

林毓生著、穆善培譯，《中國意識的危機》貴陽貴州人民出版社，1988年。

————，《政治秩序與多元社會》台北聯經出版，1990年。

林毓生、李澤厚等著，《五四：多元的反思》，台北風雲時代出版，1989年。

金耀基著，《中國現代化的動向》，台北勁草文化出版，1975年。

————，《中國現代化與知識份子》，台北時報出版，1977
　　　　年。

南京大學中文系主編，《左聯時期無產階級革命文學》，江蘇
　　　　文藝出版，1960年。

柯　　興著，《風流才女—石評梅傳》，北京群眾出版，1999年。

胡　　適著，《民國叢書·胡適文存》，上海書店出版，據亞東
　　　　圖書館1928年影印版。

————，《民國叢書·胡適留學日記》，上海書店出版，據
　　　　商務印書館1937年影印版。

————，《中國新文學運動小史》，台灣啟明書局出版，1958
　　　　年。

茅　　盾著，《茅盾全集》，北京人民文學出版，1982年。

郁達夫著，《郁達夫全集》，浙江文藝出版，1992年。

唐文權著，《覺醒與迷悟——中國近代民族主義思潮研究》，
　　　　台北中央研究院民族所出版，1993年。

夏志清著，《中國現代小說史》，台北傳記文學出版，1979年。

————，《愛情·社會·小說》，台北純文學出版，1989年。

孫石月著，《中國近代女子留學史》，北京中國和平出版社，
　　　　1995年。

殷國民、陳志紅著，《中國現當代小說中的知識女性》，廣東
　　　　高等教育出版，1990年。

袁興華著，《馬克思主義文藝思想發展初論》，長沙湖南文藝
　　　　出版，1987年。

張京媛編，《當代女性主義文學批評》，北京大學出版，1992

年。

張岩冰著，《女權主義文論》，山東教育出版社，1998年。

張靜如、劉志強著，《北洋軍閥統治時期中國社會之變遷》，
　　　　北京中國人民大學出版，1992年。

梁啓超著，《飲冰室文集》，台北中華書局出版，1960年。

————，《梁啓超文集》，台南大東書局出版，1966年。

盛　英主編，《二十世紀中國女性文學史》，天津人民出版社，
　　　　1995年。

許豪炯著，《五卅時期文學史論》，上海社會科學院出版，1997
　　　　年。

許懷中著，《中國現代文學史研究史論》，廈門大學出版社，
　　　　1997年。

郭沫若著，《郭沫若選集》，北京人民文學出版社，1982年。

陳三井主編，《近代中國婦女運動史》，近代中國出版社，2000
　　　　年。

陳幼石著，《茅盾《蝕》三部曲的歷史分析》，北京社會科學
　　　　文獻出版社，1992年。

陳安湖主編，《中國現代文學社團流派史》，華中師範大學出
　　　　版，1997年。

陳東原著，《中國婦女生活史》，台北台灣商務印書館，1990
　　　　年。

陳敬之著，《三十年代文壇與左翼作家聯盟》，台北成文出版，
　　　　1980年。

————，《文學研究會與創造社》，台北成文出版，1980年。

————，《現代文學早期的女作家》，台北成文出版，1980年。

陳萬雄著，《五四新文化的源流》，北京三聯書店出版，1997年。

陳聞桐主編，《近現代西方政治哲學引論》，安徽大學出版社，1997年。

陳獨秀著，《民國叢書・獨秀文存》，上海書店出版，據亞東圖書館1928年影印版。

喬以鋼著，《低吟高歌：二十世紀中國女性文學論》，南開大學出版，1998年。

彭小妍著，《超越寫實》，台北聯經出版，1993年。

舒　蘭著，《北伐前後時的新詩作家和作品》，台北成文出版，1980年。

華　崗著，《中國大革命史：1925~1927》，文史資料出版社，1982年。

賀玉波著，《中國現代女作家》，上海復興書局，1936年。

黃　英著，《現代中國女作家》，上海北新書局出版，1931年。

黃人影編，《當代中國女作家論》，上海光華書局出版，1933年。

黃金麟著，《歷史、身體、國家——近代中國的身體形成(1895~1937)》，台北聯經出版，2000年。

黃瑞祺著，《馬克思論現代性》，台北巨流出版，1997年。

————，《現代與後現代》，台北巨流出版，2000年。

楊　義著，《二十世紀中國小說與文化》，台北業強出版，1993

年。

溫元凱、倪　端著，《中國國民性改造》，香港曙光圖書出版，
　　1988年。

溫敏儒著，《新文學現實主義的流變》，北京大學出版，1988
　　年。

賈植芳主編，《中國現代文學的主潮》，上海復旦大學出版，
　　1990年。

劉　納著，《嬗變——辛亥革命時期至五四時期的中國文學》，
　　中國社會科學出版，1998年。

劉人鵬著，《近代中國女權論述》，台北台灣學生書局出版，
　　2000年。

劉小楓著，《現代性社會理論緒論：現代性與現代中國》，牛
　　津大學出版，1996年。

劉中樹著，《五四文學革命運動史論》，長春吉林大學出版，
　　1989年。

劉再復、李澤厚著，《告別革命：二十世紀中國對談錄》，台
　　北麥田出版，1999年。

劉亮雅著，《情色世紀末：小說、性別、文化、美學》，台北
　　九歌出版，2001年。

劉爲民著，《科學與現代中國文學》，安徽教育出版社，2000
　　年。

劉紹銘著，《涕淚交零的現代中國文學》，台北遠景出版，1979
　　年。

劉慧英著，《走出男權傳統的藩籬——文學中男權意識的批

判》，北京三聯書店出版，1996年。

談社英著，《中國婦女運動通史》，上海書店出版，1990年。

廚川白村著、陳曉南譯，《西方近代文藝思潮》，台北志文出版，1990年。

蔣　俊、李興芝著，《中國近代的無政府主義思潮》，濟南山東人民出版，1991年。

鄭振鐸等著，《中國新文學大系導論選集》，香港益群出版，1978年。

鄭學稼著，《由文學革命到革文學的命》，香港亞洲出版，1985年。

錢理群等著，《中國現代文學三十年》，北京大學出版，1998年。

閻純德著，《二十世紀中國女作家研究》，北京語言文化大學出版，2000年。

閻德純主編，《中國現代女作家》，黑龍江人民出版社，1983年。

鮑家麟主編，《中國婦女史論集》，台北稻香出版，1988年。

————，《中國婦女史論集》第三集，台北稻香出版，1993年。

鮑曉蘭主編，《西方女性主義研究評價》，北京三聯書店出版，1995年。

薛化元著，《晚清「中體西用」思想論》，台北稻鄉出版，1991年。

薛君度、劉志琴主編，《近代中國社會生活與觀念變遷》，北

京新華書店出版，2001年。

鍾郁秀著，《石評梅傳——春風青塚》，山西北岳文藝出版，
　　　1996年。

簡瑛瑛著，《何處是女兒家：女性主義與中西比較文學／文化
　　　研究》，台北聯合文學出版，1998年。

羅榮渠編，《從西化到現代化——五四以來有關中國的文化趨
　　　向和發展道路論爭文選》，北京大學出版，1990年。

顧　昕著，《中國啓蒙的歷史圖景》，香港牛津大學出版，1992
　　　年。

顧燕翎主編，《女性主義理論與流派》，台北女書出版，1996
　　　年。

Alan Engel等著、張明貴譯，《意識型態與現代政治》，台北
　　　桂冠出版，1990年。

Benedict Anderson著、吳叡人譯，《想像的共同體：民族主義
　　　的起源與散佈》，台北時報出版，1999年。

Benjamin Schwartz（史華慈）著，《尋求復強：嚴復與西方》，
　　　南京江蘇人民出版，1995年。

Betty Friedan著、李令儀譯，《女性迷思——女性自覺大躍進》，
　　　台北月旦出版，1995年。

Cheshire Calhoun著、張娟芬譯，《同女出走》，台北女書出版，
　　　1997年。

Chris Weedon著、紅曉白譯，《女性主義實踐與後結構主義理
　　　論》，台北桂冠出版，1994年。

Gayle Green and Coppelia Kahn主編、陳引馳譯，《女性主義文

學批評》，台北駱駝出版，1995年。

Georg Simmel著、劉小楓選編、顧仁明譯，《金錢、性別、現代生活風貌》，台北聯經出版，2001年。

John King Fairbank（費正清）主編，《劍橋中華民國史：1912~1949年》(上、下二卷)，中國社會科學出版社，1993年。

Marian Galik著，《中國現代文學批評發生史：1917~1930》，社會科學文獻出版社，2000年。

Patricia Ticineto Clough著、夏傳位譯，《女性主義思想——欲望、權力及學術論述》，台北巨流出版，1997年。

Peter Berger、Brigitte Berge等著、曾維宗譯，《飄泊的心靈：現代化過程中的意識變遷》，台北巨流出版，1983年。

Raymond Williams著、劉建基譯，《關鍵詞》，台北巨流出版，2003年。

Toril Moi著，陳潔詩譯，《性別／文本政治——女性主義文學理論》，台北駱駝出版，1995年。

（二）西文著作

Amy D. Dooling and Kristina M. Torgeson edited, *Writing Women in Modern China*. New York: Columbia University Press, 1998.

Christina K. Gilmartin edited, *Engendering China: Women,*

Culture, and the State. Cambridge: Harvard University Press, 1994.

Cyril E. Black, *The Dynamics of Modernization: A Study of Comparative History.* New York: Harper & Row, 1966.

Dowling Linda, *Language and Decadence in the Victorian Fin-de-siècle*, Princeton: Princeton UP, 1986.

Elaine Showalter, *Sexual Anarchy: Gender and Culture at the Fin de Siècle.* New York: Viking, 1990.

F. LaMond Tullis, *Politics and Social Changes in Third World Countries.* New York: Wiley Press, 1973.

Gail Hershatter, *Dangerous Pleasure: Prostitution and Modernity in Twentieth-Century Shanghai.* Berkeley: University of California Press, 1997.

Joseph Allen Boone, *Tradition Counter Tradition: Love and the Form of Fiction.* Chicago: The University of Chicago Press, 1987.

Ono Kazuko, *Chinese Women in a Century of Revolution 1850~1950.* Edited by Joshua A. Fogel. Stanford: Stanford University Press, 1989.

Jürgen Habermas, *The Philosophical Discourse of Modernity: Twelve Lectures.* Translated by Frederick Lawrence. Cambridge: Polity Press, 1987.

Margery Wolf and Roxane Witke edited, *Modern and Chinese*

Society. Stanford: Stanford University Press, 1975.

Matei Calinescu, *Five Faces of Modernity*. Bloomington: Indiana University Press, 1987.

Nancy Chodorow, *The Reproduction of Mothering: Psychoanalysis and the Sociology of Gender*. Berkeley: University of California Press, 1978.

Perušek Jaruslav, *The Lyrical and the Epic: Studies of Modern Chinese Literature*. Bloomington: Indiana University Press, 1980.

Tani E. Barlow edited, *Gender Politics in Modern China: Writing and Feminism*. Durham: Duke University Press, 1993.

Wendy Larson, *Women and Writing in Modern China*. Stanford: Stanford University Press, 1998.

Win. Theodore de Bary edited, *Self and Society in Ming Thought*. New York: Columbia University Press, 1970.

三、學位論文

安大玉著，《五四時期中國的科學主義》，國立政治大學史研所碩士論文，1999年。

吳怡萍著，《北伐前後婦女解放觀的轉變》，國立政治大學史研所碩士論文，1994年。

范雅清著，《人的「發現」——五四時期周作人反禮教思想之研究》，國立政治大學史研所碩士論文，1994年。

張三郎著，《五四時期的女權運動》，台灣師範大學史研所碩士論文，1986年。

張君慧著，《蘇雪林散文研究》，東吳大學中研所碩士論文，1999年。

張景妃著，《凌叔華小說研究》，東海大學中研所碩士論文，1998年。

張錦堂著，《動員婦女：國共黨在廣東省的婦女運動》，國立師範大學史研所碩士論文，1993年。

喻蓉蓉著，《五四時期之中國知識婦女》，政治大學史研所碩士論文，1987年。

劉興華著，《中國早期的馬克思主義(1988~1923)》，國立政治大學史研所碩士論文，1987年。

蔡佳瑩著，《凌叔華小說藝術手法研究》，東吳大學中研所碩士論文，1999年。

蔡玫姿著，《發現女學生——五四時期通行文本女角色之呈現》，清華大學中研所碩士論文，1998年。

鄭宜芬著，《五四時期的女性小說研究》，政治大學中研所碩士論文，1995年。

鄧偉志著，《近代中國家庭的變革》，台灣師範大學史研所碩士論文，1993年。

藍承菊著，《五四新思潮衝擊下的婚姻觀》，台灣師範大學史研所碩士論文，1993年。

蘇麗明著，《廬隱及其小說研究》，輔仁大學中研所碩士論文，
　　1995年。

四、期刊論文

方維規著，〈議會、民主、共和的概念在西方與中國的嬗變〉，
　　《二十一世紀》，2000年4月。

王一川著，〈「革命加戀愛」與再生焦慮──論二○年代末幾
　　位革命知識份子的典型〉，《中國現代、當代文學
　　研究》，1993年第7期。

────，〈現代性文學：中國文學的新傳統〉，《文學評論》，
　　1998年第2期。

王家倫著，〈前後期現代女作家創作之比較〉，《中國現代、
　　當代文學研究》，1993年第4期。

王喜絨著，〈論二十年代女性作家群的小說創作〉，《中國現
　　代、當代文學研究》，1993年第6期。

王晴佳著，〈中國二十世紀史學與西方──論現代歷史意識的
　　產生〉，《新史學》，1998年3月號。

史書美著，〈中國現代文學中的女性自白小說〉，《當代》，
　　第95期，1994年。

矛　鋒著，〈斷袖──漫談《紅樓夢》、《品花寶鑑》中的同
　　性情愛〉，《聯合文學》，1997年2月。

全寅永著，〈近代中國現代化的性格與其結構(1860~1920)〉，
　　《中國現代化論文集》，1991年3月。

余觀濤、劉青峰著，〈近代中國「權利」觀念的意義與演變——從晚清到新青年〉，《中研院近史所研究集刊》，1999年12月。

呂芳上著，〈娜拉出走以後——五四到北伐青年婦女的活動〉，《近代中國》，第92期，1992年。

————，〈革命與戀愛：一九二〇年代中國知識份子的情愛難局〉，中央研究院近代史研究所主辦，「近代中國的婦女、國家與社會(1600~1950)」國際學術研討會，2001年。

李又寧著，〈《女界鐘》與中華女性的現代性〉，《近世家族與政治比較歷史論文集》，中央研究院近代史研究所編，1992年。

李　玲著，〈青春女性的獨特情懷——五四女作家創作論〉，《文學評論》，1998年第1期。

李歐梵著，〈五四運動與浪漫主義〉，《中國現代史論集》，第六輯，1981年。

李興民著，〈五四以來女作家群的女性文學〉，《中國現代、當代文學研究》，1987年第10期。

汪　暉著，〈吳稚暉與中國反傳統主義的科學觀〉，《學人》，第三輯，1992年。

周昌龍著，〈五四時期知識份子對個人主義的詮釋〉，《漢學研究》，1994年12月號。

————，〈西方文藝思潮與五四〉，《幼獅文藝》，1995年7月。

孟　　悅著，〈視角問題與五四女性小說的現代化〉，《文學評論》，1985年第5期。

金　　潔著，〈躑躅於叛道與守道之間——二、三〇年代閨閣文學〉《中國現代·當代文學》，1995年第5期。

唐　　逸著，〈五四時代的宗教思潮及其現代意義〉，《哲學與文化》，1996年11月號。

夏琢瓊、宋貴林著，〈試論五四運動與現代化〉，《香港中國近代史學會刊》，1991年1月。

孫隆基著，〈從「天下」到「國家」——戊戌維新一代的世界觀〉，《二十一世紀》，1998年4月號。

高力克著，〈新青年與兩種自由主義傳統〉，《二十一世紀》，1997年8月。

張玉法著，〈二十世紀中國的自由主義〉，《近代史學會通迅》，1997年6月號。

───────，〈二十世紀前半期中國婦女參政權的演變〉，中央研究院近代史研究所主辦，「近代中國的婦女、國家與社會(1600~1950)」國際學術研討會，2001年。

張志揚著，〈啓蒙與中國文化的現代性〉，《文化中國》，1994年1月。

張堂錡著，〈周作人與個人主義〉，《鵝湖月刊》，1995年1月。

張慧敏著，〈中國婦女多難的身體〉《中國文化研究》，2000年冬之卷。

張頤武著，〈重估現代性與漢語書面語論爭〉，《文學評論》

2000年第1期。

————，〈新時期小說與現代性〉，《文學評論》，1999年第1期。

梁惠錦著，〈婦女與婚姻自由權(1920~1930)〉，中央研究院近代史研究所主辦，「近代中國的婦女、國家與社會(1600~1950)」國際學術研討會，2001年。

陳方正著，〈論中國民族主義與世界意識〉，《二十一世紀》，1993年10月號。

陳益源著，〈明末流行風——小官當道：明代的三部同性戀小說〉，《聯合文學》，1997年2月。

陳碧月著，〈從冰心小說〈兩個家庭〉看女子受教育的重要性〉，《明道文藝》，1999年3月。

————，〈馮沅君〈隔絕〉與〈隔絕之後〉的女性意識〉，《中央月刊文訊別冊》，1997年8月。

喬以鋼著，〈論丁玲小說對女性生存價值及人生道路的探索〉，《中國現代、當代文學研究》，1993年第5期。

彭小妍著，〈五四的「新性道德」：女性情欲論述與建構民族國家〉，《當代中國婦女研究》，第3期，1995年8月。

游鑑明著，〈近代中國女子體育觀初探〉，《新史學》，第7卷4期，1996年12月。

————，〈近代華東地區的女球員(1927~1937)：以報刊雜誌為主的討論〉，《中央研究院近代史研究所集刊》，第32期，1999年12月。

————，〈千山我獨行？二十世紀前半期中國有關女性獨身的言論〉，《近代中國婦女史研究》，2001年8月。

————，〈美人變種？近代中國有關女子健美的言論(1920年代~1940年代)〉，中央研究院近代史研究所主辦，「近代中國的婦女、國家與社會(1600~1950)」國際學術研討會，2001年。

程　農著，〈重構空間：一九一九前後中國激進思想裏的世界概念〉，《二十一世紀》，1997年10月。

葉其忠著，〈1923年「科玄論戰」：評價之評價〉，《中央研究院近代史研究所集刊》，第26期，1996年。

董　瑾著，〈痛與快——現代性與女性寫作〉，《當代作家評論》，1999年第2期。

廖咸浩著，〈心房的吶喊——〈沙菲女士的日記〉與新女性愛情向度〉，《幼獅文藝》，第81期1995年2月號。

劉爲民著，〈五四文學革命中的科學觀念〉，《二十一世紀》，1999年6月號。

劉綬松著，〈論茅盾的《蝕》和《虹》〉，《文學評論》，1983年第3期。

潘　毅著，〈主體的呼喚與失落——五四時期的婦女解放〉，《性別學與婦女研究》，1995年。

蔡佳瑩著，〈以畫入小說論凌叔華〉，《中國現代文學理論》，1999年6月。

鄭永年著，〈中國的民族主義和民主政治〉，《中國社會科學季刊》，2000年夏季號。

鄭宜芬著，〈凌叔華小說中的女性〉，《鵝湖月刊》，1996年5月。

賴芳伶著，〈周作人的婦女關懷〉，《興大中文學報》，2000年 12月。

謝　放著，〈戊戌前後國人對民權、民主的認知〉，《二十一世紀》，2001年6月。

羅守讓著，〈丁玲在新文學史上的意義和地位〉，《中國現代、當代文學研究》，1990年第4期。

蘇　冰著，〈模式、策略和效應：現代文學的婚姻自決主題〉，《中國現代、當代文學研究》，1993年第1期。

蘇麗明著，〈冰心與廬隱的問題小說比較〉，《輔仁中研所學刊》，1995年3月。

J. Bruce Jacobs著，〈民主與中國知識份子〉，《文化中國》，1991年10月。

Lucian W. Pye著，〈中國民族主義與現代化〉，《二十一世紀》，1992年2月號。

國家圖書館出版品預行編目資料

第二/現代性：五四女性小說研究

劉乃慈著. – 初版. – 臺北市：臺灣學生，
2004[民 93]
面；公分
參考書目：面

ISBN 957-15-1230-0 (平裝)

1. 中國小說 – 歷史 – 現代（1900- ）
2. 中國小說 – 評論
3. 婦女文學 – 評論

820.9708   93014179

第二/現代性：五四女性小說研究（全一冊）

著　作　者：劉　　　　乃　　　　慈
出　版　者：臺　灣　學　生　書　局　有　限　公　司
發　行　人：盧　　　　保　　　　宏
發　行　所：臺　灣　學　生　書　局　有　限　公　司
　　　　　　臺北市和平東路一段一九八號
　　　　　　郵 政 劃 撥 帳 號：00024668
　　　　　　電　話：(02)23634156
　　　　　　傳　眞：(02)23636334
　　　　　　E-mail : student.book@msa.hinet.net
　　　　　　http : //www.studentbooks.com.tw
本書局登
記證字號：行政院新聞局局版北市業字第玖捌壹號
印　刷　所：長　欣　彩　色　印　刷　公　司
　　　　　　中和市永和路三六三巷四二號
　　　　　　電　話：(02)22268853

定價：平裝新臺幣三三〇元

西　元　二　〇　〇　四　年　九　月　初　版

820902

臺灣 **學生書局** 出版

中國文學研究叢刊